大鱼

有爱的
菁春
陪伴者

小花阅读

9区1栋
驯兽师
恋人

9 QU 1 DONG
XUNSHOUSHI
LIANREN

红樱
/著

Hongying
Works

百花洲文艺出版社
BAIHUAZHOU LITERATURE AND ART PRESS

图书在版编目（CIP）数据

9区1栋驯兽师恋人 / 红樱著. -- 南昌 : 百花洲文
艺出版社, 2019.7
ISBN 978-7-5500-3264-4

Ⅰ. ①9… Ⅱ. ①红… Ⅲ. ①长篇小说 – 中国 – 当代
Ⅳ. ①I247.5

中国版本图书馆CIP数据核字(2019)第090473号

9区1栋驯兽师恋人

红樱 著

责任编辑	余丽丽　辛蔚萍	
特约编辑	廖晓霞	
封面设计	Insect	
内页设计	cain酱	
封面绘制	官　官	
出 版 者	百花洲文艺出版社	
社　　址	江西省南昌市红谷滩世贸路898号博能中心A座20楼 邮编：330038	
电　　话	0791-86895108（发行热线）　0791-86894790（编辑热线）	
网　　址	http://www.bhzwy.com	
E-mail	bhzwy0791@163.com	
经　　销	全国新华书店	
印　　刷	长沙鸿安印刷有限公司	
开　　本	880mm×1230mm　1/32	
印　　张	8.5	
字　　数	209千字	
版　　次	2019年7月第1版	
印　　次	2019年7月第1次印刷	
书　　号	ISBN 978-7-5500-3264-4	
定　　价	35.80元	

赣版权登字：05-2019-117

目 录

目　录

第一章

在家养老虎的人

[1]

从人挤人的公交车下来的时候，我几乎以为自己会缺氧。S市这个城市，什么都缺，就是不缺人，时常让我领略到什么叫"人丁兴旺"！

尽管是周末，但公交车从不缺乘客，若不是骑车太远，这份家政工兼职工作，我也不至于挤着公交车过来了。

跟跄地从公交车上跳下来后，我深深地吸了一口新鲜空气，稍微整了整凌乱的形象，又吹了一口气，将额前的一绺刘海帅气地吹扬而起。

会得到这份家政兼职也是个意外。还记得，在那个空气沉闷，烈日当头的炎炎夏日，我咬着冰棍，手扇着风，趁着人流不多，揽着怀里的一沓传单蹲在路边的树荫下。

一个骑着粉红色自行车的阿姨经过，轮胎磕到石子，"哎呀"一声惨叫，阿姨摔了。问题来了，老人摔倒，该不该扶？

别人我不知道，但在我乔溪眼皮子底下发生，我肯定扶啊！再说，我一个发传单的穷学生，也不怕被讹。

于是，我扶起了阿姨。善良的阿姨这样问我："善良的孩子，你希望得到一份轻松的兼职，还是钱多的兼职，又或者是如现在这样发传单的兼职呢？"

温柔和蔼仿佛散发着母爱光芒的阿姨，让我差点跪下膜拜，但我岂是那种肤浅的人？于是，我义不容辞道："我要钱！"

阿姨为了感谢我的"一扶之恩"，亲自作为推荐人，将我介绍到了这家家政公司。

这家家政公司可不得了，据说接的单全是名门贵族，这里的每一个家政工阿姨可不是一般小康家庭能请到的。

公司里面人才济济，严谨的工作模式，神圣而庄严的环境氛围，无不突出这家家政公司的强大与神秘。

为了进入这家公司，我可是费了不少精力，签了好几份合同呢。说实在的，在签合同的时候，我总感觉自己在签卖身契。

就没见过一个兼职的家政工签份合同，面前有四五个人全程盯着，搞得好像是怀疑我会签假名似的。

仔仔细细确认过合同"安全"后，我在合同的最下方，利落干脆地签下了我的大名——乔溪。

[2]

今天已经是我在这里干的第二个月了，说真的，工资还真不是一般的少。算起来我也接了几个单，不过因为只是兼职，所以都是在一些办公场所打扫办公室、走廊什么的。

跟熟悉的阿姨们打过招呼后，我走向负责布置工作的张瑶小姐。大老远，就听到我的推荐人李婶哭着喊道："这活我不接，你还是放过我这把老骨头吧，再逼我……我……我就辞职不干了！"

可把我吓坏了，这个李婶热爱这份工作的痴狂程度可不亚于一个失了理智追星的粉丝，她说出这种话，是想不开了吗？

我赶紧跑过去，平时温柔极有耐心的张瑶小姐此刻正头疼地揉着太阳穴，她身旁站着鼓气瞪眼，一副宁死不从模样的李婶。

"张姐，这是怎么了？"我走过去趴在前台上，认识张瑶小姐这么久，还从没见她露出过如此为难的表情。

张瑶小姐估计也是没辙了，才会放下笔，对我大倒苦水："唉，还能是什么，李婶不满意我的工作分配，要求我给她换一个呗。你也知道，这种安排好的事是很难改的。"

我恍然大悟。

合同上白纸黑字也写了，无条件服从分配者安排的工作，跟军令似的。

"小张啊，不是我怕苦怕累，实在是……那房子不是人住的啊！"李婶四处看了看，凑过来对我们小声说道。

"有鬼？"我见她一脸神秘兮兮的，为配合她烘托出的诡异气氛，故意压低了嗓音。

"比鬼可怕。"

还有比鬼可怕的？

李婶又四处张望一眼，很紧张地凑到我耳边，我感觉到她的气息有些颤抖，她小声说了两个字："老虎！"

老……老虎？李婶被分配去清扫动物园了？我看着她的眼神透着同情——李婶一把年纪了，也是不容易啊！

"不是动物园！"

听到李婶痛心疾首的否定声，我很怀疑她是不是有读心的能力，否则她怎么能一眼看出我在想什么呢？

她说："你别用这种眼神看着我。那栋房子里真有老虎，我没骗你，我也不是有病，是我亲眼看到的！吓死人了，打死我都不要再去！”

我看她脸色发白，甚至害怕得跟娇羞似的跺起脚，琢磨着她的话也不像在骗人。只是，家里有老虎？这未免也太夸张了点。

我正想问个详细，谁料李婶突然定睛看着我，是眼珠子都不转动一下的那种，很瘆人。

为了避免与她对视，我赶紧转头，却意外对上了张瑶小姐的脸。

什么情况？她干吗目不转睛地盯着我？咋的？想劫色啊？我莫名一阵发毛，后退一步，警惕地看着她。

“小溪啊。”张瑶小姐从前台站了起来，她温柔地看着我，一副笑眯眯的样子，只是那阴阳怪气的笑容却让人瘆得慌。

她说：“你怕老虎吗？”

我仿佛猜到了什么，眯着眼狐疑地看着她。我仔细想了想，老实说：“不怕。”

不是骗人，是真的不怕。我另一份兼职就在马戏团里当杂工，老虎、狮子什么的都不怕。

“那李婶的活儿给你做好不好？”

我早就猜到她会这么说了。一般情况下，家政工不愿意接受安排的工作，唯一的解决办法就是立马找到替代的人。

还必须得偷偷操作，不能被上面发现。

我看着她笑得谄媚的脸，又看了看期盼地望着我的李婶，沉默许久，才深沉地开口：“我只有一个问题。”

“你说，你说！”张瑶小姐欣喜地看着我。

我凑近她，一本正经地问了句：“钱多吗？”

“多！”她掷地有声。

"成交！"我一拍桌，默契地与她击了个掌。她笑得花枝乱颤，我皮笑肉不笑，保持着沉稳的良好形象。

"小溪丫头呀，谢谢你了，李婶不会忘记你的。那我就先走了，我这几天被吓出病来，今天可得回去好好睡一觉了。"李婶感激地握着我的手连连道谢，两眼泪汪汪。

"谢什么，赶紧回去睡觉吧。一路小心！"我向她挥了挥手，目送她离去。

[3]

"小溪，咱俩都这么熟了，我也不愿意隐瞒你。这份工光这个月就已经换了七个人了，你真的愿意接吗？"估摸着是良心上过不去，张瑶小姐蹙着眉好意提醒我。

我大手一挥，一副江湖侠士的姿态，不拘小节阔气地说："在钱面前，有什么不愿意的？"

"人家李婶可说了，有老虎哦。"她压低声音小声提醒我。

我轻松地笑了笑，说实在的，我敢自称胆子大排第二，就没人敢排第一。

这些年为了赚钱，除了上刀山下火海，什么样的工作我没干过？当然，我可是卖艺不卖身的，就说前不久，我才刚在棺材边守了两夜呢。

当时在那儿我原本也只是负责打扫，只是听说守夜的人突然生病不来了，家属现场招人，却无人愿意，只因前几日老爷子死后，这座拥有百年历史的老宅里就传出了闹鬼的传闻。

闹鬼哎！谁敢一个人半夜在这里守着棺材？除非有病。

不用怀疑，那个有病的人就是我……

据说死去的老人是含恨身亡的，死不瞑目，所以晚上总是有人看到鬼魂，再加上老人家生前有交代，死后按老传统的方式祭拜，于是，才有了我守棺材的工作。

正值阴风阵阵，让人毛骨悚然的深更半夜，在飘着白绫的老宅里，伴随着黑猫蹿过，一双散发着绿光的瞳孔在阴暗的角落中注视着我。

我蹲在放置了雕刻着金花、封了棺的棺材房间角落，守着随时有可能会被风吹灭的引魂灯。烛光照耀着我的脸，忽明忽暗，我就一个人在纸上奋笔疾书……写了一晚上的练习题。

没办法，当时正临近考试，我就窝在棺材边，守着烛火写了一晚上的题，什么鬼不鬼的，哪有时间去注意。

张瑶小姐估计也是想起了我之前的英勇事迹，感慨地摸了摸我的头，以一个大姐姐的口气说："你也太拼了，我就没见过像你这样的大学生，你的家境一定很困苦吧？哎哟，可怜的孩子。"

"还行吧，辛苦一点也是应该的。"我摆了摆手不以为意，只是想起我那糟心的处境，就想马上赚钱，赶紧问道，"能吓跑那么多个阿姨，究竟是什么样的房子那么可怕？"

她坐了下来，拿起笔在纸上写下地址，说："这栋房子的主人很神秘，连我都不知道，只知道原本这栋房子的打扫工作是轮不到我们安排的，一直是有人专门负责。"

"那现在怎么就由你接手分配了？"我追问。

"肯定是专门负责此事的人临时出了事又或者不干了吧。房子没人打扫，自然是需要重新安排人负责的，最后，这个苦差事就落我这儿了呗。"她说着将写了地址的字条以及一串钥匙递给我，"这是那栋房子的地址，从这里出门去搭地铁，然后再转两趟公交车就到了。这是钥匙，每周打扫两次，你今天就可以过去了。"

我拿起字条看了看——枫韵别墅花园区 9 区 1 栋。

"是别墅呀？"我惊讶。

"是啊，所以打扫下来得花上一整天，不过——"张瑶小姐凑近我，笑眯眯道，"日工资是这个数……"

听她说出的数字，我二话不说便抓起钥匙，将字条塞进兜里，对她挥了挥手告别："我先走啦，再见！"

"拜拜！"

[4]

在枫韵别墅花园区下了公交车，看了看高耸壮观的门楼以及屹立在门口的军人，我被这庄严肃穆的场面震慑住，这别墅区竟然有军人看守，难不成是军事重地？

我有些紧张，走到那军人面前停下。他直视前方，双手置于身后，挺直站立，面无表情。

"那个，你好，请问我可以进去吗？"我主动打了个招呼，扬起微笑，忐忑地询问。

回应我的是死一般的寂静，好尴尬。

"哎，那个小妹，你找谁？"

一旁传来喊声，我转头一看，只见堪比办公室的宽敞保安室里有人在对我招手，我忙快步走了过去。

是一位穿着军装的大叔，他一脸严肃地打量着我，我连忙解释："您好，我是明翰公司的家政工，过来打扫 9 区 1 栋的。"

实际上，我实在不知道一家家政公司为什么叫这么一个充满文化气息的名，跟它经营的业务明显很不搭呀！

不过在听到我说出这个公司后，跟以往负责接待的人一样，大叔也露出了一抹友善和蔼的笑容，他说："原来如此，你进去吧。直走，然后左拐，再直走就到了。"

"好的，谢谢您。"我点头道谢。

待大叔将门打开后，我走了进去。

顺着大叔所指的路"直走左拐，再直走"，我却走了半个小时，这别墅区的宽敞广阔程度让我吃惊不已。

道路两旁种植着花花草草，一眼望去，一片碧绿青葱，简直是比广场还要大。

当看到我负责打扫的 9 区 1 栋楼时，我才真正目瞪口呆，这一刻只想说："贫穷限制了我的想象力啊！"

眼前的豪宅别墅是欧式田园风，一条直行鹅卵石小路，两边是郁绿草地，让人不由得想在草地铺上一块毯子，然后在上面滚两圈，闻着青草芳香，晒着阳光，睡上一觉，简直是人生一大乐事啊！

不过真正让我吃惊的并不是这个，而是别墅后的一座山。没错，是货真价实的山，不过显然经过人工整修过，山上绿树成荫，还有石阶道、亭子。

"这得多有钱啊，暴发户啊！"我甚至能想象到，住在这里的人一定是戴着金链子、镶着金牙、穿着貂毛大衣、揣着皮包、戴着墨镜的——油腻中年大叔！

想到会亲眼见到这样一个暴发户，我就不禁搓了搓胳膊上的鸡皮疙瘩——一定要克制住！绝不能眼馋就去偷金链子卖钱，那可是犯法的！

[5]

我拿着钥匙开了门。

推开那扇仿佛存在于童话世界里的欧式大门，我感觉自己打开了一个新世界，望着直达顶楼的天花板，我吃惊地张大了嘴。

整个客厅大得惊人，向上的楼梯有两条，而顺着楼梯往上看，走廊边上有休闲区以及一个个房间，再往上看，还有另外一层，不过是什么，我在楼下就看不清了。

于是我做的第一件事，就是参观。

将每个房间都推开门看了一眼，那高档的装潢、配备的浴室洗手间、全套的沙发客桌，让我无不傻眼。

简直跟酒店有得一拼，休闲区游乐设施应有尽有，桌球、娃娃机，这就是个娱乐商场！

紧接着往上一层跑去，入眼的景象让我再次被惊艳到，竟然是书房！

整个书房的布置就跟高级图书馆似的，整体装潢弥漫着复古的韵味。

我感觉自己进入了一个不得了的地方，这里充满了神秘的神圣感，不过，整整齐齐的书房里，有本书被单独搁置在桌上，这倒是引起了我的注意。

别墅里并没有主人在，那我偷偷看一眼应该也没事吧。我走过去，书被翻到中间的位置，看到上面利落英挺的楷体字迹，我心里"咯噔"一下，这哪是书啊，明明是日记，不过，这字还真是好看。

既然是日记我就不能看了，毕竟是人家隐私，我假装没看到，移开了目光，嘴里却无意识嘟囔："2月5日，××山区，处于偏僻无法开发的山林地带，近日得到狼出没的消息，明日早上启程。"

话一说出口，我赶紧捂住嘴，完了，老毛病又犯了，我记忆不错，尤其是日记这种东西，看一遍就不会轻易忘了。

不过，这日记上写的是什么意思？感觉像是执行任务的记录，而且2月5日，那就是两个月前写的了。

想到这里，我又扭头看了日记一眼，眼睛一盯上，"爪子"就不自觉伸了过去。我狠拍自己手背一下，抑制住好奇心对自己警告："乔溪！做人不能这样，你不知道好奇心害死猫吗？忍住，现在可不是看日记的时候，再不打扫，今天的活儿可就干不完，那就没钱了。"

果然还是自己了解自己，一想到钱，日记的内容马上被我抛之脑后，没时间再磨蹭，我一头扎进打扫的大工程里。

[6]

进到厨房的时候，我被大得让人瞠目结舌的厨房惊到了，这是我小时候梦寐以求的厨房啊，那时年少不懂事，一直想着谁的家里有这样的厨房，我一定嫁给他！

不过，一想到镶着金牙的油腻中年大叔，我就兴致全无，可惜了这么好的厨房了。

好几层的橱柜式冰箱，打开后才发现，这里面空空如也，非但如此，就连所有厨具也都没被动用过，我不由得怀疑，难道这里的主人不用吃饭的吗？

紧接着在参观了浴室后，我才朝着走廊里的一间房走去，那是一楼里唯一的卧室。

我走过去，才发现上了锁，当下在钥匙串里翻翻找找，不一会儿才配对上将锁打开了。

小心翼翼地推开一条缝，朝里望去，入眼的便是一张大床，至于有多大——就是睡上十个人都不挤的那种。

我推开门，惊诧地看着这间与我想象中完全不同的卧室，并不是超乎我想象，而是我高估了。

这间卧室里，除了一张床外，书桌、书柜、衣橱等——通通没有！

比半个篮球场还大的卧室，竟然只有一张大床？诡异，太诡异了！

"这间肯定不是卧室吧，没错，一定不是。"我默默退出去，关上门。

将背包往沙发上一丢，我挽起衣袖，卷起裤腿，脱掉鞋，将松松垮垮的马尾拆下，又重新高高束起，拍了拍小脸，我振奋大喊："拼吧！争取在天黑前搞定！"

事实证明，功夫不负有心人，真的让我在天黑前清扫干净了，只是实在太累，我往沙发一倒就睡过去了。

不过睡得并不舒服，耳边隐约听到了不少窸窸窣窣的声响，眼皮太重，我实在懒得撑开，索性就这么躺着了。

直到有冷风涌了进来，我才打了个哆嗦迷糊着醒来，揉了揉惺忪的眼，我定睛一看，客厅黑漆漆的，已经是晚上了。

我站起来，适应了黑暗的眼睛，依稀可见客厅的轮廓。我伸出双手，四处摸索，以防万一撞到桌角什么的。

[7]

光着小脚丫，我踩在冰凉的地板上，背脊一阵凉飕飕的，哪儿来的风？我四处一看，这才发现落地窗被打开了，风就是从这儿涌进来的，难怪我感觉有股冷意。

我摸索着走过去，站在落地窗前，望向外面，树叶被风吹得沙沙作响，白天可见的花圃草地，到了晚上，黑漆漆一片。

奇怪？是我打扫的时候忘记关了吗？但不管事实如何，我还是将窗再一次关上了。

琢磨着电源的开关在哪个角落，我根据记忆摸着墙找过去，嘴里喃喃自语："擦墙壁的时候也把开关洗了一下，在哪儿来着……唔唔！"

我的嘴突然被一只从背后伸过来的手捂住！那一瞬间，我的第一反应是，我被人从身后劫持了！

没由来的紧张与恐惧将感官放大，我能感觉到身后有人贴近，肩膀宽厚结实，手臂健实有力，这是个男人！

我条件反射地想把捂住我的那只手掰下来，因为它不只捂住了我的嘴，还有鼻子，我快不能呼吸了。我难受地挣扎着，但那只手却硬得就跟铁块似的，无论我怎么掰都挪不动半分。

对方察觉到我挣扎，又伸出了另一只手，我能清晰地感觉到，那只强而有力的胳膊轻而易举地将我的腰圈住，可能连他也觉得惊奇，没有料想到这腰会那么细。

我趁着他愣神的空当，将头一仰，重重撞在他的下巴上。

唔，头好疼！

他闷哼一声，却还没松手，反而被我这一撞他脚步一踉跄竟然往后跌倒了。但他自己摔倒也就算了，竟然还把我也拉下水！

我的腰还被他的手臂禁锢着，他往后一倒，我也顺势被他搂着跌倒在地，并且姿势还十分暧昧地跌坐在他怀里。

我能感觉到他温热的呼吸就在我颈窝边，一只手捂着我的嘴，另一手勒着我的腰，乍一看，就像是我被他从身后圈抱住，他亲密搂着我在怀里一样。

我有些慌了，在一栋空无一人的别墅里，突然被人挟持，是杀人犯还是强奸犯，我都无法去预测，在这种叫天天不应，叫地地不灵的境地，危险系数五颗星啊！

"你是谁？"

我听到他的声音响起，是低哑的，带着如同金属般富有质感磁性的嗓音。

他靠得很近，呼吸似乎很急促，声音听起来也透着疲惫，但他那股温热的气息吐在我敏感的耳朵上，让我下意识一缩脖子。

我不能坐以待毙，必须赶快逃，至少先把灯打开，看看这人的真面目。

我再次使用刚才的招数，后脑勺往后一撞。这一次估计撞到他的正脸了，趁他松懈，我挣脱他的束缚，手忙脚乱赶紧爬走。

"等一下。"

他低哑磁性的嗓门再次响起时，我脚踝一紧，有着一层薄薄细茧的手紧紧钳住了我的脚，这种感觉就像是电视里被丧尸追着跑，然后被突然抓住了脚拖走一样可怕。

我吓得大叫，脚一个劲地蹬，也不知道踹中他哪里，他闷哼一声松了手，我才有机会逃脱。

我赶紧跑去开了灯。

客厅灯光大亮，我喘着粗气，捂着胸口，吓得一颗心怦怦直跳，刚才的恐惧感久久挥散不去，身上仿佛还残留着男性身上独有的味道，以及一股酒味。

我吸了吸鼻，刚才被他捂着嘴鼻没闻到，现在仔细一闻，我身上也被他沾染了些酒味。

等了半晌都不见那人有反应，借着明亮的灯光，我鼓起勇气迈步走了过去。

[8]

是个年轻男人，只是衣衫褴褛，灰头土脸，跟在泥地里打滚过似的，趴在地板上一动不动。我警惕地靠近，也不知道他是装睡还是怎样，总之不能轻举妄动。

我蹲下身，伸出一根手指头戳了戳他的背，没反应；一巴掌扇在他后脑勺上，还是没反应。

我察觉出端倪，凑近他闻了闻，立马捏住了鼻子嫌弃地远离他，好重的酒味！这人是喝多了误闯进这里来的吗？

这是哪儿来的流浪汉？我疑惑地四处张望一眼，大门没被打开，那么，就只有那扇敞开的落地窗了。

不会是从落地窗进来的吧？如果真是这样，那岂不是我的责任？

不对不对！我连忙否定摇头，这里是别墅区，不是一般人想进就能进的，而且又是这么烂醉如泥的流浪汉。

思索了好一会儿，我还是没搞明白这个人究竟是怎么进来的？

就在这时，男人突然动了。我赶紧警惕后退，只见他晕晕乎乎地站起来，闭着眼睛往前走，结果被自己踉跄的脚步绊倒，"嘭"的一声，脸着地。

我不忍直视避开了视线，哎哟哟！鼻子没撞坏吧。

想了想，我叹了口气，没其他办法了，还是喊保安过来看看吧。我正要起身，结果转头一看，吓得再次跌坐回去。

我的天！这……这房子里真的有这玩意儿啊？我瞠目结舌地看着不知从哪里走出来的吊睛白额老虎，彻底傻眼了。

通体的毛黑黄相间，胸腹部与四肢内侧有几块白色毛斑，爪趾刺出趾外，体态高壮如牛，粗长的尾巴如同一把钢鞭弯曲摇摆，肌肉结实健美，体现了无穷的力感。

额上的白斑"王"字，那犀利的眼神，迸发着它身为百兽之王的威武气势。

货真价实的大老虎啊！跟马戏团里的一模一样，而且体形还更大！

我瞪大了眼，伸出手狠狠掐了自己的脸颊一下，不疼？才怪！

我疼得龇牙咧嘴，我的天！这不是做梦，真的有老虎啊！

在我怀疑之际，眼前这只气势威猛、眼神犀利的老虎朝我走来了。

我倒吸一口凉气，悄悄地缓慢移动身体，观察了周围一眼，我冷静寻找起逃跑的路线。

马戏团里的驯兽大师说过，遇到猛兽第一反应不能慌，一定要冷静慢慢来，这样死得慢些……

只是，这只大老虎还没走到我跟前就停下了，准确来说，它在那流浪汉面前停下了。

我怔住，这大老虎咋的了？难不成嫌弃我没几两肉不成？不过眼看那只老虎低下头，张嘴咬住流浪汉的衣服后拖起来就走，我没心情玩笑了——完了，老虎要吃人！

"不行，不行！"

眼看老虎把那男人拖走，我情急之下赶紧抱住那男人的腿，与老虎来了一场拉锯战。

虽然素不相识，而且对方还如此莫名其妙，但我也不能眼睁睁看着他被老虎叼走啊！那也太残忍了。

于是，老虎咬着他的衣服拖一下，我就拽着他的腿往后扯一下，一来二去，如此反复，老虎没有发怒，我也没有不耐烦，倒是这个男人沉不住气了。

"放手。"沙哑的嗓音透着一丝恼怒。

我条件反射赶紧将手松开，此刻的气氛格外诡异，我听到他紧接着对老虎命令说："还有你，松口。"

我明显察觉到老虎颤了一下，它小心翼翼地张开嘴，将他轻轻放下，而后又听他不耐烦地说："趴下。"

老虎弯下腰，屈尊匍匐在他面前。

我看着这一幕，吃惊得张大着嘴。

那男人撑着地爬起来，趴在老虎背上后又命令说："回房间。"

老虎驮着他站起，而后朝卧室走了过去，就是那一间只有一张大床的卧室，房门没关上敞开着，老虎驮着他进去后，他又说了一句："关门。"

老虎乖乖听话用头顶着门关上了，直到"嘭"的一声响，门被关上，我才艰难地将下巴合了上去，往一边脸颊上一掐，好疼！

不是做梦，这是真的！

饶是心理素质如此强大的我，也不由得蒙了——看到老虎还不算什么，但你看到过这么听话的老虎吗？

而且，那流浪汉进了卧室，这也就是说，他是这栋别墅的——主人？

从枫韵别墅花园区出来，迎面而来的寒风一吹，我不自觉打了个哆嗦，只能拍了拍双颊，自我安慰："今天一定是太累了，回去要洗个澡好好睡一觉。"

[9]

我是坐出租车回学校的，若不是为了安慰受刺激的心灵，我也不会下此狠心坐出租车回学校了。

只是尽管如此，到校后也都快晚上十点钟了，我一路哈欠连连，揉着发酸的肩膀进入学校。

S市出了名的学校，一方面是录取分数线高，另一方面则是因为学费，虽比不上富家子弟的贵族学校，但也不差了。

不用怀疑，我就读这所学校，至于原因，唉，不谈也罢。

只是让我感到奇怪的是，在学校中普普通通不显眼的我，今天竟然被这么多人注视？而且，还被指指点点小声议论嘀咕？

我奇怪地看着那些打量着我的同学，怎么回事？我身上很脏吗？低头一看，没有啊。难道脸上有什么东西？我摸了摸，也没什么异常啊！

带着满腹的疑惑，拖着疲惫的身体，我回到宿舍。

门一打开，舍友王萌萌与周倩正凑一起边看电脑边窃窃私语，神秘兮兮的。见我一回来，两人不约而同抬起了头，眼神古怪盯着我。

"怎么了吗？"我伸了个懒腰，走上前看着两人。

王萌萌与周倩对视一眼，周倩推了一下她的胳膊，示意王萌萌开口。

王萌萌还想推回去，被她瞪一眼，立马就蔫了，这才看着我战战兢兢地说："溪溪，你是不是有什么事情没跟我们说过？"

我疑惑地歪着脑袋，奇怪地问："你指的是什么？"

"比如，你是唐逾白家的童养媳，一直以来，你都住在他家……"王萌萌观察着我的表情，慢慢地，声音越来越小，估计是我一时没控制住，流露出杀气了吧。

"谁说的？"我将背包往床上一甩，坐了下来，跷起了腿。

"那个，有人发了帖子在校内网上，上面有你们住一起的证据……还有，你们的房间相连……"王萌萌支支吾吾。

"说重点。"

"你。"见我蹙眉露出不悦的神色，王萌萌不敢再掩饰，伸出手指着我。

我眼眸一敛，沉声说："你说，发这个帖子的人，是我？"

"你……你别生气，我们都知道不是你干的。"感觉到我散发出的冷气，亲眼看见我恼怒发过火的王萌萌赶紧劝慰，"认识你这么久，我们都知道你不喜欢电脑手机这些东西，也不常玩，更别说你会发帖子到校内网上了，所以，这件事肯定是别人做的！"

"对对对！"周倩躲在王萌萌身后附和。

我脸色阴沉了一会儿，揉了揉太阳穴才问："苏雨熙呢？"

"哦！她呀，跟她的几个好姐妹逛街去了。你找她有什么事吗？"王萌萌老实交代。

我摇了摇头，低声说了句："没事。"

只是表面无动于衷，心里却五味杂陈，知道我这个秘密以及帮我注册账号的只有一个人。

究竟是她太蠢，还是以为我太傻？凭这两个条件我会不知道这事是她干的吗？苏雨熙，你是不是太天真了？

"那溪溪啊，你真的是唐家的童养媳？唐逾白未来的老婆？"王萌萌终究难于抑制八卦之魂。

她一脸兴奋期待，我瞥她一眼，没好气说："我们是住一起，不过，不是什么童养媳。"

"啊！"王萌萌尖叫！

我与周倩不约而同捂住了耳朵。

"天哪，天哪！你竟然跟唐逾白住一起？乔溪！你跟咱们学校公认的男神住在一起哎！"王萌萌激动大喊，搞得好像是她跟唐逾白住一起似的。

我没搭理她。王萌萌仍旧兴奋不已，喋喋不休："溪溪啊，你跟唐逾白明明是这种关系，为什么从来不见你们说过话？如果不是有证据摆出来，谁会知道唐逾白的家里还有你的存在哦！"

"对啊，完全就跟真的陌生人一样，你们的关系，难道不好吗？"周倩也难免好奇猜测，对于她们的追问，我也索性不隐瞒了，反正都"东窗事发"了。

"不是关系不好。"我站起身，走到衣柜前，拿出自己的睡衣后才紧接着说，"只是彼此厌恶而已。"

"啊？"果不其然，两人惊讶对视一眼。

"好了，不跟你们说了，我要去洗澡。对了，萌萌，别忘了帮我也叫一份外卖。"我没再多说什么，拿起睡衣就进了浴室了。

王萌萌憋了一肚子的疑惑跟好奇被我这句话一堵，瞬间就吐不出来了，最终幽怨说："好吧，知道你兼职回来辛苦，我给你叫外卖。"

洗了澡出来后，我一身的疲惫才稍稍缓解了些。外卖已经送过来了，只吃了顿早餐饿了一天的我立马狼吞虎咽似的吃起来。

估计是瞧我那副跟饿死鬼投胎似的模样，王萌萌都不忍心打扰我追问一些问题了，只是时不时偷偷瞄我一眼，都被我视若无睹。

将汤也喝得干干净净，我拿起纸巾擦了擦嘴，露出了心满意足的笑容。

而这时，背包里传来手机来电铃声，我擦了擦手，拉开背包将那部唯一功能是打电话的旧款手机拿了出来，一看上面的联系人，我就忍不住想笑。

我生疏而客气地"喂"了一声。

"出来，我在你宿舍楼下后门走廊。"

熟悉却陌生的男声传了过来。

他的声音是清雅的，却因冷漠而显得冷冽。

我将已经被挂断的手机往床上一丢，在心里鄙视了某人的高冷几秒，扯着衣领低头看了一眼，我心不甘情不愿地打开衣柜拿了件内衣走进了浴室。

见我不一会儿开门出来，走到门口穿拖鞋，正在吃消夜的王萌萌好奇问我："溪溪，有人喊你出去吗？谁啊？"

我不以为意地说："还能有谁，唐逾白。"

"噗！"

王萌萌一口面喷了出来，她惊诧地看着我。

我失笑着摇了摇头，穿上拖鞋开门便走了出去。

第二章
他能跟动物对话

[1]

宿舍后门走廊这个时间倒是没人，我一副慵懒漫不经心的态度，双手插兜，懒洋洋地走了过去。而随着我的走近，此刻站在走廊尽头，背靠着墙的身影也逐渐清晰起来。

走廊的主灯没打开，昏黄光线更衬托得他气质凛人，身形修长，俊逸挺拔，"冷漠高傲"是他的代名词。

唐逾白的名字在学校里可谓无人不知，他是学霸，还是学生会副主席，今年大四，还未毕业，却早已有多家大公司向他抛出了橄榄枝，前途不可限量。

所谓天才精英，说的就是他这种。

"这么晚了，有什么事吗？"我打着哈欠，毫不在乎形象，姿态散漫得像个女流氓。

唐逾白冷眸斜睨我一眼，撇了撇嘴，虽然只是一闪而过，但我还是看出了他眼神里的那一丝不悦。

并不是因为我以这副穿着成套的海绵宝宝睡衣，梳了个丸子头的散漫模样跟他见面，而是一直以来他都是用这种眼神高傲地俯视我，带着一丝不悦与反感。

"你想让我明说？"他眉头微蹙，不悦地看着我。

他又皱眉了。说实在的，我还真是讨厌他这副自以为高深莫测，什么都掌控在手里的傲慢模样。就好像我是那个经常破坏他完美计划的人，导致他得时常教训批评我，真是让人受不了啊！

我叹了口气，摊手耸耸肩，看着他懒洋洋地说："不是我。"

唐逾白冷哼一声，厌恶地鄙夷我一眼说："你想否认我无所谓，但是请你别忘了，曾经的约法三章，现在你毁约了。"

"都说了，不是——"我还想耐着性子解释，只是在对上他反感的目光后，我顿了一下，索性放弃了，反正他不相信，说再多也没用。

"毁约就毁了，你还能怎么样？"我淡淡地看着他，我这副表情落在他眼里一定很欠揍，但这正合我意。

"无耻。"唐逾白扫了我一眼，眸底的厌恶毫不掩饰。

我无所谓地耸耸肩，只是一脸没辙地看着他，像是对一个调皮孩子的恶作剧感到无奈。我知道这样的态度对他来说是最大的羞辱，毕竟相处这么久了，我清楚知道如何能激怒他。

"为了博人眼球，你真是什么事都做得出来。"他嗤笑讥讽。

"随你怎么说吧。"反正我是彻底放弃反驳了，道不同不相为谋。

唐逾白斜睨我一眼，转身就走，只是突然又停下，他提醒说："你省省吧，我是绝不可能喜欢你的。"

说罢，迈着沉稳的步伐快步离开。

我心不在焉地打了个哈欠，伸了伸懒腰。

望着唐逾白离去的背影，我倚靠在墙壁上，摇头失笑，唐逾白啊唐逾白，你可知道，我若是想证明清白，可以直接告诉你是谁做的，但我没有，你可知道是为什么？

谁也不会知道我在想什么，自然也不会有人回答我。我望着空荡荡的走廊，在昏暗的灯光下，显得格外寂寥。

我在心里告诉了自己答案：因为，你还没重要到我需要求着你听我解释。

我是唐逾白家童养媳的事被传得沸沸扬扬，跟名人沾上边，出名果然快，短短几天，所有人都知道了一个叫乔溪的唐家"童养媳"。

这年头，什么秘密都藏不住，一调查，什么都水落石出。

比如，这个乔溪是如何成为唐逾白家的童养媳的？说到这里，首先你得拥有特殊的血型，最好还是全世界寥寥无几的那种。

我就是如此，在孤儿院里的我，因为拥有特殊血型，机缘巧合之下救过出车祸大出血的唐逾白。

那年，我七岁，唐逾白八岁，已经是个小少年了。

从此，这次机缘巧合改变了我的一生，我被唐逾白的父亲领养带回唐家。

美其名曰是跟这孩子有缘分，实则是将我领养在身边，以防万一。

而唐家所做的一切，都是为了唐逾白。

偏偏，唐逾白却不喜欢我。

我们从小一直同校，不寻常的关系也给我们增添了不少流言蜚语，我倒是无所谓，但唐逾白可不允许，毕竟他是那么高傲的一个人。

唐逾白越来越优秀，就自然越来越看不起像棵小草般卑微的我，在他眼里，我就只是寄住在他家的外人而已。

上了大学，我更是被约法三章，绝不能泄露他们的关系。

只是没想到在他将要毕业离开学校的这一年里，还是被所有人知道了。仔细一想，还真的好像是我故意似的，也难怪人家会这么想了。

不过，我对此始终一副事不关己的态度，每天要忙的事那么多，哪还有空关心这些？

嘴长在别人身上，我总不能一个个去捂住他们的嘴吧？反正有什么更劲爆的消息一出来，我的事很快被遗忘。

[2]

周四这天我没课，一早就离开了学校，搭地铁再转公交车去了枫韵别墅花园区，日子虽忙碌，却也充实。

重新回到这个地方，前几天的场景在脑海中冒出来。想起那晚看到的一幕，我不禁起了一身鸡皮疙瘩。

我搓了搓手臂，鼓起勇气，大胆地走了进去。

站岗的军人小哥依然肃穆严谨得像尊雕像，我习惯性向他挥挥手道了声早安，他没回应，始终面无表情直视着前方。

跟保安室里的大叔也打了声招呼后，我才进了门楼。为了尽快到达目的地，我撒腿就是一阵狂奔，就当锻炼身体了。

努力是不会白费的，这不，时间不就缩短了十分钟嘛。虽然换来的是气喘吁吁与满头大汗，但我还是感到十分满意。

看着紧闭的大门，我走上前，杵在门口傻站了好一会儿。考虑到里面有可能有人，我还是礼貌敲了敲门，免得突然闯入让房主反感。

只是静等了一会儿，四周寂静无声，一点声响都没有。

没人在家吗？我在心里猜测，想了想还是拿出钥匙开了门。推开一条小缝往里瞅了瞅，没发现任何巨型猛兽，我这才放心推了门走进去。

客厅跟我离开时没变化，唯一的差别是地板上多了一层淡淡的灰尘，很明显，这是没有被居住过的痕迹。

我四处张望一眼，客厅里空无一人，安静得没有一丝声响，那天晚上见到的男人究竟是不是这栋别墅的主人？我满心疑惑。

仔细想想，可能性并不低，倘若是外人，不可能将我挟持住还质问我的身份，只有住在这里的人，才会对一个突然出现在家中的陌生人做出那种举动。

想到这里，我也没再去细想了，毕竟那不是我该操心的，把房子打扫干净，才是我的首要职责。

将背包往沙发上一丢，我熟门熟路进了杂物间，拿出清洁用具，往水桶里放水，而后一只手提起水桶，一只手拿着拖把就往一楼唯一的一间卧室走去。

卧室的门虚掩着没锁，我两只手上都有东西，便用屁股顶着门推开。结果，看到眼前这一幕，我那颗结实的小心脏再次受了刺激狂跳了一会儿。

我吓得手一抖，水桶一晃荡洒出了一地的水。说真的，并不是我胆子小，而是眼前的画面，真不是一般人心理能够承受住的。

我好像知道了这张床为什么会这么大的原因了，给老虎睡的床能小到哪里去？

而且，还是人跟老虎一起睡！

我对那人肃然起敬起来，跟老虎一起睡，半夜也不怕被吃了，这得需要多大的胆量啊！

一人一虎睡得很香，连我弄出这么大的动静都没察觉到。有那么一瞬间，我是想夺门而出的，但是我这人呢，偏偏又有点小强迫症，没看清楚我是不会善罢甘休的！

我平复着因紧张而怦怦直跳的心脏，深呼吸一口气后，放下水桶，轻手轻脚走了过去。

[3]

很奇怪，在我逐渐靠近时，紧张的心情竟不知不觉放松下来了，似乎没那么可怕了。床靠近敞开着的窗户，有清凉舒风涌进来，窗帘在半空中荡起波浪的弧度。

安逸的氛围让我减轻了面临危险的紧张感，我在接近床边时停下了，心跳蓦地加快，我感觉脸颊突然间升温。

纵观天下，什么样的美男子没在电视杂志上看过？但是，眼前这一个，是唯一让我触动脸红发烫的那一个。

就拿唐逾白来比较，这两人一比吧，其实差距也不大，唐逾白顶多不堪入目而已。

这张床的枕头套与棉被，我之前都有拍打晒过，闻着阳光的味道应该很好入睡，至少，眼前的男人确实睡得很惬意。

他穿着整套纯白的休闲睡衣，蜷缩着身子，小腿露出一截。他的肤色偏白，看起来格外白皙，由于他侧身而睡，领口处露出了锁骨一片肌肤。

他脑袋枕在老虎的肚皮上，随着老虎的呼吸，它的腹部轻轻起伏，他也跟着伏动。他的眼眸紧闭，眼睫毛很长，薄唇微抿，睡相异常安静，呼吸平稳，连个呼噜都不打。

看着那张几乎可以用"妖孽"这个词形容的面孔，就连一向不近男色的我也不由得失了神。若是被王萌萌那家伙看到，估计会疯。

这时，他突然缩了下肩膀，我下意识地看了直灌冷风进来的窗户一眼，又低头一看，地板上有我前几天晾过的被子。

要帮他盖被子吗？算了吧，要是人家醒了多尴尬，我正想打消这个想法，就见他又缩了缩，脸上还露出了足以让所有女人母性泛滥，趋之若鹜赶着帮他盖被子的虚弱表情。

我的天！不帮会遭到天谴的吧？我还是心软了，将被子捡了起来。我深深看了老虎一眼，冒着被老虎咬死的风险替一个帅哥盖被子，让我不由得怀疑这值得吗……

虽然老虎看起来睡得很沉，但谁能保证它不会突然醒过来呢？只是在我这么想的时候，我已经小心翼翼地爬上床了。

有时候，与其优柔寡断胡思乱想，还不如直接行动来得干脆，再说，就算老虎醒了，我这不是还有一个人可以挡着嘛。

只怪这床太大，我蹑手蹑脚地爬过去后，才将被子摊开，轻轻盖在了他身上。我正想松口气退回去，刚抬起头，就对上老虎那双深邃宛如漠视一切的眼。

它看着我，我看着它，空气一度很尴尬，然后，我看它张开了大嘴，露出了尖锐的利齿，就在我跟前，它温热的呼吸就喷吐在我脸上。

请原谅，我的胆子虽然大，但终究还是一个女孩子，所以，尖叫也是难免的……

"啊！"

我发出了连我自己都被吓到的高分贝尖叫声，甚至怀疑能震破玻璃，我慌得只想找个地洞钻进去躲起来。

手忙脚乱将被子一顿乱扯，我想用被子将自己盖住以此躲过一劫，可该死的是这种关键时刻，这男人竟然死拽着被子蒙过头不撒手。

大哥，究竟是你冷重要，还是我被老虎叼走吃了重要啊！

[4]

　　眼看老虎的嘴张得越来越大，情急之下我一头钻进被子里，既然不让我抢走被子，那我跟你挤一挤总行了吧？

　　只是这家伙竟然卷着被子睡，我实在没办法，恐惧使我失去理智，为了能蹭点被子掩盖住自己，我只能往他那边挤，然后……就挤到他怀里去了……

　　"看不到我，看不到我……"我闭着眼睛祈祷般念叨，就在这时听到一道如雷般的哈欠声，啊咧？老虎打喷嚏了？敢情它刚才嘴张得那么大是鼻子痒打喷嚏啊？

　　"阿布，下去。"

　　不等我回过神来，我的头顶就传来一道刚睡醒而有些沙哑的慵懒磁性嗓音。我抬头一看，他就在我近在咫尺的距离，眼眸依然紧闭着，只是微抿的薄唇动了动。

　　我能感觉到窸窸窣窣移动的声音，然后床垫重量一轻，老虎真的离开床了。

　　"阿布？那是老虎的名字？"我仰起头看着他，很好奇他怎么会给老虎取这名。

　　倒是他缓缓睁开眼帘，就这么定定注视着我。

　　这是我第一次看到他的眼睛，瞳孔深处漆黑幽暗，冷冰冰的，没有任何一丝情绪在里面。

　　那一刻，我差点以为自己对上的是一只猛兽的眼睛，而不是一个人类。

　　我一时没反应过来，就这么与他对视着，他的眼神宛如旋涡，有种把人吸引进去的魔力。

　　直到我的脸突然被他的手覆盖捂住，他将我的脑袋推开，我才反应

过来——等等！大哥别误会！

我将他的手拽下来，手忙脚乱地钻出去，几乎是手脚并用"嗖"的一声爬下床的，我赶紧向他保证说："你别胡思乱想，我对你没有任何龌龊的想法！刚才只是看你有点冷帮你盖下被子而已！"

我都做出保证了，他竟然还是面无表情看着我，脸上是赤裸裸的质疑与不相信。好小子，逼我使出绝招是不是？看来，想让他相信，只有这一个办法了！

"其实吧，也是有那么一点点私心的，不过也只是因为你长得那么好看，我想多看一眼而已……"我羞涩低下头，扭扭捏捏，两根手指头互戳着，大哥，都说了别逼我了，我可是会说实话的！

谁料，他还是一声不吭，我抬起头，就看他坐起身，盘着腿，低头看着盖在他腿上的被子。

我疑惑地眨眨眼，这是什么反应？跟我想的完全不一样啊！我都实话实说了，他不该给点反应吗？反而是在发呆，将我视若无睹了？

"先生，你听到我的话了吗？"气氛实在太诡异了，我踌躇了半晌，才决定主动开口。

只是，仍旧没有回应。

"先生，你不会是聋子吧？"不怪我会如此猜测，实在是……可能性很大啊！

跟我猜想的一样，他还是毫无反应。

不会吧，真的听不见？我惊讶地瞪大眼，赶紧手脚麻利地再次爬上床，像个大老爷们似的在他对面也跟着盘腿一搁，我伸出手在他眼前晃了晃，他还是没有任何反应。

我震惊地捂住了嘴，难以置信地说："你不只是聋子，还是瞎子啊！"

"你才眼瞎。"他毫无征兆抬起头，冷不丁冒出了这么一句。

"妈呀！"我被他吓了一跳，往后一仰差点摔倒，要死啦！就不能正常一点对话吗？

我强自镇定下来，拍了拍胸口，没好气地说："你不是就直接说嘛，害我以为你真的是又聋又瞎，让我爬上爬下，很累哎！"

我埋怨嘟囔着再次爬下床，他就顶着一张跟面瘫似的脸，默不作声。

"先生，我叫乔溪，是过来打扫你家的家政工，不知道你怎么称呼？"不管怎么说，虽然初次见面状况百出，但该有的仪式还是不能省略，我露出友好的笑容，主动打招呼自我介绍。

我早猜到他不会搭理我，但我没想到，他竟然只是斜睨我一眼，然后一倒身蒙着被子又睡觉去了。

哎呀！这小子，挺狂啊！

我一脸莫名其妙地出了卧室，不由得感慨世界之大无奇不有，这栋别墅的主人，怕是有什么疑难杂症不成？

只是，我没时间去多想了，自己的老本行，伟大的打扫工作还没开始呢，我将这诡异的房主抛之脑后，提着水桶走出去。想了想，就顺便将房门给他带上了。

[5]

将书房与二楼都打扫过后，我才重回一楼卧室，只见卧室房门依然还紧闭着，似乎从我关上门后就没打开过。

我犹豫了半晌，还是走过去轻轻敲了敲门，结果跟意料之中的一样，没有一丝动静。

我摸着下巴琢磨了一会儿，凑在门板上，偷偷推开一条缝，按老规矩，往里一瞅，嗯？没人了？

在我清扫楼上的时候走了吗？推开门，我提着水桶再次走了进去。

卧室里确实空无一人，床上的被子堆成一团，这对于一个有强迫症喜欢把被子叠得整整齐齐的人来说，是种折磨！

于是，当我反应过来的时候，我已经将被子铺整齐了。这种跟职业般的本能反应，让我无数次傻愣在原地，莫非我就是天生的劳碌命？

我抹了把虚汗，额前的发丝被窗外涌进来的风吹起，我转头一看，这才注意到窗户敞开着，而且吹进来的凉风还夹带着一股绿叶清香的芬芳。

我走过去，脑袋探出窗外，一看才发现，窗户外面原来靠近山林，难怪空气如此清新。修得平整的山路，阳光倾斜洒落，一片金光，屹立的树林，精致的石头，让人感觉就好像进入了林间生活。

我闭上眼，张开双臂，大大吸了口气，一睁开眼，我就被自己呛住了。

咳咳！那，那是什么？

我瞪大眼，难以置信地看着从不远处走出来的一道笔直颀长身影，以及一头——巨大的大象！

通体呈深灰色的大象，四肢粗壮得宛如柱子，如同扇子的一对大耳朵时不时扇动着，两根象牙就像白色的长矛，眯着的眼睛看起来就像在睡觉，给人一种温和的感觉，一条小尾巴宛如小辫子，时不时摇一下。

它懒洋洋的，与它一同前行的男人走在铺满了阳光的林间小路上，身上穿着那套纯白休闲服，正赤着脚慢悠悠走着。

暖阳打在他的身上，似乎散发着耀眼的光晕，他看起来漫不经心，眉宇间一派沉寂慵懒。

而跟在男人身后的大象这时用鼻子推了推他的背，他停了下来，将提在手上的香蕉递了一根给它。

大象用鼻子钩了过来，喜滋滋地放到了嘴里，然后用鼻子蹭了蹭他的脸。

我看到他抚摸着大象的鼻子，大象露出满足的笑脸。

我的天！我惊讶地捂住了嘴，这又是老虎又是大象的，这里是动物园吗？否则一般人怎么可能会在家里养这些？

之前没注意，仔细一想，我才感觉到匪夷所思，一个在家里养老虎跟大象的男人，究竟是什么样的存在？

"吵死了。"他冷不丁呵斥一声。

我吓了一跳，忙蹲了下来，露出半个脑袋往他的方向瞅。

说实在的，倘若不是他没有看着我说，我差点怀疑他是不是听到了我心里的声音。毕竟，这里除了我就只有他了。

只是，他不是对我说那是对谁说的？我忙悄悄定睛一看，结果，就看到他的肩膀以及头顶上，都站着麻雀，啊咧？麻雀？

难怪从刚才开始就听到叽叽喳喳的声音，原来是麻雀啊！

只是，这些麻雀是他养的吗？怎么都围绕着他飞？甚至还站在他的头上，把他的头发当鸟窝了不成？

我惊奇地看着这一幕，仔细数了数，有七八只麻雀围绕着他叽叽喳喳，他的脸色越来越阴沉，似乎不耐烦了。

他伸出手，修长的手指骨节分明，在阳光下散发着柔和的光晕，然后……他掐住了在他面前晃悠的一只麻雀！

我呆愣住，瞧那力度，让我深深怀疑麻雀的五脏六腑会不会被他掐吐出来，只听他冷冷说："再敢多说一句，拿你去喂狼。"

我好像看到那只可怜的小麻雀抖了抖，然后扑腾翅膀，从他手中逃脱了，更应该说他松手了。

所有麻雀被吓得四处乱窜，眨眼间就没了踪影，聒噪的叽喳声消失了，四周恢复了寂静与安逸。

[6]

男人冷哼一声，大象这时又用鼻子蹭了蹭他的脸。他淡淡说："不能再吃了。"

大象眼神委屈下来，可怜兮兮地看着他。

"撒娇也没用。"他撇过头，不想搭理它。

大象"嗷嗷"叫了一声，他眼神一寒，冷眸斜睨它一眼，说："你威胁我？"

大象忙畏惧地缩回鼻子，低下了脑袋，低低"呜"了一声。

"你保证过很多次了。"他的语气里透着无奈，却有着明显的宠溺。

大象沮丧地垂下了脑袋，他看着它，我盯着他，半晌，他还是妥协了，又扯了一根香蕉给它。

大象欣喜，兴高采烈钩过来塞到嘴里，这才跟在他身后继续往前走了。

眼看他们越走越远，我靠着墙滑了下来跌坐在地，他刚才是在跟麻雀讲话吗？还有大象……他能听懂动物的话！

这个想法虽然不可思议，但刚才发生的一幕，却在笃定地告诉我，就是这样的！他真的能听懂动物的话！

我好像发现了不得了的事啊！我深吸一口气，努力平复下震惊的心情，与其这样怀疑猜测，不如问知道的人确定一下。

我打定了主意，将今天的工作干完后，在晚上七点多钟离开别墅时，我立马给张瑶小姐打了电话。结果她竟然支支吾吾避开了我的话题，无论我如何追问，她只给我一句话："合同条约第二十一条，不能调查房主的身份。"

得！合约都搬出来了，倘若不是了解这家公司是正规的，这样的条约真会让人以为是犯罪团伙干一些见不得人的事。

张瑶小姐那边我是打听不到了，我将希望放在了保安室的大叔身上。看到大叔在值班，我忙走了过去，透过窗台对他说："大叔，你知道9区1栋里住的是谁吗？"

"知道啊。"大叔回答得很爽快，笑眯眯地看着我，只是不等我追问，他就说，"不就是你负责打扫的那栋房子嘛。"

我失笑，大叔，你是故意绕我玩呢？我像是那种会轻易放弃的人吗？于是，在我执着地追问下，大叔终于妥协了，说了四个字。

他说："国家机密。"

我："……"

千言万语就融在这一个复杂的省略号中了。

大叔，不能说你就直说嘛，还说什么国家机密，你干脆告诉我是军事机密算了。

"也是军事机密，所以恕我不能告诉你。"大叔笑眯眯的，但我算是看出来了，大叔，你就是只笑面虎知道吗？还有，难道我心里在想什么就都写在脸上吗？一眼就被看出来了？

我沮丧地耷拉着脑袋，我只想确认真相而已，就这么难吗？虽然知道好奇害死猫，但我不怕！我又不是猫。

"小姑娘，你很能干，大叔看好你哦。不过，我建议你看到什么都当没看到，那才是最安全的哦。"估计是看出我的失望，他看着我，一副高深莫测的口气，眼神里透露给我一个信息，那就是他什么都知道。

我愣了一下，大叔这口气，有料啊！

我笑得很狡黠，看着他露出一个原来如此的表情。大叔怔了一下，估计正思索着自己说漏了什么。

我没再逗留，跟他挥了挥手意气风发地走了。实际上，我并没有确定什么，只是逗他玩而已，我虽然会好奇，但我也不是闲得没事干会插手管一些事的人。

反正来日方长，我迟早会知道的，这一点，我有信心。

[7]

转眼间又是几天过去了，中午一下课，我便来到食堂。

"溪溪！这边这边！"

刚一到食堂，早已在排队的王萌萌就使劲对我招手。我看着长长的队伍一眼，走了过去，排在她后面。

"今天来食堂吃饭的人怎么这么多？"我看着前面的队伍，疑惑地问她，毕竟平时的食堂可是可以用"萧条"来形容的。

"那还用说吗？你看那是谁？"王萌萌对我神秘一笑，伸出手指向前面。我顺着她所指的方向望去，只见另一排队伍前面的一道瞩目身影不是唐逾白还有谁。

"是他？"我眉头不由得一皱。

"是啊，男神来食堂吃饭从来都是人满为患的，而且，重点是——"王萌萌故意拖长了尾音，看着我说，"溪溪啊！这也是你们的秘密公布后的第一次同框呀！你没发现很多人都在看你吗？"

我转头四处一看，还真发现有不少人在偷偷往我这边瞅，对上我的视线后，又都心虚地转过了头。我不以为然地说："我注意别人干吗？"

"溪溪啊，你现在可是名人了哎，怎么一点都不注意？"王萌萌倒是一副恨铁不成钢的表情看着我。

我耸耸肩，感到无奈。

不过耳边倒是传来了一些对话，估计说话的人以为别人听不到，又或者是故意说给我听的，只听那人说："哎，唐逾白，那不是你家的童养媳嘛。"

很好，这位同学，你成功引起了我的注意。我不动声色地瞥了说这话的男生一眼，他就站在唐逾白身后，暧昧地推了推唐逾白的肩膀，就像在偷偷传一件不可告人的秘密。

唐逾白转头看了我一眼，我自然是仰头望天花板，食堂里的天花板有些年头了，这么多年肯定没有洗过，不知道食堂招不招清洁工呢。

我听到唐逾白冷哼一声，很快收回了目光，就算我没看到他的脸，他也一定是一副傲慢不屑一顾的态度。

这傲娇的小屁孩，从小到大就这样，不对！还变本加厉了。

"喂，别这么高冷嘛，我可是很看好你们的。"那男生倒是很有耐心，被他这么冷落竟然还能笑眯眯地调侃。

"何世堂，闭嘴。"唐逾白微怒瞪他一眼。

这个叫何世堂的男生做了个投降的动作，表示妥协。

何世堂这名字我倒是不熟，他的新朋友吗？呃……算了吧，他的朋友我就一个也不知道，反正也不重要。

打顿饭也不容易，等了好一会儿才终于轮到我们。到我的时候，我打了两份，利落潇洒地一手端起一个餐盘，走起路来照样轻松自在。

王萌萌在一旁夸我说："这就是你兼职过服务员的成果？"

"那可不，四人份的我都端过，小意思。"我得意炫耀，比端盘子，我可从来没输过。

"苏雨熙不知道又跑去哪儿了，每次都让你帮她打饭。"倒是周倩四处张望一眼，没看到熟悉的身影，对我露出了同情的目光。

"没事，举手之劳嘛。"我不以为意。有时候，举手之劳也可以划分为贬义词的范畴，当事人也只配得到我的举手之劳了。

单纯的周倩自然是听不出我的言外之意，对我的行为表示了极高的称赞，这丫头，一定要这么实在吗？

[8]

我准备在老位置坐下时，就发现座椅上有封信，还是粉红色的少女系。

"这是什么？"我将餐盘放在桌上，拿起那封信仔细瞅了一眼。

"呀！"王萌萌咋呼一声，一把将信抽了过去，突然就惊喜地大声说，"溪溪，这是情书啊！有人给你送情书哎！"

"真的假的？我看看！"女生果然是八卦群体，周倩的眼睛放光，赶紧也凑过来围观。

我淡淡"哦"了一声，情书这种东西在我眼里就是一张写了字的白纸而已。

"哦什么哦呀！这年头还有人写情书，很有心哎，你确定不想看看？"王萌萌眼睛里放光，期待地看着我。

"不想。"我是真没兴趣，而且比起看情书，我更想吃饭。

只是王萌萌这大嗓音一出，在场的所有人都听到了，当下都头靠头小声议论起来。

我注意到了，却只能任事态往我最不愿意看到的方向发展，这种心情，就跟大怪兽毁灭地球，而奥特曼变不了身，只能眼睁睁看着地球被毁灭一样，你说心不心塞？

我看到唐逾白夹菜的筷子一顿，但很快恢复，继续吃着饭。这小子还挺稳，然而就只会装模作样。

"那我们帮你拆了哦，我倒要看看，究竟是哪个系的男同学给你写情书。"王萌萌按捺不住好奇，不等我说什么又是否同意，就擅自将信封打开了。

"谁让你们拆别人的东西了？"

哎呀呀！最尴尬的一幕要发生了，我赶紧扒了口饭塞嘴里，压压惊。

一道身影雷厉风行似的冲了过来，一把抢过王萌萌刚拿起来的信封，只见男生气红着一张脸，恼怒地说："谁说这封情书是给她的？别乱说好吗？"

王萌萌一脸蒙，跟周情对视一眼，明显感到了一丝手足无措。

"也不想想她是什么身份，谁会给她写情书，那不是相当于跟唐逾白抢女人嘛。"那男生也是气急败坏，才会口无遮拦，将私底下议论的话都说出来了。

听到他这话，我又连塞了几口饭，将腮帮子塞得鼓鼓的，心想这位同学真会说话，专挑别人最不愿意听到的。

"啪"的一声，我看到不远处的唐逾白将筷子往桌上一放，技术不错，姿势帅气满分，筷子也没有飞出去，同时还能制造出声响，一定是经常练出来的吧。

他抽了纸巾擦了擦嘴，动作慢条斯理，却隐藏不住怒气。他面无表情地站起身对何世堂说："我吃饱了，你慢吃。"

说着便走出食堂，留给众人一个生人勿近的冷漠背影。

那男生也是后知后觉反应过来说错了话，他不自然地撇撇嘴，转开了头，当看到迎面走来的一道靓丽身影时，他立马紧张地整了整衣领。

我顺着他的视线望去，看到她嘴角一勾，露出一抹意味深长的笑容。

待对方走过来，他双手将情书呈上递给她，羞涩地说："雨熙师姐，请你收下。"

我看到苏雨熙愣了一下，她有些犹豫，但还是接过了男生递过来的信封。

男生欣喜，眉开眼笑地赶紧回自己餐位去了。

苏雨熙一脸茫然，在我身边的座位坐下后，看着我们奇怪地说："发生什么了吗？怎么气氛这么奇怪？我刚才还看到唐逾白面色铁青地走了。"

"呃——"王萌萌心虚地看了我一眼，发现我在闷头塞饭，便小声对她解释了刚才的情况，以及这封情书搞出来的乌龙。

苏雨熙一听立马露出惊讶的表情，她看了手里的情书一眼，突然下了决心。

她站起来，拿着那封情书走到那男生面前，一脸认真地说："不好意思，这个还你，你不该让我的好朋友尴尬的。"

听到她这话，现场响起了掌声，有人吹口哨大喊："苏女神霸气！"

苏雨熙小脸一红，赶紧转身走了回来。

唯有那男生愣愣地看着手里的情书，转头看了我一眼。我正好也在注意着，他的脸上浮现一丝气愤与反感，瞪着我小声说了句："我又没放在你座位上，自作多情。"

我的眼神冷了下来，他愣了一下，感觉有些没面子，施施然低头吃饭去了。

[9]

"雨熙啊，你真够义气的。"王萌萌佩服地拍了拍苏雨熙的肩膀，对她比了个大拇指。

苏雨熙羞涩一笑，温柔地说："没有，这是我应该做的，小溪是我的好朋友，我不会让她受欺负的。"

"哐当"一声，我将喝汤的汤勺往碗里重重一搁，抬起头对她笑着说："说得好！"

苏雨熙温柔笑了笑，低头便吃饭去了。

我嘴角的笑容慢慢消失，眼眸微敛，异样的眼神斜扫了她一眼，她似乎没有察觉，也可以说，故意忽视。

王萌萌对刚才的事件还存有疑惑，她奇怪地嘟囔："不过真是奇怪了，既然不是给你的情书，为什么还要放你座位上？谁都知道，我们一直都坐这个位置，雨熙的位置在你旁边，表白还会犯这种低级的错误？"

"可能是太紧张放错了吧，这种事也是不无可能发生的。"苏雨熙抬起头，对她微笑解释。

王萌萌被说服，同意地点了点头。

"雨熙，你这身衣服好好看啊，在哪里买的？"周倩早就被她的装扮吸引了，都是女孩子，谁不对美感兴趣。

"这个呀，是前几天刚出的新品，我第一时间就买下来了，还好看吗？"苏雨熙抬起透明的轻纱衣袖晃了晃，收紧的袖口还有小花。

她穿的是一件春季新款复古梦幻仙女裙，长长的碎花裙摆，主打轻薄飘逸的质感。

苏雨熙很漂亮，皮肤白皙，一头及腰的波浪卷长发，身材高挑丰满，是所有人心中当之无愧的女神。

"好看好看！你用的是什么牌子的口红啊，好好看，我也想买。"王萌萌鼓掌表示肯定，看着苏雨熙精致的妆容，很是羡慕。

"这个啊，是……"

我低头扒着饭，对于她们的聊天内容，我听不懂，也不感兴趣。什么新品化妆品之类的内容，还有聊到的热门话题，哪个大明星出了什么新闻，这些娱乐花边新闻我也一概不知。

比起关注别人的生活，我还不如多写一道题，多打一份工。

"小溪，晚上你有时间吗？我买了几张票，我们一起去看电影吧。"苏雨熙突然邀请我。

我灌了一口汤，摇了摇头说："不了，我还有兼职。"

"这样啊，真是可惜了，你还真是辛苦呢。"苏雨熙皱着眉，看着我的眼神要多可怜就有多可怜，能别搞得我好像在受罪似的好吗？

"哎呀，溪溪这叫体验生活，她可比咱们都勤劳多了，你的电影票我们帮你去看呀。"王萌萌笑嘻嘻的，虽然这话听起来有些贬义的味道，不过我知道她没那意思，这丫头就是心直口快而已。

"对，你们去看吧，看完告诉我讲了什么。"我站起身，端起餐盘对她们笑了笑说，"我吃饱了，你们慢慢吃哈！"

"哎——又这么快吃饱了，真是的。"王萌萌刚想喊住我，但我已经先一步走了，尽管听到她的嘟囔，我还是没有停下的打算。

这个苏雨熙，真是越来越明目张胆了啊！

第三章

顶级金牌驯兽师阎亦封

[1]

"哎，听说了吗？老板好像请来了一位顶级金牌驯兽师哎！"

我从换衣间里换好马戏团里专用的清洁工套装一走出来，就见站在镜子前补妆的一个女生对朋友兴致勃勃地说。

顶级金牌驯兽师？这么一个高级的名头自然也引起了我的注意。

驯兽师这个职业冷门，还时常存在被猛兽咬伤的危险，但也因为从业人员稀少，物以稀为贵。

据我所知，在这家马戏团里一个叫张远达的驯兽师平时就很嚣张，不知道这位"顶级金牌"驯兽师，又会嚣张到什么程度呢？

"真的假的？"朋友质疑，抹着口红，兴致看起来不大。

"当然是真的啦！"女生一脸笃定，仿佛已经亲眼见过似的。不过在马戏团里，漂亮的女孩子都有优势，想知道什么消息，勾勾小指头立马有人抢着告诉你。

"不过，我还没见过顶级的驯兽师长什么样呢。"

女生这话倒是引起我的兴趣，顶级的驯兽师肯定是一位专业驯兽几十年的大师了吧？那应该是胡须半白，一派清风道骨。

"还能长什么样？既然是顶级肯定是很有资质了，至少也驯了几十年了吧，是个大伯无疑了。难不成你还想他是个大帅哥啊？"

"哎呀！幻想一下也不可以吗，非得这么诚实？"

两人说说笑笑，补好妆后就都出去了。

不知为何，听到她们说起驯兽师，我的脑海里就浮现出某个人的身影……

面瘫，神秘，浑身散发着浓烈的男性荷尔蒙，一个人独住在一栋超级豪华的大别墅里，养着老虎跟大象！

驯兽师都不敢这么嚣张，而且也没那权利，私养猛兽可是犯法的，除非得到国家特批准许。

出了换衣间，我来到了马戏团后台，没有表演的时候，所有动物就都被关在这里，危险的动物，比如老虎就被关在铁笼里，其他都被束缚着。

我提着水桶拖把走过去，扑面而来的便是一股浓烈的屎臭味，我的眉头顿时一皱。

平时这些猛兽就是随地大小便，再加上天气一热，空气一闷，这满屋子的味道就更难闻了，基本能被呛得难以呼吸。

而我要做的就是清理粪便，恢复这里面清新的空气。还别说，这可是件很有成就感的事，让进来的人都不再捂着鼻子皱眉头，这些动物也不会遭受嫌弃的目光，多好啊！

戴上口罩，我正准备打扫清理粪便，耳边却突然传来一声巨响，顿时把我吓一跳！

"嗷！"

"哐当！"

猛兽的嗷叫声与它们撞击在铁笼发出的哐当声交织在一起，还有锁链拖动的窸窣声，我一抬头，就看到了关在角落里一只凶猛的老虎。

这只老虎应该是刚运过来不久的，刚才听说有顶级驯兽师过来，不出我所料的话，应该就是驯这一只了，虽不比我在别墅里见过的那只大，但也不小了。

不过，这只老虎还真不是一般凶残，尽管知道自己被关押起来了，还在挣扎着拿头去狠撞铁笼，甚至连流血了也不在意，偏激得仿佛就算死也不愿被人类驯服。

我一走过去，它撞击得更加厉害了，甚至对着我嘶吼恐吓。

我连忙停下，没再继续往前走了。我凝视着它，眼神里流露出温和的关心，它却还在嘶吼着，头狠狠撞着铁笼，毫不留情。

它仇恨暴怒的眼神，让我感到心疼。被囚禁起来，失去了自由，远离了属于自己的地方，被关在这陌生的地方里，面对未知的命运，它是恐惧并且憎恨的吧。

而我，跟它的遭遇比起来似乎也好不到哪儿去，都是为了生存，而在这个世界挣扎艰难地活着，只为了自由……

[2]

"乔溪，过来帮忙打扫下舞台！"

我猛地回过神来，赶紧应说："好的，马上！"

我看了老虎一眼，它仇视的目光炯炯地盯着我。放下清理粪便的簸箕，我快步走过去，站在门外喊我的男生递给我一把拖把，着急地说："好好干！我有一局游戏得赶紧打，我看好你哦！"

我一接过拖把，他撒腿就跑了。我无奈地摇了摇头，我一个兼职的打杂工可比不过人家一个"嫡系亲属工"，人家安排什么，乖乖照做记得领工资就好。

马戏团的舞台很大，观众席的位置更是宽敞，刚才那个男生负责打扫的区域是舞台，我纵身一跃……自以为帅气地爬了上去，拿着拖把围着舞台便拖了起来。

"哎，乔溪，你怎么到这儿来了？"一个短头发女生拿着两瓶饮料走过来。她叫安小默，是马戏团里唯一与我交好的女孩，估计是以为我家境跟她一样困苦而感到惺惺相惜吧。

看到我在这里，她露出了意外的表情。

"农民斗不过地主啊。"我调侃着笑了笑。

倒是她可就没我这么好的心态，替我打抱不平埋怨说："你啊，就是太老实了，那小子仗着他哥是驯兽师就经常偷懒。"说着，递给我一瓶饮料，"来，辛苦了，喝口水。"

"谢啦！"我道了声谢，接过饮料就拧开瓶盖。

马戏团的老板这时带领着一群人走了进来，对正在打扫的众人大声说："都停一下！我给大家介绍一个人，这位就是我特地请来的顶级金牌驯兽师，阎亦封先生！大家鼓掌欢迎！"

我拧开了瓶盖仰头灌下了一口饮料，余光往舞台下一扫，不看不知道，一看吓一跳！我一口饮料当场就喷了出来！

咳咳！哎哟，呛死我了。

我被呛得连连咳嗽，安小默也被我吓了一跳，赶紧拍了拍我的背，关心地说："怎么这么不小心？喝口水都会被呛到？"

"没，没事。"我摆手示意没事，干咳润了润喉，擦去嘴角上的水渍，我忙将目光再次投向刚才惊鸿一瞥的身影，那个此刻被众人簇拥着，备受瞩目的年轻男人。

他穿着两件套的上衣，白色内衬搭配一件薄长款外衣，黑裤下那修长的双腿，结实而笔直，身材看起来瘦削却不显得弱不禁风，相反，浑身都透着一股坚毅的力感。

而那张格外醒目俊逸妖孽的面孔，让人看过一眼都会过目不忘。

可偏偏如此帅气的外表，却拥有那样一双眼眸，宛如猛兽般犀利凌厉的瞳孔，让人望而却步。

第一眼被他外形所吸引，第二眼因他的眼神而胆怯退缩。

这个人，我最熟悉不过了，不正是那个养老虎还有大象的别墅主人嘛！原来……他叫阎亦封，还是个驯兽师？

[3]

"老板，你不是在说笑吧？你确定他是驯兽师，而不是助理？"围观的人群中，有人很快发出了质疑。

我转头看了过去，会说这种话的不是别人，正是马戏团里待得最久也是驯兽实力最好的，叫张远达的驯兽师，他今年四十多岁。

"当然是驯兽师了。虽然确实很年轻，但人家可是有本事的，那只刚运过来的老虎你不是搞不定吗，我把他请过来试一试了。"老板眉头微皱，同时不忘用眼神示意他别太过界。

却不料，张远达根本不理会老板的提醒，不满地说："我没说那只老虎我搞不定，只是需要时间而已，你连机会都不给我，却请了这么一个毛头小子过来？"

"张远达，客气着点！"老板呵斥他，"人家可是有名的顶级金牌驯——"

"老板，别总说什么顶不顶级的了，如果真有那么厉害，就让他试一试啊!"张远达打断老板的话,他双臂抱怀,摆出高高在上的姿态,看着阎亦封戏谑地说,"小子,你敢吗?可别到时候看到老虎被吓尿啊!"

其实,如果不是场合不对,我很想站起来大声跟他说:"张大师,你老可千万别冲动啊,这家伙可是敢跟老虎睡觉的,你不要这么挑衅他,小心他把自家的老虎牵过来吓死你。"

只是,张远达话都说到这份上了,阎亦封会怎么说?我不由得将目光转落在阎亦封身上,他从刚才开始就默不作声,甚至连表情都没有。

尽管他跟一群人站在一起,却显得那么突兀,格格不入,就好像不属于群聚的人类。

我被自己的想法吓了一跳,倒是他没搭理老板的奉承,也没搭理张远达的挑衅,竟然将目光直直投向我。

我的心"咯噔"一下。他在舞台下,抬头望着我,那一刻周围的所有人仿佛都被屏蔽掉了,只剩下他和我。

我被他的眼神盯得有些不自在,他该不会是嫌弃我在马戏团打杂又打扫他的家吧?

这个想法一冒出来,刚才梦幻般的氛围"咔嚓"一声,就跟玻璃破碎似的荡然无存。

我对他做了个鬼脸,这种幼稚的行为可不是我的作风,因此一回过神,我差点蹲在地板上消沉地画圈圈去了。对大金主爸爸做鬼脸,我是不想干了吗?乔溪,你这个白痴!

倒是这位宽容大度的阎亦封先生,伟大的顶级金牌驯兽师,并没有跟我这个小人物一般计较,他只是对老板说了三个字:"在哪儿?"

我一愣,没反应过来,怪不得说人家怎么会当上老板呢,反应那叫一个快!老板奉承讨好地对他笑说:"您跟我来,我带您去后台看老虎。"

阎亦封点点头，然后，就这么跟老板走了，是的，就这么直接走了，将刚才一个劲刷存在感的张远达大师晾在一边。

我暗暗咋舌，哎哟，这目中无人的技能，比唐逾白的道行还要高。

[4]

阎亦封这一走，所有人立马蜂拥跟上，能亲眼见到顶级金牌驯兽师露一手，那可是多难得的啊！安小默按捺不住好奇，抢过我手里的拖把一扔，就拽着我跟过去。

好吧，其实我也很好奇，只是当一群人拥进了关猛兽的后台，这儿的空气明显缺氧，再加上我被喊走还没来得及打扫的粪便，于是，我赶着跟过来挨骂了。

"你怎么回事？花钱请你来是享受的吗？这样的环境让人怎么受得了？你今天不把这里打扫干净，工钱就别想拿了！"

瞧瞧这中气十足、威风凛凛还十分霸气的话，你以为是出自老板口中吗？不不不，你想多了，马戏团的老板永远笑得跟弥勒佛一样，敢当着老板这么教训威胁我的，可只有这位张驯兽师——张远达。

我自然是低头连连道歉，正所谓人在屋檐下，不得不低头啊。安小默倒是想替我出头解释的，被我拦住了。

混迹江湖这么多年，这点人情世故我还是懂的。这位张大师摆明是在找我出气呢，想从我这儿找回被阎亦封践踏的尊严与存在感。这种情形下，我若是跟他怼起来才是正合他的目的，我就偏不让他得逞。

"你是老板吗？"只是我没想到的是，阎亦封竟然为我出头了，当着所有人的面，他看着张远达说。

我被感动了，阎大师，您不计较我刚才的幼稚行为还替我出头，这让我怎么夸您才好啊？

张远达的脸一阵青一阵白，平时笑得跟弥勒佛似的老板表情冷漠地看着他，就好像在说，小样，你还敢踩我头上来了？

"你胡说什么，我当然不是！"张远达涨红着一张脸。

阎亦封"哦"了一声，然后跟个没事人一样，就好像根本没察觉到自己刚才那句话，让张远达跟我"反目成仇"了。

啊咧？就这么完了？你不会再怼回去吗？喂喂，说好的替我打抱不平呢？你这样收尾会让我得罪人的，算了，不说了，张远达的眼神已经能瞪穿我。

大哥，你不帮忙就别插嘴啊！你搞得人家这么难堪，他可是会把一个罪魁祸首的名头安我身上的。得！我看出来了，阎大师，你是故意的吧？

"啊！"

好在一声尖叫转移了所有人的注意。循声一看，就见一个女孩子被突然猛撞铁笼的老虎给吓到了，这才放声尖叫一声。

忽然被这么多人围观，本就仇恨人类的老虎也会感到不安恐惧，因此更加用力地撞击铁笼，铁笼被撞得激烈摇晃起来，好似随时会倒下。所有人都被吓一跳，忙往后一退，除了阎亦封跟张远达。

见众人都害怕得往后退缩，坚守岗位站姿如松的张远达感到很得意，虚荣心爆棚，鼻孔翘得老高，心里一定在说，你们这些胆小鬼知道怕了，哼，真没用。

只是扭头一看，发现阎亦封也站得稳稳的，张远达就明显不满了。这小子，没想到还是有点胆量的嘛。

"小子，你知道怎么驯兽吗？要不要我教你啊！"张远达摆明了在讥讽他。

但我没想到，阎亦封竟然摇了摇头说："不用。"

这口气……大哥，你这么认真地回答，你不会把他的嘲讽当真了吧？

张远达也是眨眨眼，一时不知该怎么接下去。

眼看阎亦封竟然走上前，靠近关着老虎的铁笼，张远达被吓一跳，忙说："喂，你干吗！还不退后，小心它扑过来！"

阎亦封停了下来。我看到张远达明显松了口气，好像在说，看吧，你还是害怕了，老子的话你还是会听的。结果，阎亦封转过头，看着他很平静地说："不靠近，怎么跟它说话？"

张远达傻眼了，我从他的眼睛里，看到了在精神病院里看到病人一样的神色。我相信在场所有人都会以为阎亦封在开玩笑，毕竟谁会相信驯兽就是跟猛兽说话交流呢？但我相信，他是认真的。

[5]

阎亦封没给众人怀疑取笑他的机会，当他们感到好笑时，他已经站在铁笼跟前了，几乎就跟老虎隔着铁笼面对面。我听到所有人倒抽了一口凉气，张远达不自觉地挪着脚步往后退，而阎亦封的身边空无一人。

"嗷！"

我看到老虎对着阎亦封嘶吼，就像刚才对我嘶吼一样，只是他的距离要更近，老虎一旦撞铁笼，一定会撞上他，甚至能将他压在铁笼之下。

只是，老虎并没撞铁笼，它只是红着眼，愤怒地朝他嘶吼着。

然后，我看到了让我都目瞪口呆的一幕，阎亦封竟然伸出了手，探进了铁笼里！

危险！手会被咬断的！

我很想大声阻止他，在场所有人则是被吓到了，女生纷纷大叫，张远达看着阎亦封的眼神已经不是在看一个神经病，而是一个疯子了。

还是老板最淡定，要说他怎么会是老板呢，人家直接十指紧扣握在一起祈祷念起了阿弥陀佛跟阿门了。

安小默吓得赶紧捂住眼睛。我定定地看着阎亦封，完全不敢呼吸。老虎在喘着粗气，尖齿上下磨动，就好像在将牙齿磨利似的，并且身躯做出了朝前猛扑过去的动作。

阎亦封很平静，他的眼睛里没有一丝畏惧与害怕，平静得毫无波澜，紧抿的薄唇轻启，他说："想拿我出气就咬吧。"

我瞪大了眼睛，他不会真的不要他那只手了吧？

而随着他话音落下，那只老虎张大嘴猛地就朝他的手扑过去。我吓得捂住嘴，眼睛却是瞪得老大，目不转睛地盯着。

"但是——"阎亦封突然又说了一句，在老虎张大的嘴即将咬在他手上时，他说，"我会让你死得很难看。"

老虎瞬间一僵！它是真的僵住了，张大的嘴只要轻轻一含咬，就能把他的手咬下来了。

可是吧，他偏偏在这种时候说这种话，咬下去吧，可能会死得很难看；不咬吧，那它也太没面子了。

我都替老虎感到尴尬，就在我怀疑老虎会做出什么举动时，它张大的嘴含住了阎亦封的手。

是的，不是咬，是含！这老虎智商高啊！它不咬，含还不行吗？这样也不会让自己丢脸失了威风。

只是，我能看出老虎是含住他的手的，但不代表大家也这么觉得的呀。当下，高低音不一的尖叫声跟奏响乐似的，女高音和男低音此起彼伏，仔细一听，还挺有节奏。

不过，这也不能撼动老虎含着他的手不放的决心。我看到阎亦封依然顶着面瘫脸，我不知道被老虎含着手的感觉是什么样的，但看他的表情，好像还挺不错吧？

阎亦封伸出另一只手摸了摸它的头，老虎的眼神还是仇视憎恨瞪着他的，只是不知因何而不敢真的咬断他的手，难道仅仅是刚才他的一句威胁？

阎亦封摸着它额头上威武的"王"字，仿佛在与它进行一场无声的对话。慢慢地，老虎的眼帘垂了下来，似乎妥协了，它张开嘴，阎亦封的手上全是它的口水，黏糊糊的。

老虎安静下来了，它伏坐下来，耷拉着脑袋，无精打采，眼神失去了光泽，跟受了什么巨大的打击似的。

刚才的高低音演奏也停下来了，现场一片死寂，阎亦封的手从铁笼里收了回来，然后向我走来。对了，忘了说，由于我勇气可嘉，胆子不小，在所有人中，我是距离他最近的。

[6]

我看着他脚步沉稳地朝我走过来，然后停下，突然凑近俯视着我，距离很近，他的眼睫毛还真不是一般的长啊。我愣愣地看着他，正以为他要跟我说什么时，他伸出了手，没错，伸出了那只被老虎含住黏糊糊的手！然后……在我的衣服上蹭了蹭。

空气一度很尴尬，也很有味道，我感觉自己石化了。他顶着面瘫脸，只有手在我的衣服上摩擦着，直到把老虎黏糊糊的口水擦干净才把手收了回去。

"你干吗擦我衣服上啊！"我一回过神立马就气得蹦起来，嫌弃地将衣服抖啊抖，噫——好恶心！

他没说话，甚至将我无视，好像刚才只是擦在抹布上似的，他走到还保持着祈祷动作的老板面前说："我累了。"

"啊？哦！阎先生累了，大家别愣着，赶紧请阎先生去贵宾室落座，给他端茶倒水啊！"老板的反应果然快，呆了那么一秒，立马大手指挥众人。于是，一阵手忙脚乱，阎大师被众人簇拥着走了出去。

安小默捧着一张春心萌动的小脸，屁颠屁颠跟了过去，嘴里还念念有词说："哎呀妈呀，好帅好帅！"

我心疼地看着我的衣服，那家伙绝对是故意的！我愤愤不平地准备出去找他算账，一转头，就发现原来不只有我一个人没出去，张远达还呆愣在原地一脸惶恐呢。

我走过去，推了推他的胳膊，笑说："怎么样？你还小看他吗？"

我这话估计正好戳中他的心窝，他木讷地看了我一眼，捂着脸羞愤地扭头走了。哎呀！别搞得好像我调戏你似的啊！很容易让人误会的！

虽然对阎亦封有气，但看到张远达落逃，我心情还是很好的。看了被关在铁笼里的老虎一眼，我凑过去，站在阎亦封刚才所在的位置，我蹲下来，看着它一副萎靡不振的模样，笑了笑说："你别怕他，他家里有比你还大的老虎呢，你要打起精神来，不过别再撞铁笼了，脑袋会疼的。"

我跟它说着话，它也没搭理我，耷拉着脑袋，跟生无可恋似的。

我也没再跟它唠嗑太久，某人把口水擦我身上的事还没问清楚呢。

刚走出去，就看到了被当太上皇般对待的阎亦封，他没进什么贵宾室，而是躺在老板专用的躺椅上，旁边有人扇着风，还有人给他端茶倒水，一堆人嬉皮笑脸地守在他旁边供他差遣。

阎亦封倒是始终一副处变不惊的态度，脸上也没表情，他是我见过将"面瘫"两个字诠释得如此精辟的人了。

[7]

我鼓着气，恼怒地瞪着他，他却全然不在意，倒是刚才在换衣间补妆的女生端着一杯水羞答答地递到他面前，他没有接过，就那么干瞧着，就好像水里有什么不干净的东西似的。

"阎先生，您不想喝吗？"那女生也是很会给自己找台阶下，见阎亦封默不作声，当下将水杯往旁边一搁，凑上一张谄媚的笑脸说，"那我给你捶捶肩吧？"

只是不等她碰到他，就被阎亦封冷漠地甩手拍开了，同时脸上还划过一道不悦。我愣了一下，他是抗拒别人碰他吗？

气氛瞬间尴尬下来，那女生可是马戏团里最漂亮的团花啊，阎亦封这是看不上？

我同情地看了那女生一眼，只见她一脸受伤，就差两眼泪汪汪了。

要说还是老板会做人，他赶紧凑过去化解尴尬笑眯眯地说："阎先生一定是太累了，要不进贵宾室休息如何？这边正在打扫，乌烟瘴气的，不适合休息哦。"

"不要。"当看到阎亦封一脸认真地拒绝时，原谅我忍不住"扑哧"一声笑了。结果我就悲催了，老板挂着皮笑肉不笑的笑脸，对我招了招手说："小乔同志，你过来。"

我能拒绝吗？就像阎亦封一样说不要，但显然我还没到他那段位，那么任性的话说不出口。我忐忑地走了过去，老板将一杯水递给我。

让我喝水？我露出恍然大悟的表情，接过水杯喝了一口，原来刚才是我想多了，人家是给我水喝呀！我赶紧跟老板道了声谢谢，只是，老板的脸色不好看啊！咋啦？

"我是让你把水给阎先生喝的。"老板笑出满脸的褶子，更应该说是气出来的皱纹。呃，这下尴尬了，我看着被我喝了一口的水，又看了看一直盯着水杯瞧的阎亦封，我也不知道自己是哪根筋搭错了，把水杯递给他就说："你要喝吗？"

这种情况下，他不喝我尴尬，他喝了我也尴尬，我给自己挖的是火坑啊！只是，我没想到，他竟然选择了后者！

直到他将接过去的水杯一饮而尽，我还处于僵硬的石化中。他知道自己在做什么吗？喝完了我喝过的水哎！跟，跟间接接吻似的！

老板眼睛一亮，暧昧的眼神在我们两人之间瞄着。

老板，你想什么呢？我们不是你想的那样！我到今天才知道他叫什么呢！

于是莫名其妙地，我被老板摁在阎亦封身边，给他扇风兼按摩。我就奇怪了，刚才人家一个大美女给他端茶倒水捶肩不要，我给他按摩他就不嫌弃？

直到我被马戏团里的所有女生羡慕嫉妒恨的眼神瞪穿，我才发现，这家伙竟然利用这种手段让我成为所有女生的公敌，过分！

我按着他肩膀的力度加大，他眉头一皱，但没说什么。这么一来，反倒是我不好意思了，搞得好像是我欺负人似的。

[8]

不知不觉间我伺候了他一下午，什么活儿都没干，就只是给他揉揉肩递递水，若不是老板说工钱照结，我早甩手闪人了。

马戏团里最近在翻新，舞台也要装新样貌。我看到安小默在舞台上忙得手忙脚乱，不由得有些心疼，原本是我跟她一起帮忙的。

　　我看了阎亦封一眼，他闭着眼，好像睡过去了。我松了口气，轻手轻脚地朝舞台上跑去。安小默正准备一个人搬起一块木板，刚准备使劲，结果轻松地就搬起来了，她抬头一看，我正搬着木板的另一头。

　　"你不用伺候他了吗？"安小默看了阎亦封一眼，对我露出了为难的神色。

　　"没事，他睡着了。"我得意地笑了笑。

　　安小默却还是一脸古怪地看着我，我感觉有些不对，转头一看，那个本该在睡觉的家伙竟然正目不转睛地盯着我！

　　"他在看着你呢，而且还盯得那么紧。"安小默露出一抹苦笑。

　　我才是哭笑不得，他是故意的吗？在我准备帮忙的时候，故意打断我。

　　行，他喜欢盯着我是吧，那我也盯着他！只是，他是生气了吗？脸上怎么露出这么可怕的表情？就在这时，耳边传来一声惊呼："小心！"

　　我下意识地四处一看，周围没危险，那么，就是头顶？我抬头往上看，一块硕大的木板摇摇欲坠，我脸色猛地一变。

　　安小默还茫然地傻愣在原地，我猛地推开她，自己却被脚下的杂物绊倒，膝盖撞在地板上，我疼得眉头一皱。

　　正想爬起来，就听众人一声惊呼，我抬头往上一看，那块巨大的木板从我头顶直降而下，那一瞬间，我只有一个想法，砸坏了这算工伤不？

　　电光石火间，我感觉有个人朝我冲了过来，后脑勺被宽厚的掌心扣住，不等我看清楚，我就被摁在一个结实的胸膛里，腰间一紧。而后，在我清醒的意识中，我被捞了起来，对方抱着我一个翻滚扑倒出去，紧接着耳边传来"砰"的一声巨响。

　　震耳欲聋。

只是奇怪的是，我却不感觉到可怕，耳朵也被及时捂住，我什么也没看到，但我知道的是，我快被他摁在胸膛里闷死了。

我敢肯定，我的脸一定红得跟煮熟的螃蟹一样，脸红跟被吓到有一点关系，跟被他闷得喘不过气也有一点关系，但真正让我脸红的罪魁祸首，是他胸膛里怦怦直跳的心……

这才是让我老脸一红的真凶！刚才情况危急，我下意识用双手勒住了他的腰，脸紧贴在他的胸膛，现在我还能感觉到他炙热的体温……不对不对！我赶紧松开勒着他不放的手，抬头一看，没想到真的是他——阎亦封！

他还在喘着气，胸膛起伏着。

我赶紧坐了起来，连忙将他检查了一遍，还好，他没事。

我也在喘着气，他躺着，我坐着，半晌他才也坐了起来，站起身掸了掸身上的灰，推开那些因担心而想检查他的人，独自走下了台，然后，出了马戏团大门。

安小默被我吓哭了，见我没事扑过来抱着我，念叨着"没事就好"。我望着阎亦封离去的背影，久久回不过神来。他似乎没我想象得那么糟糕恶劣，会第一反应救人的人，一定不会是坏人。

阎亦封，你究竟是什么样的一个人？

[9]

"乔溪，吓死我了，我看到他猛地冲过来把你抱走的时候，更是被吓惨了！"我没什么反应，倒是安小默表情夸张。

我安慰她："没事了，有惊无险而已。"

"他刚才抱着你的时候，胳膊好像被木板砸到了，你确定他真的没事吗？"她忧心忡忡地看着我。

我顿了一下，莫非，这就是他突然离开的原因？

我忙起身，对安小默说了一句我出去一会儿，就追向阎亦封刚才离开的方向，出了马戏团大门，四处一看，在门口墙角看到了他。

他靠着墙坐在角落里，几只流浪猫就围在他身边，他正逗着猫玩呢，我松了口气，还好他还在。

我走过去，正想着跟他打声招呼跟他道谢，就见他抱起其中一只白猫。我以为他会露出温柔的表情，对着猫宠溺地笑，结果他说："狼吃猫，把你们的毛都给拔了，给小刀当晚餐。"

有的人说一句话会冷场，而有的人说一句话，会吓走所有动物。

流浪猫一跑，他的身边就空荡下来了。我走过去，蹲在他面前，认真地说："谢谢你，刚才救了我，这个人情我会一直记得的。"

他抬头看了看我，低下头，又不说话了，简直跟个孩子似的。我抓了抓后脑勺，犹豫着要说什么，这时注意到他左手一直垂着，我一惊，忙说："你左手是不是磕着了？有没有脱臼？要不要看医生？"

"没事。"他终于回了我一句，却是带着疏离与冷淡。他站起身，好像是我打扰他了似的，转身就走了。

什么情况？跟有聊天障碍似的？他不会说话吗？我愁眉不展，直到他的背影渐行渐远，我才转身回了马戏团。

第四章

在他家睡了一夜

[1]

有一句俗话，叫人生充满了意外。

我原以为，在学校里，我可以永远不跟唐逾白有交集，尽管我们的特殊关系尽人皆知，我也没打算借此跟他套近乎。

但我没想到，有这么一天，我会心急如焚地满学校打听他的消息。

我拦了好几个同学，他们都纷纷表示不知道唐逾白在哪里。

好在皇天不负有心人，被我拦住了唐逾白的朋友，正是那天在食堂里吃饭调侃我的那位何世堂。

"唐逾白在哪儿？"他揶揄地看着我，故意戏谑地说，"你找他干吗呀？"

"知道就说，不知道就别浪费我时间。"我作势将他推开。

何世堂将我拦住，他笑眯眯地说："你怎么跟他一个样，都开不起玩笑。行了，我带你去。"

我皱眉，不知怎的，看到他嬉皮笑脸的模样就莫名没好感，当下说："不用了，你直接说他在哪儿就好了。"

结果这家伙根本不听，强行给我带了路。既然人家不嫌麻烦，我也就不嫌弃了。只是跟我预料的一样，他愿意带路，完全就是因为好奇心的驱使，一路上他都在暗示询问我跟唐逾白的关系。

我全程默不作声，让他一个人自言自语，他慢慢地也没了兴趣，嘟囔着："你怎么跟唐逾白形容的完全不一样？"

唐逾白在他面前说起过我？他这话倒是引起我的兴趣，我拍了他的肩膀一下，走上前与他并肩。他转过头来，我看着他问："唐逾白怎么形容我的？"

他看出我的不怀好意，撇撇嘴说："你放弃吧，我不会说的。"

我狡黠地笑了笑，诱导说："你说了，我就告诉你我为什么要找唐逾白。"

"真的？"他眼睛一亮，明显动摇了。

我笃定地点头。

他琢磨了一会儿，估计是觉得这交易还不错，当下说："他也没说太多，只是说你这个人让他看不顺眼，既自卑又懦弱，还只会唯唯诺诺地讨好人，看了就烦，还有——"

"好了，可以了。"我打断他，捏了捏眉心，略感头疼。这还不算说太多？那家伙，就是这样在背后污蔑我的吗？岂有此理！

何世堂饶有兴致地观察着我，意味深长地说："不过，跟你说过话后，我发现逾白形容的根本就是另一个人吧，否则怎么跟你一点都不像？"

我没好气地瞥他一眼，没搭他的话。见他把我带到了教学楼，我忙率先走上前，谁料他将我拦住："哎！你还没告诉我，你找唐逾白干吗呢？"

我看着他，嘴角一扬笑了笑说："我等会儿跟他说的时候，你不就知道了吗？"说完我就将笑意一收，脸色凝重地快步走了进去。

何世堂愣了一下，等他反应过来就追在我后面抗议："你这是耍赖！"

我没时间搭理他。找到唐逾白所在的教室，我推门就走进去，教室里老教授在讲课，台下坐满了同学，我的出现无疑将所有人的目光吸引了过来。

唐逾白一向出类拔萃，就连在教室里，也是最显眼的那一个，第一眼就能让人看到他。当我看到他的时候，他的目光也正好落在我身上，紧接着他眉头一蹙，不悦地低下头继续写字。

我到嘴边的话还没说出口，见他这态度，硬生生咽回去了，这小子就只会让人郁闷心塞。

"同学，你这是迟到了？"和蔼的老教授笑眯眯地看着我。

我忙向他歉疚颔首说："教授，不好意思打扰了，我是来找人的。"

"哦——"

我话音刚落，众人响起恍然大悟的起哄声。我嘴角抽了抽，这些同学闲得没事就只会胡思乱想猜测吗？

唐逾白握着笔的手一顿，他抬起头，正好看到何世堂也走了进来，并且站在我后面。见我看着他，他清冷的脸上划过一丝厌烦，冷声说："什么事？"

所有人的目光都聚集在我们身上，一副看好戏的期待模样，只可惜，他们要失望了。

"你爸爸住院了，打你的电话关机，伯母让我跟你说。"

唐逾白脸色一变，猛地起身，身边的同学赶紧起身给他让道。

唐逾白快步走出教室，我忙转身跟上他，留下一众因诧异而愣住的众人。

[2]

我追上唐逾白的时候，唐逾白正将手机开机，虽然听不到他在说什么，不过从他的脸色能看出他在跟谁打电话。

他的眉头紧皱，清俊的脸上有着一丝焦躁。

跟他的焦急一比，我就显得冷淡多了，但实际上，我的担心不比他少。

唐伯父虽不是我亲生父亲，但这些年也是把我当亲生女儿看待，对于他，我始终保留着一份感激与敬重。

"愣着干吗，还不快上车？"

不悦的催促声把我飘散的思绪拉了回来，我抬头一看，唐逾白已经拦下了一辆出租车，打开车门正看着我。

我赶紧走过去上了车，他跟司机说了医院位置。我透过车窗，正好看到学校门口有一道熟悉的身影走了过去。

不偏不倚，她身上那条雪纺碎花仙女裙在我眼前掠过。

我微微眯起了眼，苏雨熙？这个时间点还在校门口飘荡，恐怕是别有用心吧。

到了医院，唐逾白率先匆忙下了车，我紧跟而上，进了电梯，他按了五楼。

随着电梯上升，我们一句话也没有说，疏离冷漠得像个陌生人，彼此各站一边。

我跟着他进了一间单独的 VIP 病房，一进去，就见病房里围着好几个医生，在对病床上的唐伯父做检查。

我看到了唐伯父的脸色，这位一向和蔼、嘴角总是挂着慈祥笑容的男人，此刻紧闭双眸，眼下有着憔悴的黑眼圈。

以往因精神焕发而显得红光满面的脸庞，这一刻苍老而虚弱。他戴着氧气罩，医疗仪器嘀嘀响着，让人听了慌乱不安。

唐伯母见我们进来，眼眶一红，立即迎向唐逾白，哽咽着说："逾白，你总算来了，你爸突然就这样了，你说，他要有个三长两短，我该怎么办？"

"妈你别担心，不会的，有我在。"唐逾白安抚她，而后向医生询问。

医生摘下口罩，对他做了个请的手势，暗示出去外面讲。

唐逾白这时倒是沉稳冷静下来了，也许是他妈妈的不安与脆弱让他在瞬间成长了，重担与压力才是催促一个人长大的重要因素。

病房里瞬间只剩下一个护士，以及一个多余的我。

护士注意到我，微笑着问："你是病人家属吗？"

我点点头。她有点意外，看着在外面讲话的主任医生，她说："你是家属，不去听听医生怎么说吗？"

我摇了摇头，没说什么。不是我不想听，而是我根本没有融入进去一起听的资格。

护士体贴温柔，倒也没再多说。我弯下腰，轻声对唐伯父说："伯父，我是乔溪，我过来看你了，你放心，你一定会没事的。"

唐伯父没有任何反应，护士却告诉我，他能听到，只是疲惫睁不开眼而已。

我笑了笑，他能听到就足够了。这时，医生进来了，安排护士开始准备做手术了。为了不妨碍到他们，我忙退了出去。

唐伯父被推去动手术了，唐逾白与唐伯母赶紧跟了过去。

唐逾白在手术室门口站着，唐伯母坐在长椅上偷偷抹着眼泪。我迟疑了一下，还是走过去坐在唐伯母旁边，轻轻拍了拍她的背。

她手捂着嘴，哽咽着摇了摇头，没说话，但意思很明显。

我将手收了回来，只是看着她在一瞬间老了十几岁的模样有些感慨。唐伯母这人呢，出身名门，年轻时是娇贵的千金大小姐，如今是雍容华贵的贵妇。

她这一生，每天做的事情就是打扮自己，以及逛逛街喝下午茶，过的就是豪门贵妇的生活。

只是，这一类人一向毛病多，性格脾气也刁钻，别人是不是如此我不知道，但唐伯母就是这样一个人。

随着年龄增长，脾气就越大，只是，她在唐伯父跟唐逾白面前一直是贤惠的妻子与温柔的母亲，只有在我面前，才是泼辣刁钻的贵妇形象。

[3]

手术的时间很长，唐逾白中途被护士喊去前台，几乎是唐逾白一走，唐伯母就抬起头，对我冷声说："谁让你跟我坐一起的？"

她那眼神，就好像我弄脏了椅子，以及污染了空气似的。

我没说什么，站起来走到一旁靠着墙。以前我不跟她计较，现在这种情况更不会。

"不要忘了你的身份，如果不是联系不上逾白，你以为我会让你过来吗？"她警告地提醒我，这副嘴脸跟刚才的悲伤与脆弱判若两人。

我的眼神黯淡下来，垂下头，没说话。

她还在喋喋不休："看到你就烦，要不是你的血型跟逾白一样，我才不会让你住进我们家，孤儿院的孩子就是晦气……"

她还在说着什么，但我已经没去在意了，反正听了也不是一回两回了，我就当她太担心伯父，想找个人出出气发泄一下。

想想也是，她心情一不好，哪一次不是找我出气的？

我早该清楚的，虽住在一起，但我始终是外人。唐伯父虽对我好，但一直忙着工作，平时很少见到，对他来说，我需要什么他买给我，就是对我最好的安慰了。

托在唐家的福，从小到大我都跟着唐逾白读一样的私立学校，只要唐逾白有的，我也有一份，绝不会落下。

除了，他们的爱给不了。

唐伯母在他们在的时候对我百般呵护，等他们一走，就甩给我一张冷脸。

那时候年纪小不懂事，以为哪里做错惹她生气了，于是努力做一些事讨好她，希望能得到她的笑脸。

可是没用，我做再多，都敌不过唐伯父或者唐逾白在家几分钟，她对我嘘寒问暖，疼爱有加。

说起来，还是因为那一次。

唐伯母的朋友来到家里，我本着招待客人的礼貌给她朋友拎了拖鞋，却被当成用人对待后，唐伯母觉得脸上没面子，认为我是天生的奴隶命，是飞不上枝头变凤凰的。

于是，她警告我，别再叫她妈。

我自然不能跟伯父告状，毕竟是寄人篱下，没有任性跟发脾气的资格，我随便编了个借口，久而久之就将称呼改过来了。

但就算如此，我被默许为唐逾白的未来媳妇，这一点还是让她难以接受。她也是煞费苦心，想方设法让我跟唐家脱离关系，至少不能再住他们家。

于是，一次冲突之下，我跟她摊牌了，与她立了一份协议。

我想跟唐家脱离关系，从此毫无纠葛，唯一的办法就是还她一百万，作为她将我养育长大的抚养费。

为此，我才走上了这条漫漫无际的兼职之路，简单来说，就是还债。

"你到底什么时候能存够钱，我可是等着你搬出去很久了。"她眉眼犀利，声音透着尖锐。

听到她这话，我才抬起头看着她，拳头紧了紧，我低声道："快了。"

"快了？你不会不想搬出去了吧，所以故意拖延着。"她眯起眼审视着我，就好像我真的跟她所猜测的那样。

对上她这样的表情，我很想说一句唐伯父还在手术室里动手术，你跟我说这种事真的好吗？

唐逾白这时过来了，唐伯母的表情立马又哀伤起来。

唐逾白一看到我站在唐伯母对面，而她一个人毫无依靠，他的眼神冷了冷，横扫我一眼，坐在他妈妈身边，搂着她温柔安慰。

我在心里翻了个白眼，至于吗？搞得我好像才是欺负人的那一个。

说实在，唐伯母是不稀罕我那一百万的，她提出这要求，也是存心为难我，但我有自己的骄傲。

总有一天，我要当着她的面将一百万砸给她，再也不用因寄人篱下而卑躬屈膝了。

我要昂首挺胸，趾高气扬地从她家里潇洒离开。

为了那一天能尽快到来，我必须赚到更多的钱……

[4]

"乔溪，你没事吧？"

王萌萌推了我的胳膊一下，我睁开蒙眬睡眼，耷拉着眼皮瞥了她一眼，我握着牙刷一边慢吞吞刷着牙，一边含糊地说："干吗？"

她露出古怪的表情，指了指我手里的牙刷说："你没挤牙膏。"

我拿下牙刷一看，哦，还真没牙膏。我慢吞吞地挤出牙膏，接着继续刷。

"乔溪，你最近是不是太累了，怎么看你无精打采的。"

我摇了摇头："没事，昨晚睡晚了而已。"

"你几点睡的？"

"四点吧。"

"现在才七点，你岂不是只睡了三个小时？"王萌萌咋呼，急眼了。

"你反应这么大干吗？你以前不也经常追剧追到两三点吗？"我懒洋洋瞥她一眼。

谁料这丫头一听竟然跟我算起来了，一副痛心疾首的表情说："咱们能比吗？你前天深夜三点睡，大前天也是，你这可是相当连续几天没睡觉了。"

有吗？这么多天了？

我歪着脑袋想了想，好像是这样，白天上班，晚上写课题，兼职要干，学业也不能落，根本没时间睡觉。

"你在忙什么呀？以前都没见你这么拼过，身体受得了吗？"王萌萌皱着一张小脸。

我漱了漱口，用毛巾洗过脸后，才捏了捏她粉嘟嘟的脸颊笑说："别担心，我好着呢，只是最近刚好有点忙而已。"

她还是不放心，最后还是被我苦口婆心地劝服了。我拎上背包，急匆匆离开学校，搭上公交车，在靠窗的座位坐下。

我望着窗外，一早的阳光懒洋洋的，透过窗洒在身上，还挺舒服的……

我打了个哈欠，脑袋昏昏沉沉的，靠着窗闭着眼就这么睡过去了，直到有人推着我的肩膀喊："小姑娘，小姑娘，你快坐过站了。"

我吓了一跳，一个激灵蹦起来，拎着菜篮子的大妈看着我直摇头叹气。

我忙笑着跟她说了声谢谢匆忙下车，大妈在后面嘟囔着："现在的年轻人，晚上不睡觉都在干吗呢？"

我拍了拍双颊，提醒自己要清醒，接下来就不敢再睡过去了。

再次来到枫韵别墅花园区，已经是熟门熟路了，打了声招呼大叔就给放行了。

9区1栋别墅楼的大门永远紧闭，我没敲门，钥匙一开就推门进去了。

按照前几次的经验，别墅的主人阎亦封要么不在，要么就是在卧室里睡觉，只是我没想到的是，这一次门一开，我受惊吓了！

我吓得一个趔趄往后退，怎么不按常理出牌了？放着一只这么大的白狼是要吓谁呢？

只见一只比在动物园里看到的还大上一倍的白狼前肢匍屈，蹲在地板上盯着我瞧。那么大的体格，四肢精瘦有力，浓密的毛发看起来柔顺晶亮，眼睛炯炯有神，散发着它身为狼的高贵与强悍的气势。

"小刀，过来。"

我还没回过神来，就听到一道熟悉低哑的嗓音传了过来。

转头一看，就见阎亦封坐在客厅的沙发上，他的脚边趴着一只老虎，此刻正懒洋洋地看着我。

阎亦封还是顶着那张毫无表情的面瘫脸，淡淡地看着我眼前的这只大白狼。

他叫它"小刀"？怎么好像在哪儿听过？我想了想才记起来，之前在马戏团门口，我找到他的时候，他对着流浪猫好像提起了这个名字。

听到阎亦封的叫唤，大白狼不情不愿地站了起来，慢吞吞地朝他走了过去。

阎亦封手里好像拿着什么，仔细一看，哦，是指甲钳。

我看了那只狼一眼，只见它抬起了前爪踩在客桌上，耷拉着脑袋，一副不情愿抗拒的表情。

阎亦封可没搭理它心情怎么样，拿着指甲钳就对着它的趾甲剪下去，结果，趾甲纹丝不动。

我走过去，看到狼爪那结实僵硬的趾甲，再看看他手上那精致小巧的指甲钳，我不由得怀疑他的智商。

大哥，你拿人类用的小指甲钳去剪狼的利爪，确定不是开玩笑？

人家的趾甲能抠石头，咱的指甲行吗？

他好像也发现了，将指甲钳甩手一扔，左右看了看，然后从桌底下掏出一把大剪刀。

就是园丁用来修剪叶子的那一种。

我傻眼了，大白狼盯着那把大剪刀，不忍直视，默默转移了视线。

阎亦封拿着剪刀，在它的脚趾上比画两下，然后"咔嚓"一声，趾甲没剪下来，落了一撮白毛在桌上。

大白狼一看桌面上的白毛，又看缺了一撮毛的前肢一眼，正悄悄准备将爪子缩了回来，谁料一抬头，阎亦封正盯着它。

如果用拟人手法形容大白狼此刻的表情，那就是委屈与可怜兮兮，倘若白狼能说话，它应该最想说：能不能不剪了，再剪毛都光秃了。

我同情地看了这只大白狼一眼，瞧它这身光滑锃亮的毛发，平时应该很注重美容吧。

[5]

阎亦封发现大剪刀用不了，甩手往沙发上一搁，站起身就往厨房里去了，不一会儿拿着把菜刀出来。

这下好了，大白狼吓得浑身一个激灵，眼睛都瞪直了。

我赶紧阻止他说："哎！别别！你这一刀下去，它的爪子都能被你砍下来，难道你不知道有种东西叫钳子吗？"

他看了手里那把锋利的菜刀一眼，看着我吐出几个字："钳子是什么？"

我的妈呀，这世界上还有人不知道钳子的？

从工具箱里翻出剪切型钳子，我向他招招手，他走过来在我旁边蹲下，我给他做示范。

钳子夹住大白狼的趾甲，然后用力一夹，"咔嚓"一声，趾甲剪下来了。

我拿着钳子对他说："像狼跟老虎的趾甲，普通指甲钳剪不了的，你要用这一种。"

我这么说着，却发现他根本没听我说话，而是眼睛发光地看着我手里的钳子，跟发现新大陆似的。

我将钳子往左边移，他的眼珠子就跟到左边，往右边移，就转到右边，就好像拿着鸡腿在吸引一个吃货一样。

我眨眨眼，将钳子给了他，他露出意外的表情，就好像我给了他一件不得了的东西一样。

他伸出双手，很神圣地接过，转头望向大白狼。我瞄到大白狼正准备悄悄溜走，阎亦封一个眼神，大白狼就认命地趴下了。

阎亦封拿到了"新玩具"，"咔嚓咔嚓"剪上瘾了，将它的趾甲全部剪干净后，阎亦封的目光落在老虎身上。

原本装睡的老虎睁开一只眼，想当没看见又闭上，阎亦封也不说话，就这么目不转睛地盯着它。

于是，我好像听到老虎叹了口气，就像一个成熟稳重的男人，拗不过一个孩子期待的目光，随他去了。

阎亦封盘腿坐在地板上给老虎剪趾甲，他的表情很认真，修长的眼睫毛许久才眨一下，然而就是那么一眨眼，我的心跳莫名加快，是太热了吗？我怎么感觉脸有些烫？

我用手给自己扇了扇风，站起来，只是一抬头，眼前却一阵天旋地转，手脚一软，我连忙扶住沙发。

眼睛不敢乱看，微微眯着，待眩晕感没那么明显后，我才站直起身。揉了揉太阳穴，闭上眼，我深深吸了口气，一转身，就撞上了硬邦邦的墙壁，哦，不对，是撞到人了。

我睁开眼，看到的是他穿着白衬衫的胸口，也不知道他有多结实，刚才撞那么一下，鼻子生疼。

我仰起头，他正低着头看我，深邃漆黑的眼眸宛如沉寂的夜空，一望无际。这么近距离一看，他的脸还真的是三百六十度无死角，下巴与侧脸的轮廓弧度，完美得没有一丝缺陷与瑕疵。

"给你。"他把钳子递给我。

我正要接过，眼前突然一黑。

本想借他搀扶缓一下的，所以才会抓着他胳膊，谁知道力气仿佛在瞬间被抽空似的，我强撑着想保留一丝意识，企图拽住他做最后的挣扎。

但现实却是我抓着他胳膊的手滑到了他腿下，竟然连抱住他大腿的力气都没有。

好在他还挺怜香惜玉，没让我就这么跪倒在他面前。

在最后一点意识彻底消失前，我感觉到他及时接住了我，将我慢慢放下，我模糊不清的视野中，是他错愕的表情。

这家伙，怎么露出一副第一次看到人晕倒似的表情？至于这么惊讶吗？算了，不追究了，好累，让我睡一觉……

只是，虽然我确实很疲惫困倦，但我睡得并不舒坦，试想头昏脑涨、头重脚轻、呼吸困难的状态下睡得着吗？

尤其，耳边还吵得不行……

"我的天！大哥，你这是要闷死她啊！给她盖这么多被子干吗？"

"出汗。"

"出你个头的汗，盖这么多被子你没看她已经喘不过气了吗？你小子没生过病啊？"

"没有。"

"去去去！一边待着去，没生过病的还想照顾病人，还有，这几盆水又是用来干吗的？"

"给她擦汗，水烫，换冷的太冰，所以各掺一半。"

"那你把她脑袋固定住又是闹哪样？"

"她说头晕。"

真亏得我意识不清楚，否则我一定跳起来，难怪我睡得腰酸背痛，头昏脑涨，敢情是被你折磨的？

还把我脑袋固定住，这样就能不晕了吗？

我不知道是谁替我把这些东西全扔了，但是，我还是想对这位恩人说一句——滴水之恩，必将涌泉相报！

"唉，让你一个生活白痴照顾一个病人也太勉强了，站一边去吧。她只是几天没睡发烧昏过去而已，我给她输个液，再让她好好睡一觉就好了。"

"你输吧，我看着。"

不知为什么，听到他这话，我鼻子莫名一酸，奇怪，怎么突然想哭了？生病的时候果然是最脆弱的，动不动就想流泪，真是矫情。

"她哭了。"

"肯定是被你折磨哭的呗。你看看你，好好的小姑娘被你折磨成什么样了，女孩子是要细心温柔呵护的，知不知道？"

"哦。"

接下来他们又说了什么我就没印象了，他们的声音仿佛来自遥远的地方，空灵而缥缈，最后，世界陷入了沉寂，我什么也听不到了。

[6]

我再次睁开眼的时候，窗外是黑的，已经晚上了吗？

脑袋还有些昏沉，鼻塞呼吸不畅，浑身不舒服，我撑着床坐起来，身上盖着被子，仔细一看，这不是阎亦封的卧室吗？这床，是他跟老虎睡的。

刚醒过来，整个人还有些蒙，我呆坐着，等意识清醒些。这时，有人推开门走进来了，见我坐起来了，他微笑着说："醒了？"

我抬起头看着他，是一个没见过的陌生男人，四十多岁，有属于大叔的成熟帅气，也许是穿着白大褂的缘故，浑身散发着一股儒雅的气质，再加上戴着金边眼镜，温和的浅笑间透着温暖与关怀。

虽然没见过他，但声音我可是记得一清二楚的，他就是把我从阎亦封的"照顾"中解救出来的那位恩人。

他之前的口气跟他的外表倒是大相径庭，跟斯文儒雅的气质有些出入。

"我没事了，您是医生吧，谢谢您。"我跟他感激道谢。

他倒是不以为意摆摆手说："没什么，举手之劳而已。"

"不知道您怎么称呼？对了，我叫乔溪，是负责打扫这栋房子的家政工。"我想了想还是决定问他的名字，以后可能不会有交集，但问一下也没什么不妥，礼尚往来，我先介绍了自己。

"家政工？你年纪轻轻做这种工作？"他很意外，诧异地看着我。

我不好意思地笑了笑说："只是兼职而已。"

"兼职啊！"他似乎想到什么，理解地点点头，只是看着我的眼神透着一丝意味深长？

"我叫方秦，你可以叫我方医生。"他伸出手，摸了下我的额头，微笑着说，"还行，高烧已经降下去了，睡到早上就没事了。"

"早上？这不行！"听他说起早上，我才猛地回过神来。难怪总感觉有什么不对，我一个家政工没打扫也就算了，还在人家床上睡了一天——不对！是一天一夜！现在时间还早吧？得赶紧回去！

我将被子一掀就要下床，方医生却是摁着我的肩膀将我按回去，笑眯眯地说："现在是深夜一点，你打算怎么回去？"

深夜一点？我沮丧地垂下脑袋，已经是深更半夜了，搭不到车回去了。我惭愧捂住脸，唉，说出去都没脸见人了，竟然在别人家里睡了这么久。

方医生却是轻声笑了笑，摸了摸我的脑袋说："没事，你不用有什么负担，就算把这里当自己家也是可以的。看你年纪轻轻的，跟我女儿都差不多大，这么辛苦，不累吗？"

我本来是要推开他的，毕竟就算是医生，举止也太过亲密了。听到他这话，我就理解了，他这是把我当他女儿看待了。

"很累，但我只能靠自己。"我露出一抹苦笑。

他叹了口气，拍拍我的肩，鼓励说："放心吧，以后会有一个他能让你依靠的。"

"谢谢。"虽然只是一句客气话，但我还是由衷地跟他道谢。我看着他，他是一个让人看第一眼就觉得气质不凡的男人，举止优雅，风度翩翩。

但是，就是这样一个人，跟阎亦封那种怪人有关系？我就实在想不通了。

"想知道就问吧，我知道的都可以告诉你。"估计是我的表情太明显了，他在床边坐下，双手插兜，微笑看着我。

什么都可以问？这句话彻底将我的好奇心提上来了，我还真有一堆问题想知道。

首先，就是这个阎亦封的身份，他到底是什么人？但是，直接问好像有点太贸然了，于是我问："你跟这栋房子的主人阎亦封是朋友关系吗？"

"仇人。"他依然笑眯眯的，这两个字说出来却是咬牙切齿的。

我呆愣住，一脸蒙，仇人？

看我一副纠结的表情，他哈哈大笑起来，说："开个玩笑，算是朋友吧，有着深仇大恨的朋友。"

深仇大恨？这都是什么跟什么？

[7]

"我想，你最想知道的应该是他究竟是什么人吧？"不等我再拐弯抹角询问，他主动提出了我最想知道的问题，我尴尬地笑了笑，点点头。

他说："你可以认为他是一个拥有特殊能力的正常人。"

"特殊能力？"我愣住，言外之意，是指他听得懂动物的语言吗？

"你既然在这里打扫房子，应该也看到了吧，他养老虎、大象还有狼这些猛兽。"

我赶紧又点点头。

得到我的点头，他看着我饶有兴味地说："那你的胆子还真不小，我早听说老古因为有事回老家了，这栋别墅交给了家政工打扫，吓跑了好几个了。倒是没想到，留到最后的竟然是你这么一个小丫头。"

"老古？那是什么人？"我被他赞赏的眼神看得有些不好意思，连忙转移话题问他。

他解释说："老古是负责这栋别墅的管家，他不在家的时候，那些猛兽就由老古照顾。"

"原来是这样啊！"我恍然大悟。难怪了，这样一栋特殊的别墅，没有专业人员负责，根本不可能维持。

方医生的眼神带着打量与好奇看着我，他说："你的胆子就那么大吗？完全不怕那些老虎？"

呵呵，他太看得起我了，虽然我胆子确实大，但也不至于不怕老虎。我尴尬地笑着解释说："也不是不怕，只是阎亦封在场，想着既然是他养的，那有他在老虎应该不会咬人吧。"

我确实是这么想的，他之前在马戏团里已经露过一手了，我相信他。

"咬过哦。"方医生笑着看我。

我脸上的笑意一僵，呆住了，啥？咬，咬过人？

"他在的时候也敢咬人？"我咋舌。

方医生笑着说："是啊，因为是他指使的嘛。"

我："……"

方医生，咱在说正经的，您别开玩笑，很吓人的。

"那个，我能再问一个问题吗？"我有些不好意思地开口。

他倒是随和，让我尽管问，我说："我在马戏团里见过阎亦封，马戏团老板说他是金牌顶级驯兽师，那是他的职业吗？"

他露出意外的表情："你竟然还在马戏团里见过他？要不怎么说缘分不可思议呢，这八竿子都打不着的见面机会，你们竟然碰上了，都是缘分啊！"

他在说什么？这话听起来很不对呀。

"你问我他是不是干这行的，我只能说，那确实是他的正当工作。"

啊？正当工作？难不成他还干不正当的工作？

只是不等我问清楚，卧室房门被打开了，阎亦封走了进来。

"过来过来，我教你怎么检查有没有退烧。"方医生立即对阎亦封招了招手。

阎亦封走过来，方医生起身将他摁坐在自己的位置上，然后对他说："把手放在她额头上。"

阎亦封看了我一眼，然后伸出手放在我额头上。不知是不是烧还没有退，我感觉脸又发烫了。奇怪，刚才方医生碰的时候没感觉，怎么他的手一碰，我就脸红发烫呢？

"然后摸一下自己的额头，感受一下，她的体温是不是比你高。"方医生在一旁指导。

阎亦封一一照做，将手放在自己额头上，对方医生说："比我烫。"

"那就证明她烧还没退，明天她醒来的时候，你再测一次。如果感觉测不出来，可以靠近一点。"方医生说着拎起医药箱就要走了，最后对他叮嘱，"我得走了，你今晚在外面睡，不要打扰她，更不能对人家乱来，知道吗？"

阎亦封瞥他一眼，淡淡地说："你当我是傻子不成？"

方医生气结瞪大眼。瞧方医生那表情，我仿佛能看到他心里在想什么了，真是只白眼狼，利用完后就一脚踢了？

我认识阎亦封的时间虽然不长，但是他真的时常做出一些奇怪的举动与行为。

就像个什么也不懂的孩子，可是有时候，比如现在，他又能说出这种怼人的话，该说他是大智若愚，还是品性太腹黑？

方医生被气走了，看着他离开的背影，我好像能理解他说的"仇人"关系是什么意思了。就阎亦封这态度，没被打死就不错了。

阎亦封看了我一眼，起身也准备走出去。

我连忙喊住他："哎，等一下！"

他停了下来，背对着我。我跟他道谢："谢谢你，非但把我留下，还帮我叫了医生。你放心，今天没打扫的工作，我改天会补上的。"

他没说什么，迈步走出去了，同时还不忘将门带上。

卧室里安静下来，我看了看四周，窗外黑漆漆的，卧室的灯光亮如白昼。

开着灯我睡不着，正准备下床关灯。突然，房门被推开，阎亦封看了我一眼，然后关上灯走了出去，再次把门关上，全程一句话也没说。只是不知怎么，我却莫名地想笑。

他似乎比我想的，还要更细心。

[8]

隔天一早，我一醒来就感觉精力充沛。果然一天一夜不是白睡的，又或者应该说，我这不是病，而是缺少睡眠，睡一觉就又生龙活虎了。

我伸了个懒腰，正准备下床，阎亦封就跟在卧室里装了监控器似的，我一醒他就进来了。他走到我面前，伸出手放我额头上，然后检查自己的体温。

他皱了皱眉，我"咯噔"一下，怎么了？难道体温没降？

他蹲下身来凑近我，那么近的距离，我都感觉他的眼睫毛会扫在我脸上，那双深邃的眸专注又认真，我都能从他眼睛里看到自己的脸。

他伸出手放在我额头上，然后缩回去，这才直起身说："差不多了。"

我愣了一下，这家伙，还真的不忘一早给我测体温啊！

我有些感动，由衷地跟他道谢说："谢谢，我没事了，不好意思，昨天打扰了，还霸占了你跟老虎的床……"

我越说就越发觉得惭愧心虚，突然灵光一闪，我欣喜地提议："这样吧！为了道歉跟感谢，我给你做顿早餐怎么样？"

毕竟我实在买不起什么贵重礼物，只能用这种方式道谢了。

他顿了一下，然后才点头说："随你。"

我下了床，简单洗了把脸后就去厨房给他弄吃的了。

只是，冰箱里什么都没有，我放弃了冰箱，打开了储物柜。这里东西倒是不少，虽然都是没有开过的酱油盐醋，以及大米还有面条。

我一眼就相中了面条，食材要求不多，做起来也简单，还美味。只是，现在连根葱都没有，这是个大问题啊。

就在我苦恼时，阎亦封走了过来，倚靠在厨房门框边问："你需要什么吗？"

"这附近有卖蔬菜的吗？"我问他。

他摇了摇头，也不知是没有还是不知道。就在我失望时，他说："没有卖，但种在地里的，很多。"

哦耶！我差点兴奋得跳起来。我都忘了，这附近可是有人种菜的，别墅边都有一块土地，种花种菜都可以，出了门好像就有一处。

我一兴奋就容易得意忘形，搂着他的肩膀，一副称兄道弟的架势对他说："太好了，你跟我去偷菜吧。"

"偷是犯法的。"他面无表情地提醒我。

他这话还真提醒了我，我连忙改口说："那就跟人家买，我去挑菜，你负责给钱就好了。"

说着，我赶紧拉着他跑出去，找到那片菜地，琳琅满目应有尽有，我已经在脑海里列出了一堆菜单了。

我让阎亦封在一旁站着，菜地边有割菜的镰刀，我拿起镰刀割了些菜，还摘了两颗西红柿，顺便拔了几根葱。

就在这时，菜地的主人出来了，是一位年长的老人家，一看到我在菜地里，怀里捧着从他地里偷来的战利品，他笑了笑，爽朗地大声说："小丫头，需要多少就尽管拿去，我也是闲着没事种着玩的。"

"这怎么好意思啊，老伯，我们还是给您算菜钱吧。哦，当然，您找他算。"我指了指身后的阎亦封。

老人家看了阎亦封一眼，突然笑得更欢了。

阎亦封对他点了点头，好像还挺尊敬。

我一脸茫然，他们认识吗？不过算了，弄早餐要紧。

我抱着战利品回到厨房，就开始捣鼓早餐。

时间不早了，我就简单弄了个西红柿面汤，只可惜没鸡蛋，只能让我超凡脱俗的厨艺掩盖这唯一的美中不足了。

端着一大碗热气腾腾的汤面上桌的时候，阎亦封早被香味吸引过来了，看着碗里色香味俱全的面，他竟然发起了呆。

我赶紧将筷子跟汤勺递给他，示意他尝尝味道。

他接过筷子，吃了几口面，然后又接过汤勺，喝了一口汤。他抬起头看着我，眼里有着我看不懂的光芒。

什么意思？难吃，还是不合口味？

只是我还没来得及问出口，他就已经大快朵颐，大口大口吃起来了。我怕他呛着，提醒他吃慢点，真是奇怪了，怎么跟没吃过似的。

我收拾了一下就准备走了，只是一眨眼，就看到那么大一碗面已经空了。

他看着我，咂咂嘴，又看了看一干二净的大碗，对我使了个眼色。

不会吧？吃完还想让我洗碗？

我没辙，只好将碗筷收拾进厨房洗去了。只是不知道是不是我的错觉，我总感觉后面有人在盯着我。

但转头一看，一个人也没有。

太大惊小怪了吗？拧干抹布，我转身准备去擦桌，结果一转头，就正好看到阎亦封站在门后，露出一半的身体，见我看到他，又默默地挪了回去，将整个人都藏在门后。

我眨眨眼，他在干吗？很诡异哎。

看来，这个阎亦封，短时间内还无法了解清楚啊！

第五章

马戏团混乱

[1]

马戏团将迎来全新装修后的第一次演出，为了确保演出精彩并且万无一失，老板这几天特别注意驯兽师跟动物之间的相处情况。

阎亦封也因此每天都在，平时是很少见到他人的，他通常是隔几天出现一次，只要他在，我就可以不用打杂，专心伺候他就够了。

不过，阎亦封并不亲自驯兽，而是教张远达如何指挥老虎，他只在一旁看着。

对于阎亦封不上场的原则，老板可是操碎了心，觍着一张老脸，就差抱他大腿求他上场表演了。

毕竟是老板，可精明着呢。就阎亦封这外表以驯兽师身份亮相，足够吸引一批女性趋之若鹜赶着来看了。

阎亦封自始至终只有两个字——"不要"。

"哎哟！就一次，一次就好了！"

"不要。"

"你就当玩玩也好啊，这样，你就只亮个相！这总行了吧？"

"不要。"

"阎先生啊——"

说真的，每次看到阎亦封顶着一张面瘫脸，口齿清晰、字正腔圆地吐出"不要"这两个字，我都莫名有种很爽的感觉。

人在江湖，身不由己，有多少不愿意做的事，我却连拒绝的资格都没有，更何况是这么振振有词，任性地说不要？

这年头，"不要"两个字也不是谁都能说得起的了。

老板有多沮丧，张远达就有多得意。

阎亦封不上场，马戏团的舞台就是他张远达的了，而且阎亦封还帮助他驯老虎，这么大的便宜，他不要白不要啊！

自从上一次阎亦封展现了实力后，张远达就对他刮目相看了，经常对着他嬉皮笑脸，有什么问题就都过来找他。

阎亦封这方面脾气倒是很好，张远达在驯兽上有什么难处他都会帮忙。

其实也不是脾气好，我跟在他身边，可以看出，他也是为了让那些动物少受些鞭打而已。毕竟不是所有人都能听懂动物的语言与表达。

在经过阎亦封 N 次的拒绝后，老板终于放弃，垂头丧气地走了。阎亦封还在对张远达叮嘱指挥这只老虎的注意事项："我已经跟它谈过了，只要你别在它面前摆出欠揍的表情，也不要大声命令它，不惹它生气，它就勉强配合你。"

"怎么听着这老虎还挺想拥有尊严的？"张远达调侃地笑了笑。

已经训练结束被关进笼里的老虎斜睨了张远达一眼，显然不喜欢他。

"怎么，老虎不能有尊严了？"阎亦封不悦地看了他一眼。

张远达连忙改口道："有有有！老虎当然有尊严了，我这不是开个玩笑嘛。这个，午饭时间到了，我就先吃饭去了。"

张远达自知说错话，赶紧溜走了。

我站在阎亦封身后，见他待张远达一走，便将铁笼打开，将老虎放出来。

面对这么大一只老虎，我其实还有些小紧张，尽管知道阎亦封能跟动物沟通，但老虎在面前自由行动，还是让人瘆得慌。

阎亦封拍拍老虎的脑袋，示意它蹲下来，给它喂肉。他就把肉拿在手里，喂着它吃，一点都不担心自己的手也会被它咬了。

"我也能喂吗？"我凑过去，忍不住好奇地问他。

他看我一眼，点点头。我赶紧从他盆里抢过来一块，美滋滋地刚想喂给张大嘴的老虎，阎亦封就慢悠悠提醒了一句："如果你不怕手被咬断的话。"

"嗖"的一声，我将原本递到老虎嘴边的肉给收回来了，把我吓得胆战心惊的。老虎一看递到嘴边的肉没了，没有用愤怒的眼神瞪我，而是幽怨地看了阎亦封一眼。

我看着他，就见他递给老虎一块肉后，才懒洋洋地补充了一句："不过它挺喜欢你，所以不用担心。"

"……"

大哥，你就不能一口气说完吗？把递到老虎嘴边的肉抢走，那可是赤裸裸的挑衅啊！我发现，阎亦封还有一种能让人无话可说，气死人的能力。

不过，等等！他说老虎挺喜欢我？真的假的？

"你摸它的头试试。"阎亦封看出我的怀疑，淡淡说了一句。

我眼睛一亮，看着老虎，跃跃欲试。老虎傲娇地扭过了头，阎亦封示意我去试试，我立即伸出手，摸老虎的脑袋啊！这可不是谁都能做到的。

就跟对狗一样，顺着它的毛摸一摸，将它的毛给捋直了。

老虎的毛比我想象中的还要柔软，摸起来很是舒服，难怪阎亦封会跟老虎睡一起，完全是享受好嘛！

它虽然挺傲娇，但被我顺毛还是很乖巧的，超级萌的！我忍不住一把抱住它的脖子蹭了蹭，就算如此，它也没生气。

从来没想过，我竟然也能这么亲近地抱老虎，突然觉得，阎亦封这种能力好逆天！

阎亦封很淡定地继续给它喂肉，我抱着老虎跟抱玩偶似的，阎亦封看着它，突然嫌弃地说了一句："真丢老虎的脸。"

我明显感觉到老虎僵了一下，然后"嗷"了一嗓子。阎亦封冷哼一声，将原本要喂给它的肉收了回去，丢到盆里，说了句："别吃了。"

"它说什么了？"我敢肯定老虎一定说了什么，能把他气得不给它肉吃。

阎亦封看着我，说了三个字："要你管。"

呃，这究竟是老虎说的，还是他自己说的？

关于这个疑惑，我从老虎因没肉吃而露出可怜的表情上猜测出，是它说的无疑了……

[2]

"乔溪，明晚一起去看马戏团演出吧，我已经订好票了，这一次你可不能拒绝我了。"

我的手里被苏雨熙硬塞过来一张进场票。一看到票上熟悉的马戏团大门，我愣了一下，这不是我兼职打杂的马戏团嘛，她消息还挺灵通的。

"去吧去吧！"王萌萌起哄附和。

周倩也扬了扬手中的进场票笑嘻嘻道："咱们都有份，你可不能搞特殊。"

我看了苏雨熙一眼，她眨着无辜期待的眼睛看着我。我二话不说答应了，毕竟美女的盛情邀请怎么能拒绝呢？

好吧，我只是想知道我们用心筹备了那么久的演出会有多精彩而已。

苏雨熙很开心，她看了看时间，已经是晚上九点多钟了，她说还有点事要出去一下，然后就离开了宿舍。

"雨熙这个点出去，不会是去见唐逾白吧？"我将马戏团的演出票随手塞背包里，就听王萌萌嘟囔。

我抬起头看王萌萌，疑惑地说："见唐逾白？"

"是啊，我听说，雨熙最近跟唐逾白走得很近哦，经常能看到他们走在一起，很多人都在猜测，他们是不是在一起了。"王萌萌点点头，下意识地解释，结果一看是我问的，表情立马一僵。

我若有所思地点点头，苏雨熙喜欢唐逾白那点小心思，我早就看透了。不过，倒是没想到她终于主动出击了。

前几日听说唐伯父身体好转了，我去了趟医院，当时只有唐伯母在，我连病房都进不去，就被唐伯母赶出来了。

没办法，我只好去护士站，找护士了解唐伯父的身体状况，正好就看到了苏雨熙跟唐逾白从电梯里出来。

苏雨熙的手里还拎着一壶鸡汤，唐伯母在看到她过来时，立马笑得那叫一个温柔和蔼，对待亲女儿都不至于这样。

唐逾白注意到有人在看他，转头看了过来。我连忙转过身，假装跟护士小姐讲话，再次转过头时，病房的门已经关上了。

"那女人经常来。"护士小姐注意到我盯着病房看，突然八卦地跟我说，"那个阿姨可喜欢她了，一来就嘘寒问暖，应该是准备跟她儿子撮一对。你啊，是没机会的了。"她同情地看了我一眼。

我失笑地摇了摇头，看了紧闭的病房一眼，我转身便走，也没再去医院了……

"小溪，你生气了吗？"王萌萌见我没说话，小心翼翼地问。

我知道她在想什么，我现在是公认的唐逾白童养媳，唐逾白那么完美的一个人，不喜欢他天理难容，我这个童养媳，也肯定是喜欢他的。

而现在，苏雨熙跟唐逾白走太近，难免就会有种苏雨熙抢了我男人的感觉。

当然，这个言论是不会成立的。

苏雨熙是学校公认的女神，她跟唐逾白在一起，那就是校草跟校花的完美绝配，门当户对。

我当然不会生气，毕竟我又不喜欢唐逾白。但王萌萌一脸可惜心疼，愤愤不平地说："唐逾白明明那么帅，又完美，你怎么就不喜欢他呢？"

她用看外星人的眼神瞅着我，我哭笑不得。

只可惜，她眼中的完美，在我眼里，什么都不是。

"比起要喜欢唐逾白，我宁愿喜欢你。"我挑起她的下巴，对她调戏地笑了笑。

王萌萌眨眨眼，疑惑地说："什么意思？"

我笑而不语，还是周倩聪明，她说："意思就是，就算全天下男人都死光了，只剩下一个唐逾白，她宁愿喜欢女的，也不会喜欢他。"

嗯嗯，聪明！我满意地点点头。

王萌萌垮着一张脸看着我说："小溪，你说话好狠啊，明明长着一张乖宝宝的脸，说话那么阴险。"

喂喂！什么叫乖宝宝的脸？这是骂我呢，还是损我呢？

没再搭理她们，我打开背包，拿起那张马戏团演出的票，沉思了一会儿，苏雨熙这时候邀请我们去看马戏团，真的只是因为单纯地看演出而已？

等等！我突然想到什么，怔了一下，一脸诧异，苏雨熙该不会还邀请了"他"吧？

结果事实证明，我猜对了。

[3]

隔天晚上七点，苏雨熙就带我们出了学校门口，刚一走出去，就有一辆车停了下来。车门打开，走下来的人不是别人，正是唐逾白。我看到他，想到苏雨熙的那点心机，没忍住翻了个白眼。唐逾白也注意到我，眉头不悦地皱起，但转瞬即逝。

"逾白，你来啦，还麻烦你开车，真是不好意思。"苏雨熙忙迎过去，笑靥如花。

不知是不是巧合，两人今天刚好穿了同色系的衣服，都是清新系的浅蓝白，站在一起，别说还挺登对养眼的。

我不由得低头看了自己一眼，白衬衫、黑裤子、帆布鞋，简单中的精简，站在精心打扮过的她们之间，显得那么格格不入。

"没事。"唐逾白态度没那么疏离，甚至还扯了下嘴角，弯了抹弧度，他替苏雨熙开了车门。

苏雨熙眉开眼笑，道了声谢谢，她坐上副座后，便对我们招手说："你们也快上车吧，时间快来不及了哦。"

"哦，好！"王萌萌也是刚反应过来，赶紧拽住我跟周倩的胳膊，把我们拖了过去，只听她小声地说，"妈呀，没想到，雨熙竟然还邀请了唐逾白，咱们这是去充当电灯泡的吗？"

周倩则是看了我一眼，眼神里透着关心。我笑着摇了摇头，示意没什么。

苏雨熙在想什么，我早就猜到了，明知道我跟唐逾白的关系，还故意这样做，就好像是在炫耀抢了我的男人，她还真是用心良苦啊！

苏雨熙却好像没察觉到似的，很自然地跟唐逾白聊起了天，没说几句就呵呵笑了起来。唐逾白的态度还算温和，但绝对不热情。

感觉，他好像还有点敷衍？

察觉到这一点，我看了前座只留给我一个背影的苏雨熙一眼，突然为她感到可怜。

以我对唐逾白的了解，倘若他喜欢苏雨熙，一定不会是这种态度，联想到唐伯母的态度，我就知道，唐逾白只是看在他妈妈的面子上，愿意跟她多了些接触而已，至于爱情，还谈不上。唐逾白的性格我太了解了，苏雨熙不是他喜欢的类型，至于他喜欢什么样的，这一点我还真不知道，但一定不是苏雨熙这样的。

也因为太过了解他的性格，所以我才不会喜欢上他，这辈子都不可能！

倒是苏雨熙，当初多好多单纯的一个女孩子，如今为了他，还真是什么事都做得出来，想想也是挺悲哀。

"小溪，小溪？"

"嗯？"

"到了，快下车吧。"王萌萌推了推我，我才回过神来，一看车窗外，车子已经停在马戏团门口了。

我推开车门下来，望着今晚富丽堂皇的马戏团大门，不禁有些感慨，一直以来都只在白天看过，有时候还是走后门，虽然早已熟悉这地方，这一刻却又很陌生。

王萌萌跟周倩也都下车来了。苏雨熙的安全带好像突然卡住打不开了，一直没有下车来，后面正好又有车过来，她便探出头，抱歉地对我们说："你们先进去吧，我陪逾白去将车停一下。"

"没事没事，你们快去吧！"王萌萌笑眯眯地回。

苏雨熙这才放心笑了笑，唐逾白没说什么，将车转去停车场方向停车去了。

"雨熙真会找机会啊！"望着车子开走，王萌萌佩服地感慨了一句，转头看到我，痛心疾首，"不像某人，笨蛋一个，这么好的帅哥就拱手让人了。"

我瞟了她一眼，这丫头，在光明正大地说谁呢？

[4]

通过检票口，一个个进入观众席中，我是她们之中最后一个，负责检票的是安小默，一看到我，她立马愣了一下。

我对她做了个嘘声的动作，对她眨了眨眼。

前面的王萌萌在催促喊我快点，我挥了挥手。安小默反应过来，将通过检查盖章的进场票递给我，微笑地说了句"欢迎您"。

我接过票，对安小默做了个加油鼓励的手势，便走了进去。

苏雨熙买的票在第一排，前排贵宾席呀，距离开场的时间还有十几分钟，观众已经来得差不多了。巨大宽敞的舞台上，被红幕遮掩着，随时可以拉幕开场。

为了前排的观众安全，观众席距离舞台有一些距离，并且还设置了铁围栏。当然，为了观影愉快，铁围栏并不高，也就一米，并不会阻碍到观众的视线。

在开场前五分钟，唐逾白跟苏雨熙才过来，两人的位置理所当然坐在了一起，我跟唐逾白，中间隔了苏雨熙、王萌萌、周倩，可以说是非常远了。

本就格格不入，这么一坐，再加上她们时不时凑一起低声细语说上一句，然后不约而同默契地笑一下，显得我就更像个"局外人"了。

好在马戏团表演很精彩，不至于让我被晾一边太尴尬。

说实在，虽说在马戏团工作，但我还真没看过马戏团表演，这么一看，我被震撼到了。

马戏团的规模不小，表演质量也高，跟一些小马戏团完全不是一个档次，光开场的舞蹈跟礼花，就可以看出投入的资金。

随着震撼的开场舞结束，没有任何拖泥带水，一系列的动物表演紧接着开始了，一下子，将观众完全带入了马戏团不可思议又精彩的表演中。

而一开始的表演都可以算开胃菜而已，真正的重头戏，还是狮子跟老虎的表演。

马戏团里的所有驯兽师都出来亮相了，唯独没有阎亦封，可想而知，他根本不可能会上场，甚至连今晚有没有出现都不知道。

很快，被关在铁笼里的老虎被推上舞台了，我莫名有些紧张，阎亦封不在，张远达的表演能顺利吗？

不知怎的，我的心脏扑通扑通直跳，突然有种非常不好的预感。

王萌萌注意到我的异常，关心地问我怎么了。我摇了摇头，没说什么。

倒是唐逾白看了我一眼，我无意间转头的时候正好跟他视线对上了，我转过头，目光重新落在舞台上。

表演现场已经布置完成，张远达放出了老虎，老虎一从铁笼中走出来，观众席上立马发出了惊呼声。毕竟这么大的老虎还是很少见的，感觉又那么凶，这只老虎真的被驯兽师驯服了吗？

很快，张远达就跟观众证明了，它确实被驯服了。

在张远达的指挥下，老虎完美完成了一系列表演，蹲下、起立、走独木桥，甚至最出名的火圈，它也跳过了。

观众席上的小孩子兴奋地大喊，对这只听话的老虎感到很有兴趣。

得到观众的鼓掌，张远达向观众鞠了个躬。

原本老虎的表演已经结束了，但观众席上突然传出了让老虎再跳一次火圈的声音，一开始声音不大，慢慢地，全场都喊起来了。

张远达有些为难，但观众这么热情高涨，若是在这时候让老虎下台，观众会很失望的，今后也可能不会再过来。

想到这里，张远达就擅自决定，让老虎再表演一次。

观众席上爆发出激昂的欢呼，张远达也兴奋起来了，只觉得观众所有的掌声都是为他鼓的。

[5]

我看到张远达得意的嘴脸，就开始有些担心了。

阎亦封之前有交代过他，表演一结束就立马让老虎下台休息，绝不能再继续表演。

现在，张远达完全被观众的欢呼蒙蔽了眼，虚荣心爆棚之下，哪还会想到阎亦封的叮嘱，当下命令老虎继续表演。

老虎可不会再听他的了，趴在台上一副慵懒的模样，一动不动，连看也不看张远达一眼。

　　这几天跟老虎的相处，让我对它的性子有些了解，吃软不吃硬，任性又骄傲，想让它听话，可没那么简单。

　　但张远达可没想那么多，他现在要做的只有一件事，让它站起来，重新为观众表演。

　　只可惜，不管他怎么喊，老虎就是不搭理他。

　　观众席中很快就有人不满了，催促着快点表演。张远达听到声音越发着急，就想对老虎使用他驯兽的那一套来对付它。

　　可他忘了，这只老虎根本不是他驯服的，他只是一个接待的，他那一套，在它这儿不管用。

　　当老虎发出警告的怒吼声时，我更加提心吊胆了，内心祈祷着它一定不能生气，不能乱来，会出事的！

　　"啪！"

　　"快起来！"张远达一鞭子打在台上，这是给老虎提醒，再不起来，下一鞭就打在它身上了。

　　老虎瞪了他一眼，我看得出来，它在克制着怒气，不想跟他一般计较，因此闭上眼装睡。

　　但张远达可不会就此罢休，下一鞭就打在老虎身上了。

　　老虎身体立马颤了一下，我的脸色也是唰地一变，猛地站起来，那一鞭就跟打在我身上似的疼。

　　"小溪，你干吗呢？快坐下，你会挡到其他人的。"王萌萌拉了拉我的衣角。我紧张地深吸了口气，坐了下来。王萌萌关心地问我是不是不舒服，我摇了摇头敷衍地说了句没事。

她还想再说什么，但我的注意力已经全在舞台上了。老虎还是没有起来，张远达又抽下第二鞭、第三鞭……我心疼得都快哭了，急得不行。

终于，老虎忍无可忍了，站起来对着张远达怒吼了一声，并且还朝他走过去。

张远达这时才有些慌，但还是壮着胆又一鞭子抽过去，这一次，鞭子被老虎咬住了。

老虎将鞭子一拽，张远达手一松，鞭子就到它嘴边了。

吐掉鞭子，老虎一个嘶吼，突然纵身一扑，将张远达扑在身下，并且张开了大嘴，对着张远达的肩膀咬下去。

我吓得再次猛站起来，这一次没有犹豫，双手扶住铁围栏，我一个纵身便跳了过去。

我快速往舞台上跑去，身后还传来王萌萌惊慌呼喊我名字的声音。

[6]

我看到所有驯兽师都围了过去，手上拿着棍子，对着老虎身上打。老虎吃痛，这才松开了张远达，但它现在是失控会咬人的老虎，在它伤害其他人之前，必须立马将它降服！

有人赶紧拿来了猎枪，对准着老虎，我忙大喊："不要！"

准备开枪的人是张远达的儿子，一看到我跑上舞台，立马就将枪放下了。

"别打它，别打它！"我气喘吁吁，眼看他们还拿着棍子打在老虎身上，我赶紧大喊阻止。

老虎这时已经完全失了理智了，发现他们都拿着棍子靠近不了，就朝我冲了过来！

那架势绝对不是扑过来跟我拥抱的，它张大着嘴，嘶吼着朝我冲过来，我敢肯定，它绝对能从我身上撕下一块肉来。

电光石火间，老虎的速度太快，我连躲避都来不及，就这么眼睁睁看着老虎距离我越来越近，它张开的嘴巴露出了利齿，在灯光下闪着锋利的光。

观众席上爆发出尖叫声，其间还夹着王萌萌跟周倩喊我名字的声音，混乱间，好像还有唐逾白的声音。

时间仿佛放慢了，周围的声音突然变得很缥缈，难道人在面临死亡之前，都是这样的吗？

"笨蛋！"就在这时，一道突兀的声音传了过来。

与此同时，我的腰一紧，我转头一看，是阎亦封！

他将我一搂拽进他怀里，而后我来不及看清，就被他强制摁住后脑勺压在他胸口上，只听随着老虎的一声嘶吼，我的鼻间涌来了一股血腥味……

我猛地回过神来，使劲从他怀里挣脱出来，转头一看，我惊愕住了。

阎亦封面无表情，眉宇间一如既往的冷峻，沉稳而平静，就仿佛被老虎咬住的人并不是他。

他保持着抵挡的姿势，伸出了一只胳膊，老虎尖锐的利齿就死死咬在他的手臂上，有血滴了下来，"滴答"一声，很清晰地落在地板上，宛如绽开的曼陀罗。

阎亦封将我推到身后，他蹲下来，跟老虎保持平视的高度，自始至终他都面不改色，抚摸着它的脑袋，安抚地说："已经没事了，放心吧，我在这里，谁也伤害不了你。"

阎亦封不厌其烦，极有耐心。老虎渐渐放下了警惕，慢慢松开了嘴，总算恢复过来了。

看着阎亦封还流淌着血的手臂，它伸出舌头替他舔了舔。阎亦封摸了摸它的头，站起来，让老虎回到铁笼里。

老虎却没有立马进去，而是看着我，那双幽深的瞳孔里闪烁着光，我能感觉到，它是在向我道歉。

我被它触动，忍不住走上前，像平时一样，蹲下来抱住它的脖子蹭了蹭。我放开它后，它这才回到铁笼里去了。

有人立马走过来将铁笼锁上，我忙去关心阎亦封的手臂，他却避开了，眼神很可怕地瞪了我一眼，我怔住，他冷冷地说："胡闹！"

我一脸错愕，他这是在批评我？

但不等我说什么，他已经快一步转身离开了，捂着还流着血的手臂。地板上，有他的血滴出来的一条血痕。

我看到阎亦封经过张远达的身边，而被几个人搀扶着的张远达毫发无损，原来刚才老虎并没有咬他。

我这时才有时间注意舞台跟观众席的情况，老虎刚才失控，胆小的人员都吓得躲起来了，此时才走出来，看着我的眼神很复杂。

观众席上，距离舞台最近的都退到后面去了，带孩子的父母纷纷捂住了孩子的眼睛跟耳朵，一半的观众跑了，只留下一半有胆子看热闹的。

苏雨熙跟王萌萌她们也都躲到后面去了，我看到她们的同时，她们也在看着我，眼神里充满了震惊。

"你是不是疯了！"唐逾白拽住我的胳膊，很用力。

我的胳膊有些疼，我抬头看他，他一脸惊慌地瞪着我。

我将他的手扯下来，淡淡地说："表演结束，可以带我们回去了。"

"你说什么？"他眉头紧紧皱起，眼睛里好像有火。

我没再说什么，避过他走下了舞台后，就朝苏雨熙、王萌萌她们走去。

[7]

回去的路上，我们一句话也没有说，唐逾白的脾气很暴躁，车速飞快，一路上可以说是飙回去的，让坐在前面的苏雨熙吓白了一张脸。

下车后，一行人便各自回宿舍去了。直到安全回了宿舍，王萌萌才好似如梦初醒，喃喃自语："我是在做梦吗？这梦也太可怕了。"

周倩拍着胸口，看着我的眼神还带着不可思议，拗不过好奇心的驱使，问我："乔溪，刚才是怎么回事？你怎么会跑舞台上去，而且，而且你还抱了老虎……"

我想，这才是最让她们感到惊讶与匪夷所思的，当时我也没想那么多，也就不知道她们有多震惊了。

"我不是跟你们说过，我一直在做兼职吗？我就在马戏团里工作，平时跟老虎比较熟。"我也没有隐瞒，至于老虎，只能这样解释了。

两人一听立马露出了恍然大悟的表情，总算没再胡思乱想了。

苏雨熙脸色很差，一方面是被老虎吓到，一方面也是跟唐逾白的飙车有关，一回来，她就躺床上去了。听到我这话，她才虚弱地开口："乔溪，你可吓死我们了，下次再发生这种事，你要提前说一声啊。"

"哎！别别！这种事发生过一次就够了，我可不想有第二次！"王萌萌吓得拍拍胸口，心有余悸，这时才突然想到什么，她好奇地问，"那个人是谁啊？就是替你挡老虎的，仔细想想，哇，好帅啊！"

王萌萌露出一脸痴迷的迷妹表情，周倩也想起来，赶紧说："对对！一路上我也在好奇着呢，他当时将你保护在身后，还伸出自己的手臂去给老虎咬，太有男子气概了，他跟你是什么关系啊？"

"你们可别想歪，他是马戏团里的金牌顶级驯兽师。你们也看到了，他那样做，是控制老虎。"我毫不客气地将她们的幻想扼杀在摇篮里。

"真的只是这样吗？"王萌萌很怀疑，想了想，她还是问了另一个她很好奇的问题，"那个什么金牌驯兽师的，长得帅吗？"

"嗯？"我奇怪看着她，"难道你没看到吗？"

"拜托！他戴着帽子哎，又那么远，怎么可能看到？"王萌萌鄙视地瞟我一眼。我仔细想了想，阎亦封当时好像穿着一身黑，又戴着帽子，我当时距离近，所以一眼就看出来了。

"快说快说，到底长什么样？"王萌萌催促我。

我看着她，毫不犹豫地说："比唐逾白帅多了。"

王萌萌不屑地"喊"了一声，没好气地说："你就骗我吧，还比唐逾白帅，那是不可能的，你难道忘了，我可是有一份排行榜的。"

"就是你列出的学校所有帅哥名单，然后唐逾白排第一的那个？"我想了想，她确实有收集帅哥并且进行排名的习惯。

"没错！在学校里，他是排第一，在明星榜单里，他可是能挤进前50名能跟明星媲美的帅哥，而且只有他一个！"王萌萌昂着下巴，一脸得意。

我耸耸肩，对她这些排名一点兴趣都没有，倒是在马戏团里那么紧张，现在一放松下来，就感觉好累，我拿了衣服就洗澡去了。

在我不在的时候她们说了什么，我就不知道了。

[8]

只是刚一走出去，我兜里的手机就响了，是唐逾白打来的电话，一接，他冷漠的声音就传了过来："你最好跟我解释一下，今晚到底是怎么回事？"

我撇撇嘴,好奇就直接说呗,至于跟审问一样吗?我没好气地说:"有什么好解释的,我平时在马戏团里工作,跟老虎是很好的朋友呗。"

"你在马戏团工作?"唐逾白的声音里有些意外。

我"嗯"了一声。他沉默了一会儿,才开口说:"为什么要找工作?家里给的钱难道不够你花吗?"

我沉默了,他这话,让我感到讽刺。

"我知道你一直在做兼职,你究竟是怎么想的?明明什么都有,却故意装得跟灰姑娘一样,这样很好玩吗?"唐逾白咄咄逼人,就好像在揭露我卑鄙的行为似的,带着一丝虚荣感。

我失笑地摇了摇头,他都说出这种话了,我也没有解释的必要,挂了电话,想了想又关了机。

"什么都不知道的人,在那边自以为是说什么呢。哼,关机气死你!"进了浴室,看着镜子里的自己,我摸了摸自己的脸,脸色有些白,心情突然有些难受,胸口闷得慌。

"胡闹!"

耳边却在这时响起阎亦封的声音。

我愣了一下,刚才的难受在瞬间消失,想到他手臂上的伤,我看着镜子对自己说:"明天一早就去他家看看!"

只希望他没事,不知道会不会找方秦医生给他包扎治疗,又或者在马戏团里就找医生治疗了。

还有,我又欠了他一个人情了……

第六章

前往贫困山区

[1]

一早我就过去了,别墅的大门一如既往地紧闭着,我掏出钥匙开了门,客厅里没有人。

卧室的房门倒是敞开着,我假装路过,往里面瞟了一眼。

哎,没人?

一大早的,阎亦封会去哪里?

"哗哗——"

就在这时,耳边传来了水声,我愣了一下,听出声音来自浴室,当下走过去。

浴室的门没关,里面的动静很大,不像是他在洗澡,果不其然,往里一看,就看到他蹲在一边,正在给老虎洗澡。

他的手臂上缠着绷带,我松了口气,幸好有包扎。

阎亦封听到脚步声,转头看了我一眼,没说什么,拿着毛巾就给阿布擦身。

浑身湿漉漉的阿布晃了晃脑袋,沾着水的毛发被它这么一晃,水全部被甩出去,淋了阎亦封一身。

阎亦封静止了，阿布甩干了毛发很舒服，结果低头一看，看到浑身湿漉漉的阎亦封，立马一僵。

　　阎亦封站起来，伸出手指着门。阿布垂头丧气，从浴缸里起来，走出了浴室，站在了我身边。

　　说实在的，这么大一只老虎，站在我旁边，我有种它在向我求救的错觉。

　　阎亦封将淋湿的上衣脱了，露出了线条分明的腹肌，难怪硬邦邦的，这身材该有多结实啊。

　　他抬头看了我一眼，我对上他的视线，这时才反应过来，我赶紧将门带上。"砰"的一声响后，我才彻底回过神来，想到刚才竟然看他的身材失了神，老脸就不由得一红。

　　里面不一会儿就传出了水声，估计是被淋了一身不舒服，他也给自己洗了个澡。

　　我看了蹲在我旁边的阿布一眼，我们面面相觑，突然有种惺惺相惜的感觉。

　　它身上的毛发还没干，放任不管可是会生病的，想起储物柜里有吹风机，我让它跟上我。从储物柜里拿出吹风机后，我让它趴在客厅空旷的位置上，给它吹干。

　　它一点攻击性都没有，我完全把它当狗一样对待了。

　　老虎大哥，不是我没把你当老虎对待，是你真的不像老虎啊！

　　好在我想什么它不会知道，吹了好一会儿才总算把它一身的毛吹干了。

　　就在这时，浴室的门打开了。阎亦封走了出来，他穿着浴袍，湿漉漉头发不断地滴着水。洗好澡出来的他，身上少了一些攻击性，多了一丝慵懒与随意，水珠顺着他的额角滑下，一路往脖子下流淌，经过了精致的锁骨，滑入了浴袍中……

看到这里，我赶紧晃了晃脑袋，提醒自己别被美色迷了心神。

阎亦封转身走了，进了一间房，走出来的时候已经换上一套衣服了，白色的休闲运动套装，慵懒的家居款式，穿在他身上，就跟量身定做似的。

等等！怎么好像有点眼熟？

我仔细想了想，这才想起，在王萌萌的时尚杂志上看到过！

她有喜欢帅哥的癖好，经常看着杂志上的帅哥哇哇大叫。阎亦封这身衣服，好像是刚出不久的名牌休闲装，价格死贵死贵的那种。

我有些咋舌，对他这个人越发感到好奇。

按道理，他一个人住在这么大的别墅，又穿名牌装，应该是个富二代啊。

但是，他的言行举止又很正常，完全没有一丝身为有钱人暴发户的感觉。

在马戏团里，也只是一个很吃苦耐劳的驯兽师，但谁会想到，他平时生活在这么豪华的一栋别墅里？

也许是我盯着他瞧的目光太明显了，他抬头看了我一眼，我尴尬地笑了笑。

他顶着一头湿漉漉的头发在沙发坐下，默不作声，头发上的水珠却是一滴一滴地落在沙发上……

我抽了抽嘴角，克制住对他发火的冲动，看了手里的吹风机一眼，我走过去，强行挤出一个笑容说："我帮你把头发吹干了吧？"

他抬眸斜睨我一眼，脸上没什么表情，依然没说话。

眼看他头发上的水又落了一滴在沙发上，我忍无可忍，不容他愿不愿意，我拿着吹风机直接就上手了。

他愣了一下，眼神里划过一道异光，不过也没有阻止，任由我拨弄他的头发，将他的头发吹干。

我吹了一会儿才反应过来我在干什么，糟糕！刚才一下没控制住，就这么冲动上手了，帮一个男人吹头发，这也太暧昧了吧？

我正胡思乱想着，"哐当"一声，有东西掉在地板上的声音，我抬头一看，就见门口站着一个男人。

他的手里拎着好几袋东西，其中一袋掉在了地板上，只见他瞪大眼，瞠目结舌地看着我们。

这人是谁？我怎么有种被抓奸的错觉？

"继续。"阎亦封见我没动静，提醒了我一声。

我这才回过神来，将他还没吹干的头发继续吹了吹。

站在门口的男人依然没动，直到我帮他把头发吹干，关了吹风机，阎亦封才对那男人说："傻站着干吗？"

我看了那男人一眼，就见他深吸了口气，拎着满满几大袋东西走过来，放在客桌上，对阎亦封说："你要的东西，我给你买来了。"

阎亦封让他买的？我瞅了一眼，嗯？都是食材，那只被拔了毛的鸡，眼睛正好朝着我这个方向盯着我呢。

阎亦封看着我，没说话，但那眼神，我最熟悉不过了。

我挑了挑眉，猜测问他："你不会是想让我做饭吧？"

阎亦封投给我一个明知故问的眼神，然后抬了抬他那受伤的手臂，说了两个字："人情。"

我一个没忍住笑出来，他的脑回路是怎么回事哦？知道我欠他一个人情，一早就让人买一堆食材送过来，让我还他人情了。

好吧，恩人是大爷，小的这就做饭去！

[2]

"行行行，那你们聊着，我去厨房准备。"我把食材拎起来去厨房，临走时还说了这么一句。只是说完我就后悔了，怎么跟老夫老妻似的？

不过，虽然是准备做饭，但现在的时间距离吃午饭还太早了。我将食材都拿了出来，放进冰箱里进行分类，这一分吓我一跳，几乎全是肉。

鸡肉、猪蹄、牛排、羊肉，这是多喜欢吃肉啊，跟食肉动物似的。

将这些肉都放进冰箱后，我才走了出去。

阎亦封见我出来，投来一个疑惑的眼神，我没好气地说："现在还早，等一会儿再做。"

他"哦"了一声，没再说什么了。

我看了那男人一眼，正好对上他一直盯着我瞧的目光。他连忙站起来，对我笑着介绍："你好，我是杨龙啸，他的朋友。"

"你好，我是乔溪，他的家政工。"我也笑着介绍。

杨龙啸愣了一下，意外地说："你是过来打扫的家政工？"

"是啊，这栋别墅吓跑了七个阿姨，最后我留了下来。"说到这里，我就特自豪，果然还是年轻人不怕死。

倒是杨龙啸，听到我这话表情有些奇怪，他看了看阎亦封，又瞅了瞅我。我被他盯得不自在，借口说先去打扫就溜了。

只是在我转身走的时候，听到杨龙啸小声对阎亦封说："你小子吓我一跳，我还以为你终于想清楚要找媳妇了呢！"

我感到很无奈，果然是被误会了。不过换成任何一个人都会误会的吧，以后，可一定要注意了，我暗暗提醒自己。

结果，刚提醒完，下一秒我就被自己打脸了……

"阎亦封，你喜欢吃什么肉？"

"羊肉。"

"OK！是喜欢红烧的，还是其他口味？"

"都可以。"

"鸡汤你喝吗？买了鸡，可以熬鸡汤喝。"

"嗯。"

"行，我马上就做。"确认过他的口味，我袖子一撸，进厨房准备大干一场了。

杨龙啸这时在后面喊："嫂子，我喜欢焖烧猪蹄，你也给我加个菜呗，中午我在这儿吃。"

我脚步一个踉跄，差点摔了，什……什么嫂子啊！

我眼神幽怨地看了杨龙啸一眼，只见他对我眨眨眼，投来一个暧昧的眼神。

我一拍脑门，唉，这误会，自找的！

我在厨房里一阵忙碌，这还是我第一次一餐做这么多荤菜。

红烧羊排、焖烧猪蹄、鸡汤，另外又做了糖醋排骨、西红柿炒鸡蛋，整整五道菜，赶在中午吃饭的时间做好端上桌了。

阎亦封手速快，一坐下就动筷吃起来了。

杨龙啸细细打量了一番，称赞："色香味俱全，你是阎家当之无愧的准媳妇逃不掉了。"说着，他拿起筷子就要尝一口，只是刚一下筷，就被阎亦封的筷子"啪"地打开了。

杨龙啸"哎呀"了一声，不认输，跟阎亦封抢了起来，两双筷子在餐桌上噼里啪啦，剑拔弩张，针锋相对。

最后还是阎亦封心情好放过杨龙啸了，杨龙啸夹了一块肉，一脸得意。

我抹了把冷汗，尴尬地笑着解释："你误会了，我只是还他一个人情，他的手臂是因为我受伤的，为了感谢，我给他做一顿饭。"

"是吗？那刚才给他吹头发也是还人情？"杨龙啸将肉塞进嘴里，原本还想一脸正色看着我，结果嚼了几口，立马露出了一脸享受满足的表情。

"那是为了不让他把沙发滴湿了，你也知道，他这个人，很难说得动。"我一脸无奈。

"你说得太对了！"杨龙啸一拍桌，跟看知己似的，就差泪眼汪汪握着我的手来一场相认了，他一顿抱怨，"任性又固执，不听劝，还经常欺负人，可过分了！"

我看了阎亦封一眼，他没说话，只是筷子顿了一下，冷冽的眼眸瞥了杨龙啸一眼，夹起那块带骨头的排骨，在嘴里嚼得咯吱响。

我只好干笑，诡异，太诡异了，这个叫杨龙啸的，是个什么身份？

二十七八岁，长相偏刚毅，轮廓棱角分明，身材高大，属于强壮的那一种，平时应该经常锻炼，浑身散发着一股正气，像是从事一些特殊行业的人，比如军人。

一顿风卷残云过后，这两位吃撑了，捧着肚子往沙发上一躺。

杨龙啸拿牙签剔牙，嘟囔着："吃太撑了，回去得训练好好消化一下。"

阎亦封吃饱了，给老虎阿布也喂了些肉。

杨龙啸对他说："今天来是有事要跟你说的，有个地方，得需要你去一趟。"

"时间。"阎亦封头也不抬地问。

"明天早上就出发吧,我派车过来接你。"

"好。"

阎亦封明天要走了?我突然想起之前在楼上书房看的日记,那是他写的吧,他经常会这样消失去某一个地方吗?是去干什么呢?

我虽然很好奇,但还不至于擅自去打听别人的私事。

我看了满桌的残局,默默收拾碗筷去洗了,起身的时候,好像有什么东西蹭了我的脚一下,感觉滑溜溜的。

我怔了一下,低头看了一眼,什么也没有,奇怪,是我的错觉吗?

[3]

我端着碗进了厨房,正洗着,突然听到一旁传来了窸窸窣窣的声音。

转头看了一眼,声音好像是从那个巨大的柜子里传出来的,我记得那里没东西啊。

听到有异样声响,我第一反应就是阎亦封那只白狼躲在里面了。当下也没多想,手上的泡沫都没洗,我走过去蹲下来。

柜子没有关紧,露着一些空间,我顺手将柜门一推,然后,一个婴儿头般大小的蛇头就这么蹿了出来!

"啊!"

我嗷了一嗓子,这声尖叫,石破天惊,响彻云霄。

咳,忘提醒了,我虽然不怕老虎,但是人都会有弱点,我唯一的弱点,就是惧怕蛇这种可怕的动物。

主要还是来源于小时候的阴影,我被蛇咬过一次,好在没毒,否则现在也不可能活蹦乱跳了。

我被吓得手忙脚乱一阵后退，只感觉头皮发麻，四肢发凉。

那条蟒蛇从柜子里游出来，并且朝我这边过来。

我四处张望，也不知道是要找武器还是要找地方躲。就在我被吓得六神无主的时候，阎亦封急忙冲进来了。

我一个条件反射扑到他身上，攀着他的身体爬到他背上，双手勒住他的脖子，双腿夹在他腰上，就跟抱住一棵树。我吓白了一张脸，死死抱着他这根救命稻草。

"脖子……快松开……"阎亦封拍了拍我勒着他脖子的手，我实在是被吓蒙了，身体都僵住了，紧勒着就是不放。

阎亦封无奈地叹了口气，伸出手对蟒蛇摆了摆，跟赶苍蝇似的说："出去。"

我将脑袋埋在他肩上，露出两只眼睛，眼看蟒蛇在他的嫌弃驱赶后，垂头丧气地游出了厨房。我大气都不敢喘一下，感觉都快缺氧了，脑袋发昏，蟒蛇带给我的冲击太大了。

试想一下，你突然打开一个柜子，从里面蹿出一个那么大的蛇头，会不会被吓死？

我目测它有三米长，身体大概有我大腿那么粗，货真价实的蟒蛇啊，能吃人的那种。

我想起以前看过的一部蟒蛇电影，蟒蛇囫囵吞下一个人后，没办法立马消化，蛇身就会有一个人被包裹在它肚子里的模样，太可怕了！

那是我曾经一度的噩梦。

我额头上都冒出冷汗了，阎亦封抬起手摸了摸我的脑袋，嗓音比平时温柔了些说："没事了。"

听到他这话，我紧张害怕的心才慢慢放松下来，一放松我才发现，刚才实在是被吓得太严重，连眼泪都不由自主地流出来了。我擦了擦眼泪，哽咽着吸了吸鼻子。

"别怕，我在。"他轻拍了拍我的肩。我下巴抵在他肩上，哽咽着有些小委屈地点点头。

这时杨龙啸也过来了，刚一走进来，就又连忙退出去，笑容满面地说："哎呀，差点打扰了，你们继续。"

我奇怪地看了杨龙啸一眼，顺着杨龙啸暧昧的眼神低头一看，我的手搂着阎亦封的脖子，两条腿还夹着他的腰，整个人完全攀在了他身上。

有那么三秒的静止，我才猛地回过神来，"嗖"的一声从他身上跳下来。

我满脸通红，赶紧说："不好意思啊，刚……刚才——只是情急之下的过激反应！"

我为自己找到解释的理由，对他不好意思地笑了笑。

阎亦封倒是比我想象的还要淡定，还是那张面瘫脸，只是抬手擦了擦被我糊了一脖子的泡沫。

我愧疚得抬不起头，偷偷瞟他一眼。也不知是不是我的错觉，他的耳根好像有点红？

他擦了几下就放下手了，我看着他喉结上还有点泡沫，走过去帮他擦掉，然后再次退回来，垂着脑袋，惭愧得无地自容。

过了好半晌，才听他低哑的磁性嗓音说："你怕蛇？"

我耷拉着脑袋，点点头。

他没再说什么，只是转身走了出去。

我抬起头的时候，他已经离开厨房了。

我站在厨房门框外，往外面瞅了一眼，就看到那条蟒蛇待在客厅里，杨龙啸正逗它玩，阎亦封过去就给它喂食物。

我咽了咽口水，心有余悸，还没从刚才的惊吓中彻底恢复过来。

万万没想到，阎亦封竟然还养了蛇！

原以为老虎还有狼就是他的极限了呢，这下好了，出现了一条蛇，我唯一惧怕的动物。

为了防止那条蛇有可能会游回来，我关上了门，重新洗起碗。等洗好了，我才小心翼翼开了门。确定阎亦封他们还在逗那条蟒蛇玩，我靠着墙，悄悄地往外挪，在心里念叨着看不到我，看不到我……

"你过来。"

我心里"咯噔"一下，抬起头幽怨地看着只用背影对着我的阎亦封，他是怎么知道我出来的？

"我不去！"我全身都在抗拒，打死都不过去。

"它没你想得那么可怕。"阎亦封转过头来，看着我，眼神有着我从未见过的温和。

"有！"我笃定点头，斩钉截铁。

"哈哈哈！"

杨龙啸这时突然捧腹大笑起来，笑得我一脸莫名其妙，他拍拍阎亦封的肩膀说："这下有你哄的了，哈哈哈！"

我幽幽地瞪了杨龙啸一眼，大哥，这时候就别开玩笑了好吗？

那条蟒蛇倒是很黏阎亦封，吐出信子舔了舔他的掌心，得到他的摸头一脸满足。

阎亦封摸着它的脑袋，低声好似喃喃自语："它是我八年前在森林里捡来的，当时刮了台风，它妈妈被吹倒的树干压死了，它就守着一旁，一直不肯离开。我陪了它一会儿，离开的时候，它就跟着我走了，直到现在。"

我愣住，他这是在跟我讲它的经历，希望我不要讨厌它吗？

阎亦封跟蟒蛇对视了一会儿，然后蟒蛇看了我一眼，便游出客厅了。

"怎么了？"我忙问他，它不会是因为我才游走的吧？

"我跟它说了，某人胆子小，一开始先别太靠近，也不会让它再突然蹿出来吓你玩，会跟你保持五米的距离。"阎亦封看着我解释。

听到他这话，我看了游出客厅的蟒蛇一眼。这才发现，它真的停在距离我五米的距离，躲在门外，露出半个脑袋出来瞅着我。

我的心里那叫一个内疚又心疼，感觉自己就是一个坏阿姨！歧视欺负一条蛇，过分！

"如果内疚，我可以让它回来。"阎亦封看出我的想法，突然提议，说着就要对蟒蛇招手。

我赶紧冲过去，握住他的手，义正词严地说："没事，我可以慢慢来，你不用勉强。"

"不勉强。"他用力要将手抽回去。

我使劲握着不放，欲哭无泪地说："很勉强的，真的很勉强，求你了，这样挺好的……"

"你确定？"

"我确定……"我都快哭了好吗？虽然内疚是一回事，但克服心理的恐惧也是需要时间的呀，大哥！

杨龙啸听到我们俩的对话，早在沙发上笑得前仰后合。我实在不觉得这有什么好笑，他至于这样吗？笑得这么开心？

"我太开心了，相信我，你妈看到了，一定也会乐疯。"杨龙啸捂着笑疼的肚子对阎亦封说。

阎亦封没搭理他，坐在地板上，抚摸着阿布的脑袋，目无焦距，不知道又到哪里神游去了。

我倒是愣了一下，看着他有些意外。他也是有家人的啊？我还以为，他就独自一个人呢。

也许是注意到我一直盯着他瞧，阎亦封抬起头看着我，一对上他的视线，我慌忙地转开。

心跳不自觉地加快，宛如擂鼓，我强自镇定，提醒自己，肯定是刚才的惊吓还没平复下来，没错，一定是这样！

[4]

阎亦封确实在隔天就离开了，我再次过来的时候，别墅里已经没有他的身影。就连他的老虎跟蟒蛇，也躲进后山很少出来。

阎亦封自然也不会出现在马戏团，老板对此的解释是请假休息了，大家也不会怀疑什么，我的工作恢复以往的状态。

就好像从未改变过，每天两点一线，回学校，离开学校，除了经过老虎身边的时候，我才能感觉到——

阎亦封，是存在的……

"小溪，你知道学校发布的通知吗？"

我正埋头吃饭，听到王萌萌这话，鼓着腮帮子抬起头问她："什么通知？"

"你果然不知道啊！"她早在意料之中，摇头叹气，跟我解释，"最近新闻不是一直在说，我们这一代年轻人不能吃苦耐劳，养尊处优嘛，所以学校就安排学生都必须去贫困农村体验生活，也算是让我们今后进入社会后，不要忘了生活的本质。反正一堆道理跟好处，我只听到一个重点，就是咱们要去一个乡村体验生活了。唉，为什么就只有咱们这所学校有这种安排呢？"

说到这里，她不禁一阵唉声叹气。

还有这种事？我还挺意外，不过倒是没觉得有什么不好。

进这所大学的学生非富即贵，哪个学生是吃过苦的？都是父母的心肝宝贝，有这种经历体验也不错，吃吃苦挺好。

"有说是什么时候去吗？"我还挺好奇的。

王萌萌说："就在这两天，学校会自行组织安排队伍。听说会让大四的学长学姐安插在其他队伍里，然后就安排车把我们送过去，至少要停留一个星期！"她竖起一根手指，垮着一张脸欲哭无泪，"一个星期啊，让人怎么活哦。"

我拍拍她的肩，安慰说："不怕，有我呢，保证你这一个星期生龙活虎，一定活着回来！"

"小溪啊，我就靠你了。"王萌萌捧起我的手泪眼汪汪。

周倩也加入进来，说加我一个。我看了苏雨熙一眼，她低着头还在手机上打字，也不知在跟谁聊，这么认真。

两天的时间很快就过去了，学校拟定的队伍名单也下来了。其实也不是全部人都必须去，而是由学校挑选出来的一部分，学校挑人的方式也简单，那就是按成绩来分配。

国家栋梁，是需要好好培养的。

同一个宿舍的人基本安排在一起，因此毫无悬念，我跟王萌萌、周倩还有苏雨熙都在。

除了我们几个，还有另外几个男生，好死不死的是，竟然是唐逾白宿舍的几个男生。

除了与唐逾白关系比较好的那个哥们何世堂外，另外两个我就不认识了。

一个队伍四男四女，搭配挺整齐啊！校长真会搞事情！

"哎哟，好重！"

王萌萌拖着一个大行李箱，里面都是她昨晚花了一个晚上准备的，什么防晒霜、防蚊液等一堆东西塞满了一行李箱。

我瞧她那费劲模样，失笑地摇了摇头，拎过她的行李一把扛上大巴。

王萌萌一脸崇拜，兴奋道："小溪，你男友力爆棚啊！"

我没好气地瞥她一眼，这行李这么重，等会儿到了目的地，有她累的了。

哪像我，一个背包，轻装上阵！

[5]

车上人数一齐，司机就开车了。

大巴上大家有说有笑，唐逾白的舍友对于车上有苏雨熙女神的存在表示很亢奋，尽管苏雨熙挨着唐逾白坐，也不能阻止他们表现自己的斗志。

其实王萌萌跟周倩长得也不错，算跟美女搭边了。但所谓美女最怕跟更美的美女站在一起，原因就是因为会被压下去，存在感瞬间全无。

不过她们也习惯了，就算有主动搭讪的，也一律平常心对待。

他们在聊什么我也插不进去，索性坐在司机后面，跟他打听乡村的情况。

司机大叔人很好，尤其还有人愿意主动跟他唠嗑的，更是积极，跟我唠嗑了一路，那里有几户人家，方圆几里有几个村，哪家的媳妇生了几个娃，都快被我打听清楚了。

如此了解下来，我多少也有了点底，尤其当他说进了村口车子就无法开进去时，我问需要走多长的距离时，他笑了笑，摆摆手说："不远，就三公里，上个坡就到了。"

我去！走三公里还不远？而且还是上坡！

我看了身后谈天论地、欢声笑语的众人一眼，眼神里满是同情。

三公里啊！有意思了，我就笑着看他们能撑多久。

到了村口，司机大叔果然让大家带上行李下车了。初次到乡村这种地方，大家一开始还是有些新奇兴奋的，跟司机大叔确认过往一条路直走后，就纷纷拎了行李下车了。

我跟司机大叔挥了挥手告别，跟上他们。

众人一开始还感慨这里其实还不错，没有汽车尾气，没有熙熙攘攘的街市，仿佛与世隔绝般，空气清新，四周安静，鸟语花香，让人不由自主静下心来。

听到他们这些话，我就笑了笑不说话，跟在他们后面，低调得毫无存在感。

很快，当路况越来越坎坷，行李都无法拖动得扛着的时候，众人的表情就都变了。

一个个满头大汗，几个男生一路还挺绅士，替女孩子扛行李，尤其是苏雨熙，行李直接就由唐逾白全程拉着的。

她戴着顶遮阳帽，负责美美的就好了，但尽管如此，穿着高跟凉鞋的她，还是走得气喘吁吁，满头大汗。

而且更倒霉的是，昨天这里刚下过雨，泥路跟泥潭似的，连落脚的点都没有，踩下去就沾了一脚的泥。

众人相互搀扶帮忙，苏雨熙死活不愿意踩下去，大家想了个办法，拔了些路边的枯草铺在上面，她才愿意走过去。

但这也只是一时，路那么长，她终究还是要踩下去的，可想而知，一路上她的心情有多糟糕了。

从一开始的欢声笑语，到现在的怨气冲天，还不到半个小时。

不一会儿，一直落在最后的我就走到众人前面去了。站在石头上，看着下面唉声叹气、扛着行李、踩在泥地上步步惊心的众人，我笑着挥了挥手大声道："同志们，再加把劲，快到了哦！"

"小溪，还有多远？"王萌萌喘着气对我喊。

"不远，也就剩两公里了。"我幸灾乐祸。

下面的众人一听，立马"啊"了一声，虽然很残酷，但他们走了这么久，确实才走了一公里。

"不会吧？这么远，等走过去都快热死了好吗？"有人哀号大喊。

我仰起头望天，炽烈的阳光让人睁不开眼，差不多快到中午了，顶着这么大的太阳，确实吃不消。

想了想，我对他们挥手大声说："那你们先走着，我到前面去看看有没有车过来可以帮忙载一下行李。"

"啊？怎么可能会有车啊？"

"小溪，你别乱跑了，跑丢了怎么办？"

"对啊！你一个人多危险。"

听到他们这话，我连回都懒得回了，也不想想，照他们这速度走下去，恐怕在天黑前就先倒下了。

我转身就走，也不管他们在后面喊什么。

四处找落脚点，我一路蹦跶着，不一会儿就跟他们拉开了更远的距离，跑到了最前面。

终于，皇天不负有心人，还真的被我看到一辆三轮车。

我赶紧招手大喊，那辆发出"嗒嗒嗒"声响的老三轮车在我面前停下，开着三轮的是个皮肤黝黑的老伯。

我连忙笑眯眯地问："老伯，我们是 S 大的学生，过来你们这里劳动的，但行李太多又重，您能帮忙载我们一程吗，一定会给您加油费的。"

谁料老伯听到我这话哈哈大笑起来，和蔼道："说什么帮不帮忙的，跟我说在哪儿，我拉你们一趟，还谈什么钱的，你这丫头倒是很会说话。"

我嘿嘿笑了笑："老伯，您是长辈，我请您帮忙，肯定是要孝敬您的呀。"

"小丫头片子，上车吧，就在前面是不是？"

"对，就在半路上。"我跳上三轮车，站在上面抓着扶手。

"好咧！"老伯一加速，三轮车"嗒嗒嗒"往前走了。说真的，速度真的不快，而且东晃西晃，对我来说挺好玩，倘若是苏雨熙，唉，一言难尽。

不管怎么说，三轮车还是比脚力快的，很快，我就看到举步艰难的众人。

我赶紧挥手大喊："哎，车子找到啦！"

众人听到声音抬头一看，立马欢呼起来：

"小溪！你太棒了！"

"乔溪同学，我表示从今以后要重新认识你！"

"太牛了你！行啊！"

我得意地扬起了下巴，开玩笑！有什么是我办不到的？现在一技之长都不够用好吗？全能才是王道！

[6]

老伯将三轮车一停，我一跃帅气地跳了下来，接过他们的行李一个个搬上三轮车，背书包的也将书包扔了上去，这么一放，三轮车基本没有站脚的地方了。

我对老伯说："老伯，就麻烦您帮我们把行李载过去了，不知道方不方便停在村长家？"

"可以，没问题！那你们要走着跟上来吗？"老伯关心地问。

我点点头，他叮嘱一声小心后，就掉了一个方向返回去"嗒嗒嗒"开走了。我松了口气，转头一看，就见他们都盯着我瞧，尤其是唐逾白，皱着眉，看着我就跟在看一个陌生人似的。

对上他这眼神，我有些不爽，他这一路可是直接将我当透明人无视的，现在我干了些事，他就用这种眼神看我了？

"我上次看到你就说了嘛，你果然不一样。"倒是何世堂，看着我的眼神充满了惊喜。

我哼了一声。

他别以为我不知道，一路上他都在时不时打量我，真是，一个个的都不怀好意。

"行了，路还长着呢，赶紧走吧。"我没好气地催促，率先迈步走了。

王萌萌跟周倩赶紧跟上我，表示我比他们几个大男人靠谱得多了。我听了那叫一个得意，真有眼光，我搂着她们俩，左拥右抱，走得那叫一个潇洒。

这一路说长也不算太长，但说短——开玩笑！三公里哎！

最后我拖着王萌萌跟周倩往前走，跟拖两具尸体似的，又重又沉。

到了村长家门口，就看到行李已经都被放下来了，至于老伯早早就走了，刚才也没碰到他，想必是去其他地方了。

我把这事记在心里，想着下次见到老伯一定要好好感谢。

村长听到声音，就知道我们来了，忙出门迎接。寒暄可就不是我的事了，而是唐逾白跟苏雨熙，这两人一唱一和，别说，还挺有礼貌。

寒暄几句后，村长终于说重点了。

我们想住在他家，可不是白吃白住，得帮忙干农活，他们干什么，我们就跟着做。

苏雨熙在听到还需要喂鸡鸭还有猪的时候，笑容逐渐挂不住了，最后村长才让我们进门，拉上行李，住进了所谓村长的家。

其实吧，以我的眼光来看，男女能分开两间房住，并且还每人一张床，在村里已经是五星级的待遇了。

尽管墙壁落漆，水泥地面有磨脚的砂粒，并且就只有一个老式的旧柜子，但苏雨熙她们可不这么觉得，一进来就开始嫌弃了。

瞧瞧这大花的被子枕头，睡的是木板床，上面也就铺着张草席，简直是折磨。

看她们一边嘟囔一边整理收拾，我失笑地摇了摇头，将背包往我床上一搁，我就出门去了。

唐逾白正在院子里跟村长说话，好像是在了解具体该如何劳动。我看到村长一脸生无可恋，估计连他也没想到，这个年轻人连锄头怎么除草都不知道吧。

眼看村长都要被他问急了，我才走过去笑着说："村长，我明白你的意思了，我们会分开工行动的，我们几个女孩子就留下来帮忙喂鸡鸭做饭，他们就跟着下田，还有去园子帮忙，你觉得这样安排可以吗？"

"可以可以，你这样安排就对了嘛。"村长一脸感激，直接拉着我交代，将唐逾白晾在了一边。

从来都是被重视的唐逾白，第一次被冷落了，他脸色沉了下来，看了我一眼。

我对上他的视线，吐舌对他做了个鬼脸，得意地笑着跟村长走了。

家里一下来这么多人，村长的老婆早早就在准备晚餐了。村长家原本人口就挺多，有五个小孩，最小的还在喝奶，大的已经去上学了，就在村里的小学堂里。

苏雨熙、王萌萌她们帮忙带小孩，三个人一起，才搞得定一个小孩。

我则去厨房帮忙，大姐原本还挺不好意思，担心我切不好菜，结果看我秀了几手后，左一声"阿乔"右一声"阿乔"喊我打下手了。

[7]

唐逾白他们在院子里砍柴，几个大男人砍得气喘吁吁，还没砍到一半，更别说把柴都劈成什么样了。

村长看着很糟心，我蹲在外面洗菜，见状毫不客气地取笑了他们一番。

何世堂擦了把汗，说："有种你过来试一试啊？"

"你确定？"我甩了甩手上的水，戏谑地看着他。

"有什么不确定的，我们不会劈柴，难不成你就会？"何世堂好歹也是个高才生，有自己的骄傲，哪能容我看不起。

"嘿嘿！"我不怀好意地笑了笑，走过去将他身上的斧头拿了过来，扛在肩上，对他挑了挑眉，"看着啊！"

见我要劈柴了，已经坐下休息的几人赶紧都站了起来，兴致勃勃地看着。

我也不耍帅，将柴放上，斧头猛地落下一劈，木柴被分成两半，完美掉了下来，动作一气呵成，都不带拖泥带水的。

我将斧头塞还给何世堂，得意道："怎么样啊？服不服？"

何世堂一脸咋舌地看着我，终于问出了他这一路来最想知道的问题，他说："你怎么什么都会啊？连劈柴这种事都会？如果不是知道你从小跟唐逾白住在一起，我都怀疑你是农村出来的了。"

我白了他一眼，没好气地说："你歧视农村啊？况且，比起在他家长大，我更宁愿待在农村里。"

"为什么？难道你过得不好吗？"他看着我的眼神里多了一丝怜悯。

我深吸了口气，双手叉腰，命令说："赶紧劈柴吧你，还有，这叫技多不压身，你懂不懂啊？算了，你怎么可能会懂呢？想在这个社会上生存，可不是那么容易的。"

说完，我就甩手走了，结果一抬头，就看到唐逾白端起我刚才洗好的菜走过来。他看了我一眼，厨房里传来大姐要菜的喊声，唐逾白端着菜走进去，我皱了皱眉，他刚才都听到了吗？

听到就听到了呗，又不是什么见不得人的。我走进厨房，唐逾白站在一旁，双臂抱怀，别说他干了一下午的活儿，帅气不减。

"阿乔啊，你能过来帮我把这几条鱼剁一下吗，分几段就好。"

"没问题！"我走过去，拿起菜刀，将盆里的鱼捞出来，放在案板上，在鱼肚上切一刀，然后伸手把里面的内脏挖出来。我偷偷瞄了唐逾白一眼，就见他露出嫌弃的表情。

等我把几条鱼都剁好了，我满手鱼腥味地从他身边走过去，他喊住我："你不会觉得恶心吗？"

"你吃的时候觉得恶心吗？"我瞥他一眼。

他顿了一下，被我一噎无话可说了，只是看着我的眼神五味杂陈。

我靠近他，他没躲也没退。

"唐逾白，你的生活衣来伸手饭来张口，不代表别人也是这样。我做了什么付出了多少，你永远不会知道。你不是讨厌我吗？放心吧，很快我就跟你们家再也没有一毛钱关系了。到时候，还希望你不要主动找我，咱俩不熟。"我在他跟前停下，看着他，一字一句郑重地告诉他。

他一脸错愕，许久才问："你说的是什么意思？"

我耸耸肩，嬉皮笑脸说："问你妈去呀。"说着，我扭头就走。

其实，我一直知道唐逾白为什么讨厌我。他从小高傲惯了，觉得全世界的人都应该跟他一样高傲聪明，像那些只会笑跟讨好别人的人，一眼都看不上，他当然不会知道我的难处跟处境。

我一开始就知道自己是被领养的，不像小说电视剧里的那样，养父母从小当亲生孩子一样养，孩子也不知道自己不是亲生的，可以任性地跟父母撒娇。

可我不一样，从进他家开始，我就是一个格格不入的外人，所有人都告诉我一定不能惹他们生气，否则就会被赶出去。他们要求我一定要乖巧，要听话，试想一下，在这样的处境下，我还有自由吗？

我也忘记了是什么时候开始懂反抗了，可能是本性吧，有句话叫江山易改，本性难移。我的性格本就不是小家碧玉温柔款的，不可能听话一辈子。

但唐逾白不知道，他对我的认识还停留在以前，以为我还是以前那个任劳任怨，对什么人都笑眯眯讨好的乔溪，只可惜，我要让他失望了。

[8]

吃过晚饭后，我帮忙收拾碗筷，王萌萌跟周倩也过来帮忙，至于苏雨熙也想过来帮忙的，但裙子太长，她连蹲下都不方便，就被我委婉劝走了。

结果她倒好，露出一副我排挤她的可怜表情，闷闷不乐地回房间去了。王萌萌跟周倩还得去安慰她，我一脸蒙好吗，敢情最后还是留我一个人洗碗？

　　大姐，你不开心也不至于把我的小伙伴也一起带走吧？唉，命苦。

　　"这山里有老虎？"

　　我在擦桌的时候，就正好听到何世堂这大嗓门。几个男人跟大老爷似的，吃饱就坐着唠嗑，刚才好像是村长喝了酒，一时兴起，不小心说出来了。看到何世堂这么兴奋，他慌了一下赶紧说："没有没有，我就开个玩笑。"

　　"不对！一定不是玩笑，村长，你再跟我们说说吧，真的有老虎吗？"另一个男生也很有兴趣，毕竟是男孩子，总是容易对这些感兴趣，尤其还带有冒险刺激的。

　　村长被他们缠得没办法，才说："我也没见过，只是听说而已，隔壁村的老赵上山的时候，被老虎咬了，连夜送去镇里医院治疗，才保下一命，之后就传出山上有老虎了。我还去镇上报了警，警察说会派人过来检查，但现在都没个影。"

　　我擦着桌听到他这话分了神，山里可能有老虎而已，可是我的脑海里，为什么会想到阎亦封呢？

　　阎亦封那家伙，现在会在什么地方呢？他家一个星期没办法打扫，不知道他会不会在我没回去的时候回家呢？

　　想着想着，我就呆住了，还是大姐喊了我好几声我才回过神来。我不好意思地笑了笑，把桌子又擦了擦才走了出去。

　　我原以为这只是一个插曲，没想到还有发展的空间。

　　唐逾白这几个舍友，对老虎实在太好奇了，手里在干着活，心里想的全是老虎。

晚上的时候就过来我们女孩子房间，兴奋地说了一通，无非就是说难得来这里一趟，没有冒险对不起自己，也对不起青春，提议明天下午两点钟的时候去山里冒险。

听说要去山里找老虎，王萌萌、周倩她们是十个不愿意，谁料他们拍拍胸脯说不怕，村长家里有把猎枪，可以偷偷借去用。

还扬言说，如果抓到老虎，他们就是村里的恩人了，可能还不用干活了。

一听这话，王萌萌、周倩她们就动摇了，这两天喂鸡喂猪，正好不太想干。如果真的能抓到那只伤人的老虎交给相关部门，也不错啊！

于是，这群不怕死的年轻人就这么商量计划起来了，至于苏雨熙嘛，只说了一句话，唐逾白去她就去。

但是唐逾白似乎不打算去。

我当然也是不想去的，没事给自己找罪受啊？不去！

"小溪，你就去嘛，去嘛去嘛。"王萌萌晃着我的胳膊，嗲着声音求道。

我听得鸡皮疙瘩都快掉一地，没办法，我只能答应了。

结果隔天进山的时候，说不去的唐逾白竟然也来了。

这下好了，苏雨熙硬着头皮也要跟着我们一起。

每个人都轻装上阵，这是为了遇到危险的时候，逃命比较快。

最后，我们这群人就这么上山去了。

第七章

山上有老虎？还有阎亦封

[1]

村里所在的这个山头位置偏北向东，处于平时光照不到的地方，树叶茂密，草木丛生。尽管是大中午，进了山林，还是感觉有些阴森森的，顶上有枝叶遮挡阳光，并不能感觉到热度。

大家一开始进去小心翼翼，围着一起走。我从背包里拿出手电筒照了照，王萌萌见状立马取笑说："小溪，大白天的你拿手电筒干吗？"

我瞥她一眼，没好气地说："常识懂不？这座山位置常年偏阴，一旦太阳落到山脚下，这里可就陷入黑暗了。虽然不会太晚回去，但以防万一，还是有光方便。"

王萌萌被我说得一愣一愣的，似懂非懂，"哦"了一声后，就挽着我的胳膊说："跟着你应该会很安全。"

我哼了一声，那可不！

毕竟是进来找老虎的，大家都提心吊胆，一点风吹草动都能紧张半天。这种刺激又紧张的感觉，让他们感到兴奋，一路就这么往林中深入。

但两个小时过去，依然什么也没找到，大家的心情也从开始的亢奋到现在的沮丧跟失望了。

他们也太天真了，老虎岂是那么容易找到的？那样容易的话，早被村里的村民找到并抓住了，哪还轮得到我们？

这一路走来，我发现脚下明显有被多人踩过的痕迹，这代表之前就有人满山搜寻过了，也就是说，这里很安全。

倘若不是这样，我也不会让他们继续走下去了。

"沙沙沙——"

就在这时，前面的草地里突然传出了窸窸窣窣的声响，众人一听，吓得猛地一个后退。苏雨熙搂紧了唐逾白的胳膊，他扯都扯不下来。

女生吓得大叫，这时候男生的优势就出来了，将害怕受惊的女生护在身后，然后说："不怕，我保护你！"

呵呵，这是电视里的情节，现实里是……

"啊啊！老虎，有老虎啊！"

"快！枪呢！"

其中一位男同学跑得比兔子还快，"嗖"的一声躲到众人后面去了，还恬不知耻地拿前面的王萌萌跟周倩挡住。

还有那个喊"枪呢"的同学，猎枪就在你手上，你哇哇叫喊谁呢？

看到众人缩到一团瑟瑟发抖的模样，我不禁叹了口气，径直朝发出声响的草丛里走去，一群人在后面喊小心别过去。

"乔溪！"

我脚步顿了一下，不会吧，唐逾白也会担心我？

我扭过头，唐逾白脸色难看，也不知是因为我擅自走过去的原因，还是因为喊了我的名字不符合他的风格，总之，他确确实实喊了。

苏雨熙低垂着头，抓着他胳膊的手指节发白。

我收回视线，迈步继续走过去，他们还在哇哇大叫，我弯下腰在草丛里一阵摸索，不一会儿就摸到软软的东西。我嘴角一咧，站起来，揪着一只老鼠的尾巴对他们说："一只老鼠而已，哪有什么老虎？"

"啊啊啊！老鼠！恶心，快丢掉！"

听到这样的惨叫，你以为是女孩子吗？错了，是一位一米八的粗糙爷们发出来的！

我去，一只老鼠而已，至于吗？瞧他这娇羞的模样，还算个男人吗？有没有点大老爷们的气魄？

我翻了个白眼，将被我倒拎着而使劲挣扎的老鼠往后一丢，拍拍手上的灰尘。我走过去，提醒他们："不会有老虎的，就算有也早被他们找到了。时间不早了，这里很快就会黑下来，赶紧返回去吧。"

几人商量了一下，一看这山林里确实快暗下来了，当下决定返回。

[2]

老规矩，我走在最后面，以防身后有什么东西跟着。被保护走中间的苏雨熙这时突然舍得离开她的唐逾白，走到我身边来了，她皱着一张小脸凑过来跟我说："乔溪，我的项链不小心丢了，怎么办？"

"什么项链？"我奇怪地看着她。

她一脸快哭了的表情，难过地说："你忘了吗？我之前跟你说过的呀，那是我外婆过世前送给我的生日礼物，刚才不知道掉哪儿去了，怎么办啊？"

"找啊！"她这不是明知故问嘛，真是，戏这么多。

"你能陪我找找吗？我不好意思麻烦大家。"她一脸期待地看着我。

说实在的，我真想翻个白眼，她不好意思麻烦别人，就好意思麻烦我？

妹子，这话亏你说得出口。

"不行吗？"见我没说话，她眼眶瞬间就红了，可怜巴巴地看着我。

我叹了口气，得得得！找项链是吧，我找还不行吗？

我没好气地说："行，我帮你找，是不是在这附近掉的？"

"嗯，我是刚发现的，一定掉在这附近，那你先找着，我去跟他们说一声。"苏雨熙一喜，转身就过去跟他们传达。

我蹲在草地里找，别说，还真有！不过，只是一颗珠子，我捡了起来，仔细看了看，好像确实是她脖子上经常戴的那条项链上的。难不成是项链断了？那我岂不是还得帮她将珠子都捡起来？

真是麻烦啊，我沿路找过去，还真被我找齐了。只是这珠子掉的顺序很奇怪，怎么好像是故意引导我一路找过去的？

我将一整条掉了珠子的项链捡起来，转身对苏雨熙说："已经找到了，我们可以……"

啊咧？人呢？

我身后空荡荡的，一个人影都没有。我将项链放进兜里，四处喊了喊，没有任何声音，唯有一阵风吹过，树叶沙沙响。四周昏暗下来，头顶的枝叶密盖着，有种压迫的窒息感。

我看了一眼手表上的时间，已经五点了，再不走出去，这山里是真的要黑下来了，幸好带着手电筒，照着光，我循着来时的路走回去。

只是才走了一个小时不到，山里就彻底黑下来了，我拿手电筒四处照了照，黑漆漆的，什么都看不到。

"真是糟糕，分不出方向了，该走哪个方向呢？"我被困在草丛中，四处张望，就是没有熟悉的路，我想了想，凭直觉，走直线！

于是，我又走了半个小时左右，当我发现四周还是树林草丛时，我就知道，我迷路了。

过来的时候大家因为好奇，再加上紧张，所以走得很慢，回去的话半个小时应该就到了。

而我走了这么久还没走出去，这代表我可能是在往丛林更深处走，想到这个可能性，尽管是我也开始担心紧张了。

大晚上的，一个人在山里，而且还是被传有老虎的山，这可不是用危险就能形容的了，一不小心会丧命的。

我深吸口气，平复下紧张的心情，手表在晚上无法辨别方向，那就只能靠最原始的办法——看天空。如果有北斗七星，勺把正对的方向是北，但是……哪有北斗七星啊！

我头疼扶额，月朗星稀的，运气不好，连七星都看不到，没办法了，只好继续走，总比傻待在原地好。

[3]

之后不知道又走了多久，就在这时，我脚下突然一空，当时我的第一反应就是……完了！

"啊！"

人倒霉起来真的连喝水都会呛到，走个路还会摔坑里，我从坑里站起来，手电筒往上照了照，呼！吓死我了，还好不深，这高度可以爬上去的。

我咬住手电筒，手抓住洞壁上的石头，借力往上攀爬的时候，脚一抬，我立马疼得龇牙咧嘴，赶紧低头一看，这才发现，刚才摔下来的时候，把脚崴了。

我皱眉，揉了揉脚踝，望了触手可及的洞口，咬了咬牙站起来，我忍着胀痛的脚，使劲爬了出去，管脚疼不疼，爬出坑才是重点。

从坑里一爬出来，我躺在草地上喘着气，耳边传来咕噜咕噜的声音。我摸了摸肚子，自言自语说："好饿，有没有吃的？要饿死了。"

我翻了个身用力支撑自己站起来，瘸着腿继续往前走，只是这一次更加小心注意起来了，谁知道会不会有第二个坑在等着我？

"沙沙沙——"

就在这时，身后突然传来窸窸窣窣的声响，我浑身立马一僵，喂，不是开玩笑吧？这么大的声响，可不是一只小老鼠能发出来的啊！

"呼呼——"

而伴随着窸窣声响起的同时还有粗重的呼吸声，仿佛就在我耳边。我在一瞬间毛骨悚然，鸡皮疙瘩都冒出来了，一股寒意从脚底直蹿大脑神经。

我赶紧关了手电筒，屏住呼吸，借着昏暗的月色，琢磨着能不能爬上树，老虎不会爬树吧？只是，距离我最近的树也有一米远，我得走几步才能过去。就在我迈出脚步的时候，身后突然就传来了属于猛兽的警告嘶吼声，我立马僵住。

完了！敌在暗，我在明，这嘶吼是在警告我不要轻举妄动啊！

我咽了咽口水，后悔没在来之前在马戏团的时候多抱老虎一会儿，那样身上没准能有它的气息。哦，不对，我还要洗澡的呢，肯定将它的气息都洗掉了，早知道我就不洗澡了。

好吧，我真的紧张得胡言乱语了，终于再次体会到束手无策的滋味了，这可咋办呢？逃跑一定死得更快，它往我后面一扑，我就挂了。

悄悄挪吧，它就在我身后盯着威胁我，进退两难啊！但我这样站着也不是办法，我不是武松，打不了老虎的！

但老虎可不会给我想办法的时间，注意到窸窸窣窣的声音越来越响，直逼我身后，我咬咬牙，一不做二不休，做出冲刺的准备。

我的想法是这样的，快步冲刺，然后手脚并用爬上树，记住！速度动作要快！正所谓，天下武功，唯快不破。

打定主意后，我撒腿就跑！

我敢肯定，我的速度能追上刘翔，人在逃命的时候，跑得比谁都快。

但是——

人算不如天算，我忘记了，我脚刚崴了，于是……

"哎哟！"

我摔了……

得，这下完了，等会儿老虎一定扑我背上，用它的两只爪子抓住我的肩膀，然后张开它的血盆大口，往我脑袋上一咬！

唉，半个头都能咬掉。

这种危急关头，我还能胡思乱想，我也是服了自己。

摔下之后我就立马转过了身，将手电筒一开，光亮照在了猛地朝我扑过来的老虎眼睛上，我吓白了脸。

没看到的时候还没太紧张，现在看到了……好吧，其实也不紧张。

咱又不是第一次看到老虎，况且，我还给老虎吹干毛了呢。

让我受了惊吓的是，倘若不是我及时打开了手电筒，光照到了它的眼睛，它受到光亮刺激往旁边一扑。现在，它已经压我身上了！

千钧一发，有惊无险，更可怕！

[4]

我赶紧往后退，这只老虎其实比我见过的老虎都要小，而且也瘦。它眼睛发着绿光，口水止不住地流淌，让我真正体会到什么叫饿虎扑食。

我的手电筒照着它，这一次它学聪明了，不看手电筒的光，前躯一倾，四肢发力，猛地朝我再次扑过来。我的手四处一找，摸到一根木棍，拿起来抓在手上，我打定了主意，它一扑过来就打过去！

随着老虎越来越近，我抓着木棍的手紧了紧，指节发白，屏住呼吸，眼睛紧敛，要来了！

"住手。"

就在这时，一道熟悉低哑的嗓音传了过来，老虎在即将扑倒我的时候赶紧跳开了。

我整个人都僵住了，拿着木棍的手还在颤抖着，呼吸急促起来，心神未定。

刚才老虎距离我那么近，我真的以为自己要玩完了，而听到刚才那道声音的刹那间，我眼泪都差点流下来了。

不会错的，是阎亦封的声音。

一阵脚步声慢慢靠近，我手上的电筒掉了，光亮就照着前方，就照在那人走过来的腿上，修长而笔直。

我颤抖着手捡起手电筒，慢慢往上照，对方穿着一身黑衣，颀长的身影，挺拔俊逸。

当光亮照到他脸上的时候，有那么一瞬间，我还以为见到了来自地狱深渊的死神。

他一身黑衣，仿佛与黑暗融为一体，悄无声息，宽松的兜帽垂下遮住他的眼睛。他将帽子取下来的时候，被我手电筒的光刺到了眼睛，他眉头微皱，眼眸不悦眯起。

看到他那张熟悉的面孔，我哽咽着吸了吸鼻子，眼泪止不住地泛滥——大哥，你来得太及时了！

"是你？"他愣怔了一下，眸底划过一丝意外。

我放下手电筒，看着他带着哭腔说："阎亦封……"

他没有丝毫犹豫，快步走到我面前，急促的脚步带着一丝慌张，单膝蹲在我面前，我仰着头看他，泪眼婆娑。

他睫毛轻颤了一下，抬起手，指腹轻拭去我眼角的泪珠，注视许久，才凝眸望着我，眼底有一丝错愕与压抑，显然，他不喜欢眼泪这种东西。

我吸了吸鼻子，忍不住扑过去一把抱住他，他一个没防备，往后一跌坐下了。他比我想象中的要瘦一些，双手环住他的腰，感觉到他身上的热度，我紧张恐惧的心情才慢慢平稳下来，我庆幸地嘟囔着："幸好有你在，吓死我了。"

阎亦封身体一僵，没敢乱动，明显感到紧张与无措。

过了好一会儿，我才平静下来，这一刻，没有比他出现更能让我安心的人了。

他拉着我站起来，我站不住脚，得抓着他胳膊才勉强站住。这时那只老虎也走出来了，发着绿光的眼睛盯着他。

阎亦封也没说话，就这么跟它对视着。许久，就在我以为他会有什么动作的时候，老虎转身走了。我抬起头疑惑看着他，他摇了摇头，示意我不用多问。

我"哦"了一声，阎亦封带着我就要走。我赶紧拽住他，看着他为难地说："那个，我脚崴了……"

他看了我半晌，才说了句："所以？"

我被他这话噎住，瞧瞧这叫什么话？竟然问所以呢？大哥，你知不知道你这样很容易单身一辈子的。

我气得深吸口气，双手一叉腰，没好气地说："一个女孩子跟你说脚崴了，肯定是希望你背她呀，这你都不懂？活该你单身到现在！"

我也是气急了才会这么说，谁料，他听了之后竟然顶着一张面瘫脸，眉头一皱说："你直接说不就行了吗？"

喂喂！难道你不知道女孩子是该矜持的呀！好吧，是我错了，你若是懂女孩子，我也不会被你气成这样了。

我垂头丧气，在心里暗暗发誓，以后跟他说话绝对不会再拐弯抹角，矜持什么的，这一辈子都不可能出现了！

就在这时，阎亦封突然拉起我的手放到他后脖上，我愣了一下，还没反应过来，他一弯身，就将我拦腰抱起。

妈哎，公主抱！我人生第一个公主抱啊！

我收回刚才的话，谁说他不懂女孩子的，二话不说霸道来个公主抱，不要太帅好吗？

他坦然自若，抱着我往前走。我痴痴地看着他，过了好半晌才回过神来，赶紧说："哎，你这是要去哪儿？"

他目视着前方，高冷地说："到了你就知道了。"

"哦。"这家伙，今天怎么这么神秘？我搂着他的脖子，发现他虽然抱着我，但看起来没有一点压力，就好像抱着团棉花似的。

我下意识地盯着他瞧，发现尽管只是侧脸，也那么好看。他长得真的很帅，而且还是很男人的那种帅气，给人一种很安心的感觉。

虽然性格脾气古怪，有时高冷，有时又呆板，还任性。但不知怎么，跟他在一起会不自觉放松，在他面前，我可以做自己。

[5]

看着看着，我就感觉困了，想想也是，走了一路，遇到老虎的时候胆战心惊，现在一放松下来，整个人就感觉到困倦了。

想着闭会儿眼睛休息一下，没想到，这一闭我就睡过去了，直到脚上一疼，我才猛地醒过来。

我猛地睁开眼坐起来，四处一看，发现自己正处在一个山洞里，阎亦封正在给烧起来的火添树枝。我迷迷糊糊地问他："这是哪儿呀？"

"今晚就在这里睡一晚，明天再回去。"他头也不抬。

我看着他，篝火跳动的火光照耀在他脸上，忽明忽暗，散发着一股神秘的气息。我下意识地开口："你到底是什么人？"

他抬起头看我，我后知后觉地反应过来，连忙捂住嘴，睁着大大的眼睛看他，糟糕！我不会是说错话了吧？

他该不会以为我发现了他什么秘密，要把我毁尸灭迹吧？

我警惕地盯着他瞧，琢磨着他等会儿真的对我下杀手的话，我该往哪里逃，却不料他说："国家专聘动物调查保护人员，涉及范围，全世界。"

啊？我愣住，他刚说的，难道是在回答我的问题？虽然没听太懂，但不知怎么，听起来好酷！

"不是想知道我的身份吗？"他低下头，继续往篝火里添树枝。

我仔细想了想他刚才说的话，国家专聘动物保护人员？没听过。

"你的工作是跟动物有关？具体做什么？"我忍不住好奇地问。

他盯着篝火，半晌才说："就跟你看见的一样。"

我抱着膝盖，下巴抵在胳膊肘上看着他，抬脚的时候注意到脚踝贴着一团草，里面还有嚼碎的一些叶子。我愣了一下，难怪从刚才开始就感觉脚凉凉的，这是他弄的吗？

"跟动物对话，是我从小就拥有的能力，跟它们相处多了，就知道这个世界上，几乎每天都有一种动物在濒临灭绝。之后，我主动提出，去世界各处，延续它们的生命。"他一副讲述的口吻，娓娓道来，仿佛在讲一件无关紧要的事。

我诧异地看着他，没有想到，他竟然在做这么厉害又伟大的事，不过，驯兽师的身份又是怎么回事呢？

我问他，他也没有隐瞒，直接说："方便而已，有些职业不允许被发现，在这个社会生存，就得有个正当职业。"

"你的职业很正当啊！你应该说，你的职业是为国家做事，是机密，很伟大的！"我崇拜看着他，这话绝对是我肺腑之言，他真的很厉害。

他怔了一下，然后低下头，不知是不是我的错觉，他的嘴角好像弯了一下，他笑了？

"你是从什么时候开始去世界各地的？"我托着下巴，好奇地看着他。

"十年前。"他倒是很坦然。

十年？那这么说来，他是从十七岁就开始游历各个国家的了？我咋舌惊叹，而关于他今年二十七岁这件事，也是无意知道的。

他那时还只是一个十七岁的少年吧，就已经开始独自走遍世界了。他的目的是接近动物，那必然都是深山野林这些危险的地方，从十年前，一直到现在。

了解到他这样的经历，我好像知道他的性格为什么会如此了。

常年跟猛兽待在一起，以及跟大自然融入一体的人，在跟人类交往的时候，是陌生疏离的，难怪他这么孤僻。

这样看来，用草药治疗，就地取木钻火才是他的强项了。

我注视着他有些失神，在森林里生存，对他来说，可能比大城市里更容易。

[6]

"你是怎么找到我的？"

想到刚才惊心动魄的一幕，我就心惊。他抬了抬下巴，我往旁边一瞅，是我的手电筒，他是发现了光才找到我的呀。

"你来这里就是为了这只老虎吗？"趁他今晚话多，我多问了几句。

"差不多。"这个问题他倒是回得挺敷衍，不过算了，我也没那么好奇。

两人安静下来，四周就更安静了，有风从洞口蹿进来，火焰一阵跳动。山洞里很冷，我缩了缩脚丫，对他招招手说："你过来。"

他抬起头看我，眼神里是明显的茫然，我没好气地说："太冷了，你跟我坐一起会暖和些。"

"坐一起你也取不了暖。"说着他将剩下的树枝都扔进火堆里，篝火旺盛起来，烧得树枝发出噼里啪啦的声响。

我鼓起腮帮子，有他这样泼冷水的吗？虽然说的是实话，不过算了，对于这样一个人，我要多包容，于是我说："那我抱着你总能取暖了吧？"

"你还真敢说。"他瞥我一眼，虽然表面无动于衷，但脸明显红了红。

我无语望天，大哥，不然你要我怎样？在你这里，女孩子的矜持完全不值钱好吗？

他似乎也没辙了，站起来，走到我旁边坐下，却依然跟我保持着一段小距离。既然如此，只好我主动了。我往他那边挪了挪，双手环住他的腰一把抱住，他如我意料那般，束手无策。我狡黠地笑了笑，我抬起头看着他说："我该不会是你第一个接触的女孩子吧？"

他没说话，眼神却不自觉地躲闪。

我得逞地笑了笑，没想到他还挺好调戏。不过困意袭来，我也不捉弄他了，松开手，转而将头靠着他肩膀上，我累得不行了，闭上眼就想接着睡。

只是模糊的意识中，我睡得并不舒服，浑身难受，我习惯性往后倒，想躺地面上去睡，只是还没躺下去，一只手将我接住了，紧接着一阵天旋地转，我躺靠在一个舒服的位置。

我实在太困，眼皮沉重得无法睁开，只感觉自己被抱着，被人紧紧拥住，很温暖，还有一股很好闻的味道。我忍不住循着味道而去，那股清新的味道越来越清晰，我仰着鼻子蹭了蹭，也不知道蹭到什么，只感觉暖乎乎的。

迷蒙中，我的手四处摸了摸，也不知道在找什么，只感觉一双手无处安放，想找个位置。摸索了一会儿，我攀住一个可以被我搂着的东西，就像抱着一只大布熊一样，我依偎在大布熊软乎乎的怀里，真的好舒服啊！

只是，大布熊好像不愿意被我搂着，我的手被强制扯了下来，我不满地嘟囔了一声，抬起手不死心再次紧紧搂住，这才心满意足。

"一点防备心都没有吗？"

由于闭着眼睛，其他感官的感觉会被放大，那声音就像是往我耳朵里灌进去的，低哑而富有磁性，酥酥的。耳朵很痒，我缩了缩脖，无意识嘟囔了句"别闹"。

就在这时，一股温热的气息吐在我的脸上，紧接着，我就感觉嘴唇上一凉，鼻间有一股清新宛如薄荷的味道，碰感很柔软。

嗯？那是什么？我下意识地舔了一下。对方好像受了惊吓，蓦地离开了。我迷糊地睁开了眼，模糊的视野中，是一张错愕慌张的脸。

我的意识并不清楚,盯着他瞧也只是因为太模糊没看清楚而已,许久,我的眼睛突然被挡住陷入了黑暗，好像是被他的手捂住了，同时低哑磁性的嗓音在我耳边响起："睡觉。"

　　我迷迷糊糊"嗯"了一声，然后就又睡过去了。

第八章

从今以后，唐家跟我再无瓜葛

[1]

第二天醒来的时候，阎亦封已经不在了。

我摸着嘴唇，愣了好一会儿，脑子里全是昨晚做的梦，那究竟是梦还是真的？

直到山洞外传来呼喊声，我才回过神来走出去大声回应，一群村民围了过来，见我没事，这才安心地搀扶着我回去。

刚一下山，就见唐逾白他们都在外面等着，王萌萌跟周倩直接朝我扑过来了，抱着我就哭。可怜我这个受害者还得安慰这俩，真是辛苦。

苏雨熙站在唐逾白身后，时不时地抬头瞟我一眼，当我朝她望去时，她就立马低下头，典型的心虚的表现。

村长见我只是崴了脚并没大碍后也是松了口气，挥挥手让村民都散开回家休息了。

原来昨晚得知我在山里迷路后，他们就连忙召集村民上山找我了。结果没找到，再加上时间太晚，就决定清晨一早再上山找一遍，这才找到我。

对此我连忙道了几次歉，也跟所有村民都道了声谢谢。村民都很善良，表示人没事就好。

人群都散开后，王萌萌跟周倩把我拉进房间里，两人仔细把我检查了一遍，确定除了脚没其他外伤后，总算放心下来了。

"我没事，就是脚崴了而已，我这么聪明，会让自己出事吗？"我擦了擦王萌萌脸上的泪水。

她吸了吸鼻子，带着哭腔说："你都不知道，我们昨晚都吓死了，一晚上谁也没有睡，我们都担心坏了，好端端的，你怎么就在山里头迷路了呢？"

我摸了摸她的脑袋，温柔地说："苏雨熙没告诉你们我为什么没跟上你们吗？"

"有啊，她说你要找东西，让我们先走，你晚些会跟上。我们当时在想，你那么厉害，就放心先走了。谁知道，我们都出来好一会儿了，都不见你的身影，唐逾白担心得差点就要返回找你了。"王萌萌一五一十地解释。

我笑了笑，不以为意地说："是吗，那他怎么又没进去呢？"

"雨熙说天黑了，他连手电筒都没有，进去也只会增加一个失踪人员而已，于是大家提议回村找村长商量，最后才召集了那么多人去找你。我还在担心你是不是被老虎吃了呢。"王萌萌说着又将我仔细打量了一遍，还掐了自己的脸颊一下，疼得龇牙咧嘴，却还一个劲傻笑说不是做梦。

我忍不住失笑，看来昨晚真的让她们担心坏了。

两人随后又问了我昨晚在山里的情况，我简单解释说迷了路后，运气不错找到一个山洞，就在里面待了一晚。她们也没有怀疑，从我这里得到话后，就出去跟大家解释了。

我在山里待了一夜，浑身脏兮兮的，拿了衣服就去厨房烧水洗澡。洗好澡出来的时候，一进房间，就见苏雨熙坐在我床边，显然久候多时了。

见我来了，她连忙站起来，踌躇了一会儿才说："你没事吧？"

"萌萌她们难道没跟你说吗？"我拿毛巾擦着头发，在一旁小凳子坐了下来。

她低下头，没说话了。我感到好笑，从兜里掏出刚才换衣服时拿出来的散珠跟项链，放在桌上。她看到的时候愣住了，我轻笑了笑，讥讽地说："你倒是把自己撇得一干二净，也不知道我找的这东西是谁的。"

苏雨熙的脸色沉了下来，低声说："你会去告诉他们吗？"

我眼眸敛了下来，看着她冷声说："你觉得呢？不过我运气也确实差，再加上遇人不淑，真是倒霉。"

她双手紧紧抓住裙子，低着头，没再说话。我也懒得再跟她多说，将毛巾搭在肩上懒洋洋地走了。

路过窗户的时候，我不动声色地往里瞅了一眼，正好就看到苏雨熙抓起项链跟珠子扔进了垃圾桶。我垂下眼帘，默不作声地转身走开。

[2]

由于昨晚都没睡，大家吃过早餐后，都回房睡觉去了。

我搬了张凳子坐在院子里，一边逗着狗一边擦着头发，就在这时，一双干净的鞋子出现在我眼前。

看到这双鞋，我就知道是谁了。在这种环境还能保持干净的人，只有患有洁癖的某人了。

我抬起头，唐逾白正居高临下地看着我，阳光在他身后，我睁不开眼，低下头来说："有事？"

他单膝蹲了下来，注意，这可不是什么求婚环节，瞧他这架势，是打算跟我聊上一会儿吗？

"你不生气吗？"他看着我的眼睛，企图从我眼睛里看出什么，但当我跟他对视的时候，他就下意识地偏移目光了。

"有什么好生气的，怪我运气不好呗。"我耸耸肩，抱起狗，摸着它的脑袋。

他却是皱了皱眉，眼神里透着不解："如果我们等你，你就不会一个人在山里待上一夜，也不会崴了脚。"

"如果你们等了我，我还见不到他呢。"想起昨晚的一幕，我的嘴角不自觉弯起。

他眉头紧皱："他，是谁？"

"干吗告诉你？"我故意嬉皮笑脸，说着站起身，抱起狗就走了，留下他一个人低着头沉默。

一星期的体验生活终于落幕，众人回去的路上，纷纷表示以后遇到再大的苦都不怕了，因为没什么比干那些农活辛苦了。

不得不说，这趟体验之旅，还是有了挺不错的成果。

我的脚也好得差不多了，正常行走没问题。回到学校，我每天还是在学校跟兼职中两边跑。

回校的第二天，我就去枫韵别墅花园报到了，一星期没过来，今天得多费些劲了。

别墅大门照常锁着，我开了门走进去，客厅里没人，卧室的门倒是虚掩着，我愣了一下，难道阎亦封也回来了？

我慢慢推开门，往里瞅了一眼，眼前一幕让我愣怔住了。

只见阎亦封房间里唯一的那张大床上，除了他自己跟陪睡的老虎阿布外，还有大白狼小刀跟那条蟒蛇。窗户大开，那只大象的鼻子垂在窗上，懒洋洋的，而在它的鼻子上，站着好几只麻雀。

我感觉自己进入了一个动物世界，动物跟人类这么亲密接触，很不可思议，但也很温馨。

悄悄将门重新虚掩上后，我就回到客厅。虽然不知道他具体忙得有多累，不过他在睡觉，还是别打扰为好。

就在我打扫的时候，有人进来了。我走下楼梯一看，是前段时间过来的杨龙啸，从他出现的频率来看，他应该是跟阎亦封关系比较不错的朋友，而今天也一样，拎着几袋食材。

"你找阎亦封吗，他还在睡。"我走过去提醒杨龙啸。

"嗯，我知道，昨晚是我把他送回来的，我放下东西就走了。"他将食材拎进了厨房，边走边回过头来跟我说。

我拿着扫把，正想转身回去接着打扫，他却突然喊住我："哎，等一下，我可以问你点事吗？"

"嗯？"

"那个，就是，呵呵……"结果，我看他挠了挠后脑勺，又摸了摸鼻子，看着我笑了两次，就是没说是什么事。我表情有些古怪，他至于这么难以启齿吗？

"你跟他，发生了什么吗？"许久，他才终于问出来。

我一脸茫然，我跟他？是跟阎亦封吗？我俩能发生——脑海里这时突然蹿出一个似梦非梦的画面……我的脸立马唰地一红。

他看出端倪，笑得不怀好意，狡黠地说："你们俩……"

"你……你别误会！不是你想的那样！"我企图阻止他的猜测，但底气却是明显不足。

"哈哈哈！"他爽朗地大声笑了笑。

我觉得自己在越抹越黑，索性不说话了。

"是这样的，他昨晚问了我一些奇怪的问题，所以我才会这么冒昧问你，希望你不要介意。"

"奇怪的问题？"我挑了挑眉，这话听起来怎么这么瘆得慌呢？

"你放心，不是你的问题。"杨龙啸意味深长地笑了笑。

看他这表情，我就更不放心了好吗？满脑子都是阎亦封究竟跟他说了什么的猜测。

"我给过他建议了，之后你就知道了。"

杨龙啸将我的胃口吊得死死的，就是啥也不透露，最后还一走了之，留下我胡思乱想，连带着干活都没劲了。

再加上阎亦封这一睡就是一天，我想问他都没机会，结果就这么不了了之了。

[3]

不知不觉间，又一个暑假来临了。大家开始收拾行李，我也不例外，整理衣服的时候有气无力，死气沉沉。

跟春风满面的王萌萌形成了鲜明对比，放暑假她就可以全天自由撒泼了，见我神情不振，王萌萌还特地过来关心地说："小溪，这个暑假你都跟唐逾白住在一起哎！"

她不提就算了，一提，我整个人就更消沉了。

我不想整理行李，就是因为不愿回到那个家。

唐伯父还在住院观察，平时家里就只有唐伯母跟唐逾白。唉，想见的人不在，不想见的全天待家里，看来，我得多找几份兼职了，最好每天都不在家。

王萌萌说着话的时候，苏雨熙也在，我看了她一眼，她倒是没什么反应。

隔天大家就分道扬镳，各自回家了。

就在我拉着行李箱在公交车站等公交车的时候，一辆出租车在经过后又退了回来，车窗摇了下来，唐逾白面无表情地说："上车。"

这口气，是在命令我？

"不上。"我很硬气，这种高高在上的施舍我可不稀罕。

"你不上车，那我就等着。"唐逾白瞥了我一眼，摆明了我不上车他就不走。我可以不搭理他，他也有耐心等，但司机大叔没有啊，只见司机大叔愁眉苦脸地对我说："情侣之间吵架是常有的事，你就听你男朋友的话上车吧，我这车可等不了。"

我眉头一皱，再一看唐逾白，他的脸上有一抹愉悦的笑意。

"首先，我跟他不是什么情侣关系；其二，你不用听他的话等我，可以直接开走。"我胳膊往行李箱的拉杆上一靠，一手叉腰，姿态纨绔。

司机为难地看了唐逾白一眼，唐逾白面不改色地说："她上车，跟我一样的价。"

司机一听立马一喜，赶紧催促我："话都说到这份上了，同学，你就上车吧，有什么话可以回家说嘛。"

我有些不悦，看了唐逾白一眼，就见他双臂抱怀，闭目养神，一副事不关己的态度。

行，既然有专车接送，不要白不要。我不爽地打开车后备厢，将行李搬了上去。发现唐逾白坐在后座，我就坐在司机旁边的副座上，系上安全带。司机笑眯眯地说："瞧你男朋友多帅，何必赌气跟我坐一起呢？"

"大叔，你真的误会了，他是我哥，不然我们怎么会回同一个家呢？"我笑着跟司机解释，喊他一声哥便宜他了。

"你们是兄妹啊，真看不出来。"司机一脸意外。

"很多人都说我们不像，但我们确实是兄妹。"我皮笑肉不笑，说着故意看了后视镜一眼。唐逾白冷着一张脸，我在心里笑得那叫一个得意。

下车的时候，唐伯母一见唐逾白回家了，欣喜地迎上前，挽着她的宝贝儿子进去了。我搬下行李，偷偷吐了吐舌。司机看了我一眼，我立马苦笑说："没办法，重男轻女。"

司机露出恍然大悟的表情，同情地看了我一眼才掉头开车走了。

我拉着行李回到自己房间，跟我离开的时候毫无变化。

重新回到这里，我心情很差，往床上一躺就不怎么想动了。

[4]

我消极了一会儿，才振作起来整理行李。就在这时，房门被推开了，唐伯母走了进来，开口第一句话就说："是你缠着他非坐一辆车回来的？"

我往衣架上挂衣服的手一顿，看着她的眼神里充满了震惊，我也太冤了吧，话说她是怎么看出来的？

"怎么，被我说中了吧？"她露出鄙夷的态度，一副高高在上的姿态。

我瞬间被噎住，如果这时候我还解释的话，那我也太蠢了。

"当初那些话可是你说的，你不会忘了？注意你的行为，就算我儿子再优秀，也不是你能高攀得起的，这段时间，你最好离他远点。"

"伯母。"我将衣服往床上一甩，看着她，态度冷漠，"你在说这种话的时候，能不能有点依据，你是从哪里看出来，我喜欢你儿子的？"

"你……你竟然敢跟我顶嘴？"她瞪大了眼，伸出手指着我，气得浑身颤抖。就好像我说了什么让她受刺激的话，完全没听明白我说的重点。

我揉了揉太阳穴，只觉得脑壳疼。唉，我怎么就不能忍一下呢？这下好了，她老人家气成这样，等会儿还不知道怎么污蔑我呢。

"好啊，你翅膀硬了，那你怎么还不搬出去？有种你就别回到我家里！"她尖着嗓音，犀利的眼神跟蛮横的姿态，看不出一丝贵妇的气质，反而像是骂街的泼妇。

我出乎意料地平静，没想到，终于听到她说出这种话的时候，我没有一点生气，也没有委屈，就仿佛等她这句话等很久了。

我把行李盖上，走到她面前，看着她，很平静地说："我会走的，你放心，我们之前的协议也不会失效，一百万，我会还给你。"

她愣了一下，脸上划过一丝慌乱，但很快转瞬即逝，她讥讽冷笑说："那你倒是还啊！"

"行。"我点点头，估计是我回答得太爽快了，她质疑的眼神将我上下打量了一番，不相信我能立马拿出一百万还她。

我没再多说什么，避过她就走，出了房间下楼时，唐逾白正好站在楼梯下，刚才应该是听到声音了。只见他眉头紧皱，想问我什么，却被我快一步推开。

"等一下。"

他急忙抓住我的手腕，慌乱的行为很不符合他平时的作风，可能连他自己也不知道为什么将我拦住。

我没有转身，他抓着我手腕的手紧了紧，很用力，像个执着的孩子，不愿意放开将要离开的人。

"松手。"我深吸了口气，疏离而冷漠。

许久，我才感觉到他慢慢松开了手，过程似乎很困难，也很纠结。我将手抽回来，头也不回地走出了门。

我在路边拦了辆出租车，熟悉我的人知道，只有发生大事，我才会舍得花钱搭一趟出租车。坐上车后，我就发呆了，直到司机喊了我好几声才反应过来。他说："小姐，去哪里？"

我望着前方的路，半晌才开口说了一个地址："枫韵别墅花园。"

下车的时候，我是浑浑噩噩的，也忘了是怎么走到 9 区 1 栋别墅门口的，我站在门外，犹豫许久，就是没有开门的勇气。

我知道自己冲动了，才会被她讥讽之下，脑海里一想到阎亦封就毫不犹豫答应，也不知道哪里来的自信，相信他会借一百万给我。

想到自己真的要跟他借钱，我就忍不住唉声叹气，根本开不了口啊！

就在我站在门口胡思乱想的时候，屋里突然传来"嗷呜"的叫声。

我愣了一下，这不是狼的叫声吗？难道出事了？

想到这儿我猛地回过神来，当下什么也没想，将门一推我就闯进去了！

结果，我就看到大白狼一脸委屈的表情，而它的狼耳朵，正被阎亦封揪在手里。

见我突然出现，阎亦封愣了一下，他的手上还捧着一束掉了几片花瓣的花，而地板上还有几片被撕咬过的花瓣残骸。

然而这些都不重要，重要的是，客桌上摆着的一堆现金！

我的眼睛"叮"的一声，跳出了"￥"的符号，钱！好多好多钱！

别这样看着我，我真的不是财迷，我只是喜欢抱着钱而已。我扑过去，拿起那一沓沓厚实的钞票。

我惊喜地看着他："你怎么知道我要跟你借钱，还把钱都准备好了？"

他一脸蒙，歪着脑袋奇怪地看着我，犹豫了片刻，想把手上那束花给我，但我的心思全在这堆现金上，也没注意，他就默默缩回去了。

我捧着那堆钱问他："我能借走吗？"

他蹙起了眉头，似乎有些不悦。我垮下脸失望地说："难道不行吗？"

"可以。"他马上回答，说完他就露出懊恼的表情。

我兴奋欢呼，立马找大袋子过来装钱，每一沓都仔细数了数，最后数出了八十万，我掂了掂重量，还挺重。

我笑眯眯地将一袋子钱抱在怀里，跟抱着宝贝似的，对他说："谢谢你借钱给我，八十万，我给你立张借条吧。虽然我不会耍赖，不过还是立张借条保险。"说着，我又赶紧找来了纸笔，写下欠他八十万的内容，还在底下签了自己的名字。

我又让他签下自己的名字，他一脸茫然，但还是写了下来。

我让他把借条保管好之后，便抱着钱屁颠屁颠地蹦跶走了。

[5]

等上了公交车重新返回唐家的路上，我才回过神来，等等！怎么会这么巧？我需要跟他借钱，他提前就准备了一堆现金？

可是，如果那现金是他需要用的，那他干吗还借给我？

我百思不得其解，想了想，还是决定下次见面再去问吧。

现在，我要回去，跟唐家一刀两断，再无瓜葛。

当然，在回去之前，我又去了一趟银行，这些年我也存下了一笔钱，足足二十万，加上从阎亦封那里借来的八十万，一百万够了。

回到家后，我提着一箱现金，敲了敲唐伯母的房门。

她很快开了门，我走进去，将门顺手带上，拿出之前跟她立的协议，将它放在打开的箱子上。

在她一脸震惊之下，我面无表情地说："一百万还清了，从今以后，唐家跟我再没关系，谢谢你这十多年来的养育，现在我会立马搬走，再见。"

本着十多年的相处，我跟她鞠了一躬，这一弯腰，就代表关系彻底断开了。

她还没回过神来，我就已经转身潇洒离开了。

回到房间，将整理了一半的衣服重新塞回行李箱，我巡视了房间一遍，虽说住了十多年，但其实也没多少东西，突然发现能带走的也没有几样。

我苦笑着摇了摇头，什么东西也没拿，怎么来的就拉着行李箱怎么离开。

我提着行李箱下楼，走出门，然后停了下来，转过身。望着这栋我住了十多年的大房子，我深吸了口气，然后张开双臂，大声笑着说："我终于离开了！"

离开，也是一个新的开始。

"离开了就这么开心吗？"唐逾白不知何时站在门口，脸色阴沉地看着我。

我嘴角一咧，笑眯眯地说："当然了，我等这一天很久了。"

"你能去哪里？"他皱起眉，脸上有一丝恼怒。

去哪里？我想了想，突然笑起来，我看着他："这世界之大，难道还会没有我的容身之处？我想去哪儿就去哪儿。"

"乔溪！"他低吼了我一声，脸上有着掩饰不住的怒气。奇怪了，我走他生什么气？我不耐烦地说："咋啦？你还不让我走了？"

他瞪着我，拳头捏紧又松开，不知在隐忍着什么。许久，他才跟泄了气的皮球似的，眼神黯淡下来，转身背对着我说："你走吧。"

我不满地鼓起腮帮子，他这是什么意思啊？我又不是孙悟空，他这一副赶徒弟走的态度是咋回事？我没好气地说："行，师父，那我走了，你一个人去西天取经吧！"

"你！"他恼怒地转过头来。

我对他做了个鬼脸，嬉皮笑脸地拖着行李转身就走，哼，都走了还想在我面前装帅？我可不吃那一套。

离唐家越来越远后，我嘴角的笑意就被我收起来了。这一次离开，不是结束，而是新的开始，从今以后我再也没有所谓的家可以回了，我在哪儿，家就在哪儿。

也不会有什么所谓的家人，我本来就出身孤儿院，这一生注定不会有父母，不会有兄弟姐妹。我的处境，就像我现在这样，拉着一个行李箱，走在大街上，漫无目的。

我虽然跟唐逾白说过，世界之大会有我的容身之地，但我没有说，这世界之大，没有我可以回去的家。

街道上人来人往，无论是离开的，还是回去的，他们都有一个归属的地方，走在路上，每个人的眼神都是坚定的。

[6]

不过，我也没有沮丧消沉太久。

我拖着行李，找到一家房屋中介所，负责人热情地迎接了我，跟我噼里啪啦说了一堆。而我的要求是月房租不超过八百元，一室一厅，有厕所、厨房。

他听了立马翻脸，甩给我一张传单，冷声冷语："就这里，一个月七百元，不包水电，你要去就去。"

我接过传单看了一下，上面有地址，我笑着对他挥了挥手："谢啦！"

找到公寓的位置后，我下了车，拉着行李，站在眼前这栋有些年头的公寓面前，我犹豫了一下，还是踏了进去。

刚一推开门，迎面就有两个光着膀子的肥胖男人走过来，看了我一眼就走了。

我好歹也是见过大风大雨的，这点算得了什么，我环顾四周一眼，前台有个大妈跷着腿嗑瓜子看韩剧。

　　我走过去，敲了敲前台，她头也不抬地说："有啥事，直接说。"

　　"您好，我是过来租房的。"我将传单递给她。

　　她这才抬眸看了我一眼，她没接传单，站起来拿起串钥匙就跟我说："跟我来吧。"

　　我跟过去，扛着行李走上楼梯，楼梯连地砖都没有，都是水泥地。

　　上了四楼，走廊更是脏乱，每家门口外面都堆着垃圾，一走过去，一股酸腐的恶臭味就涌了过来。

　　这对我来说小意思，屏住呼吸就好了。倒是大妈一路抱怨，每一家的房门她都敲了敲，同时吼一声"赶紧倒垃圾，臭死人了"，里面有人在就会回一声"垃圾站太远，积累多些再去丢"。

　　听到这话，我不由得怀疑，难不成这外面连垃圾桶都没有？

　　大妈看出我的疑惑，没好气地说："垃圾谁都会丢，说交垃圾费的时候，一个个不吭声装聋作哑，还有的说宁愿走远点丢垃圾也不交那点钱，我能怎么办？"

　　我尴尬地笑了笑，确实是没办法。

　　"喏，就这儿，你看看，要住就登记一下，先交三个月房租，水电费我每个月上门收。"她拿钥匙开了门，示意我进去看看。

　　我走进去，房子构造简单，一室一厅，有一间厕所跟厨房，但空间很小，桌椅也都很旧。墙壁贴着花花绿绿的墙纸，厕所只有水龙头，厨房只有煤气灶，卧室只有一张床，还有个柜子，都是很旧的了。

　　不过麻雀虽小五脏俱全，就我目前的经济条件而言，这已经算不错了。

　　我登记了入住表，拿到钥匙后回了房间，一刻也不能消停，上上下下清洗了一番后，这房子才稍微能看了。

但想要正常生活，东西还缺很多，想了想，我背着包出了公寓，到最近的取款机查了下余额，看到上面所显示的两千块钱，我扶额叹了口气。

全新的生活，一开头就不怎么顺利呀！

但如果问我后不后悔，我会肯定以及笃定地说，不后悔！

取了几百块钱出来后，我就去逛了趟超市，买了一堆生活用品，以及晚餐——泡面。

回去的时候天已经黑下来了，我将锅碗瓢盆洗了一遍，将床单铺好后，趁那些工人还没回来，早早洗了澡。

泡了桶泡面，我边吃边刷起手机找兼职工作，得趁这个暑假，找一份工资比较高的。家教好像不错，不过前提是可以不用每天都教的那种，毕竟我还有其他兼职。

好在我所在的学校给我加了分，那些家长得知我在那样一所大学，初步信任了我的能力，都愿意让我去试一试。

我挑了给日工资最高的那一位，了解到对方的家庭情况是单亲妈妈，我就更满意了，准备了一番，吃过泡面后就早早睡去。

[7]

隔天去面试，我就通过了，忙碌的暑假生活就这么开始了。

昨天给孩子上了课，今天就得往阎亦封的家里跑了。

不过，阎亦封今天状态不对，把自己关在房间里，我敲门他也不应，把一群宠物全隔绝在门外，导致我站在门外，跟他的老虎还有大白狼面面相觑，一脸茫然。

至于那条蟒蛇，实在是抱歉，我到现在还接受不了。不过它也真是乖，见到我真的跟我拉开了五米的距离，导致我每次看到它都一脸愧疚。

阎亦封把自己关在房间里不出来，那我就翻窗户找他。他的卧室窗外就是后山，我带着他的宠物走到后山，发现他的大象就站在窗外，呜呜跟屋里的阎亦封不知在说着什么。

我走过去，刚喊了他名字一声，"砰"的一声，阎亦封就将窗户关上了。

我一脸蒙，他该不会是因为不想见到我吧？

一想到这个可能性，我就气不打一处来，平生最讨厌莫名其妙被人讨厌了！

我气鼓鼓地走过去，使劲拍了拍窗，气呼呼地说："阎亦封！你给我说清楚！你在生什么气！"

回应我的只有死一般的寂静。

我气得不行，又拍了几下，他就是死活不吭声。

他跟我闹脾气，我心情也不好，工作忙得很，没时间陪他玩。

我将怒气化为动力，把每间房都刷得锃亮，结果劳动过度的后果就是，躺着动不了了。

我在沙发上"躺尸"，一动也不想动，就连蟒蛇游过来关心地看我一眼，我连害怕躲开的力气都没有。

我懒得管了，什么都不关我的事，想怎样就怎样吧！

我拿枕头蒙住脸，躺在沙发上半死不活的。阿布咬着我的衣角扯了扯，我没有搭理；小刀凑近我"呜呜"了一声，我也没有反应。

一虎一狼对视一眼，就这么守在沙发边，不知所措。

"哎呀，这是怎么回事？"

直到耳边传来熟悉的声音，我才将枕头从脸上拿下来。杨龙啸一身军装，英姿飒爽、气宇轩昂，跟平时有很大差距。

但我心情实在消沉，对他的装扮没什么兴趣，将枕头往脸上一盖，继续装死。

"这是怎么了？那小子呢？"杨龙啸走过来。

我伸出手指向卧室的方向，他的声音带着疑惑说："在房间里？大白天的，他在房间里睡觉？"

"他把自己关房间里不出来。"我脸埋在沙发里，闷声说。

"为什么？"杨龙啸茫然。

我赌气说："谁知道！"

"那你又是怎么了？这可不像平时的你，难道你们吵架了？"他将我蒙在脑袋上的枕头拿下来，语气里透着关心。

我转过了头，把脸从沙发里解放出来，食指抠着沙发边缘，嘟囔着："他要是跟我吵架还好，那样至少我还知道他在生我什么气。可他连话都不想跟我说，难道是我做了什么让他讨厌的事了吗？我不过把他的钱抱走了而已，可我那是借啊！"

说着我就委屈了，眼眶一红，忍不住哭出来。他这样的态度，只会让我怀疑是因为前几天跟他借了钱的缘故，如果是这样，我根本还不了他啊！

"哎哎！你别哭，告诉我，是不是这小子欺负你了，我帮你揍他！"杨龙啸手足无措，连忙安慰。

我擦了擦眼泪，吸了吸鼻子坐起来。阿布将抱枕叼给我，我接过抱在怀里，对它说了声"谢谢"，才对杨龙啸说："不关他的事，只是我不知道该怎么办而已。"

"你怎么啦？"杨龙啸在我面前蹲下，像个大哥哥似的，语气温柔。

看到他这样，我眼眶禁不住又是一红，不过并不是难过，而是温暖。

我当下将前几天借钱的事告诉了他，至于我的遭遇一笔带过了。但我从他突然冷下来的眼神，不难看出他将我的情况记在心里了，他没有表示出同情与安慰，我很感激。

不过，听到我说阎亦封在客厅里放那么多现金，他一脸茫然疑惑，奇怪地说："他突然拿那么多现金干吗？这跟我教他的完全不一样啊！"

"你教他什么了？"我抓住重点，立马问他。

"这个……"他犹豫看着我，欲言又止，我催促他："你就说吧，否则我永远不会知道他为什么闹脾气的。"

"我之前不是说了吗，他问了我一个问题，他说，怎么样对一个女孩子好？"杨龙啸想了想，终于豁出去了，直接告诉我。

我愣了一下，怎么样对一个女孩子好？阎亦封问这种问题干吗？

"那你是怎么说的？"我连忙问。

他不好意思地摸了摸后脑勺说："其实我也没谈过女朋友，但是听我妈交代过，对一个女孩子好，就要给她花钱，所以我就这么告诉他了。"

我眨了眨眼睛，杨龙啸竟然没谈过恋爱？军人果然都不容易！

不过，等等！他说对女孩子好要给她花钱？那阎亦封准备了一堆钱是准备给他喜欢的女孩子花的？

我将这个猜测告诉杨龙啸，他说："可能吧，他拿那么多现金，也许真是要给你花的。"

"那奇怪了，既然是给我——你，你说什么呢？给我？"我说到一半才反应过来，什么叫给我花的？

杨龙啸眨眨眼，无辜地说："他喜欢的女孩子不就是你嘛。"

我愣住，阎亦封……他喜欢我？怎么可能嘛，他又没说！

我不承认，这种从别人口中得知的喜欢，一点可信度都没有。杨龙啸也不勉强，小声嘀咕说了一句让他自己跟我说。

不过，我还是奇怪阎亦封为什么闹脾气，杨龙啸也一筹莫展，陪着我猜测。

我将那天的情况梳理了一下，阎亦封那天摆了一桌子的钱，对了！手里还捧着一束花，被小刀咬过的，当时还被他揪着耳朵教训了。

等等！花，还有钱？

我突然有了一个很怪异的想法，看着杨龙啸："你说他该不会，听了你的话之后，真的准备了花跟钱吧？"

"什么意思？"他听得一脸蒙。

我详细解释给他听："意思就是，你教他对女孩子花钱就是给对方买东西的意思，但他可能理解成了给女孩子花跟钱，所以，那天他才拿着一束花跟摆了一桌子现金。"

杨龙啸这次听明白了，他点点头，然后又猛地抬起头，一脸惊悚地看着我，半晌才说了句："那小子，不会真这么傻吧？"

我认真点点头："他可能真的这么傻。"

敢情阎亦封是受打击了啊！想一想啊！他那么精心准备，结果我花没收，钱还是被我借走的，他不难受才怪。

"那现在怎么办？"我问他。

杨龙啸一副理所当然的口气说："哄他呀！"

"……"凭什么我哄啊？

"反正这是你俩的事，我可不会掺和。"杨龙啸说着就要溜。

我赶紧抓住他衣角，不甘心地说："是你给他出的主意，你负责！"

"哎哟，我哄有什么用，俗话说，解铃还须系铃人。"他投给我一个暧昧的眼神。我手一松，举双手投降了。

第九章

好，那我再说一次，我喜欢你

[1]

杨龙啸找来备用钥匙，我正站在他身后观察，谁料他悄悄开了卧室的房门后，直接将我推了进去，然后迅速关上了门。我一转身，门就已经关上了。

我一脸无奈，妥协转过头，原以为会看到阎亦封对我大发雷霆，或者面无表情说让我滚之类的话。

结果，却看到他裹着被子蒙过头蜷缩在床上。

呃，那个恕我直言，他这样真挺像个受了委屈的小媳妇，赌气躲房里不出来了。

我尴尬地傻站在原地，正琢磨着该怎么开口，余光一扫，一抹不属于这间卧室的娇艳色彩在我视线中掠过。

我愣了一下，那是？

我走过去，只见床边上，正静静躺着一束玫瑰花，走近一看，才发现它已经有些枯萎了。有些花瓣有了褶皱，色泽也黯淡下来，有些花瓣已经失去生命垂掉下来了，仿佛早被抛弃，任其在角落里自生自灭。

我望着依然缩着一动不动的阎亦封，眼眸不由得低垂下来，突然为他感到有些心疼。但既然这跟我有关系，就跟杨龙啸说的那样，解铃还须系铃人！

我干咳了一声，企图引起他的注意，结果他倒好，旁若无人，一声不吭，连动一下都不愿意。

我直接大声咳嗽起来，这家伙竟然还无动于衷？

我鼓起腮帮子，双手一叉腰，索性将鞋子一脱就爬床上去了，该来的还是得来，哄就哄吧！

我摆出一副视死如归的表情，却在接近他后，不自觉地摆出了爷们的姿势。

什么叫爷们的姿势？就是我侧躺在他旁边，一手撑着后脑勺，一手叉腰，弯起的腿悠悠抖着，像个大老爷们悠闲慵懒地说："哎，起来了！大白天的，躲房间里多没意思呀。"

阎亦封依然蜷缩着，将被子蒙过头不吭声，我伸出两根手指头去扯他的被子，他也没动静。

这可不行，我是过来哄他的呀，我知道，治病还得找病根，想到他那个乌龙，我就忍不住想笑。

但又可不能直接告诉他，免得他这小心肝一受刺激，到头来还得要我哄，不行不行！

想了想，我才笑眯眯地说："其实是这样的，我呢，对花过敏，所以是不能碰花的，还有呢就是，那天跟你借钱是特殊情况，当时是我太过着急，没发现你的用意，不好意思啊！你要怪就怪我，别生闷气了好吗？"

说到最后，我真的是拿出了哄小孩那套了。为了让他体会到我的用心良苦，说着我还轻抚了抚他的背，就差没来个睡前童话故事了。

话说回来，我都说到这份上了，他总该消气了吧？可他怎么还躲被子里不出来见我？软的不行就来硬的！

首先得把他从被子里给拽出来，让他暴露在光明之下！

为了将他从被子里拽出来，我可谓是手脚并用，使出了九牛二虎之力。可无论使多大劲，我就是无法撼动他半分，到头来我累得满头大汗，他纹丝不动。

我这倔脾气顿时就上来了，A计划不行，我还有B计划！我张开双手，活动活动筋骨后，露出冷酷阴险的表情说："这可是你逼我的！"

说着，我十根手指头就往他身上挠。不出我所料，他果然怕痒！趁他身体移动的空当，我乘胜追击，打算把他挠得掉床下去。

结果就在我扑他身上挠痒痒的时候，他突然没有往后退了，而是猛地一个转身。我措手不及，就这么被他反守为攻压制住了，他扣住我双手的手腕，紧紧摁在枕头边上。我被他压在身下，动弹不得，败下阵来只好妥协了。

"行，你赢了，我认输还不行吗？"我没好气地看着他，这时才终于有机会看到他的模样，他身上还盖着被子，白色柔软轻盈的被子蒙在他头发上，就跟头纱似的。

窗外的阳光投射进来，将他的五官照得明亮而通彻，白皙的皮肤如玉般毫无瑕疵，乌黑的细碎短发，让人不由得想摸一下是什么手感。

漆黑幽暗的眼眸里是望不见底的深渊，他的薄唇紧抿，随着他慢慢吞咽的动作，喉结也会起伏并滑下。我一时望着出神，没发现，他距离我越来越近。

直到他漆黑幽暗的眼眸仿佛要将我吞噬，我才猛地回过神来。趁他放松警惕的瞬间，我忙将双手抽了出来，脱离他的束缚，一手捂住他的嘴将他使劲往后推，另一只手推着他的胸口，企图将他从我身上推开。

但我低估他的力气跟重量了，根本没完全推倒。

我知道他刚才想干吗，脑海里也突然想起之前在山洞里的一幕，我莫名紧张起来，再加上他要将我的手扯下来，我一时慌张，捂住他嘴巴的手直接往他脸上推去了。

他被我推着下巴往后仰，我注意到，他的脸色越来越差，我的行为明显把他激怒了。他一把扣住我的手腕反转到我身后，我双手被束缚，立马蹬起了双腿，但我的小儿科在他眼里根本不够看。

又被重新擒住了双手，我表示很心塞，大哥，你懂不懂让一下女孩子啊？

没两下我就被他紧紧锢住在怀里，真的动弹不得了。

"阎亦封，你想干吗啊！"

[2]

我生气了，平白无故被他压制着，谁会开心啊？虽说我是来哄他的，但也不是过来给他欺负的呀！

结果，更让我没想到的是，他的回答让我差点没吐血，他竟然说："我不知道。"

听听！这叫什么回答？不知道？他还真敢说。

我火气莫名就上来了，还十分暴躁。我挣扎着伸出一根手指头，用力戳着他胸口说："你不知道？你竟然还敢说不知道？你连你刚才想对我做什么，你都不知道吗？"

"不，刚才我知道。"他抓住我戳着他胸口的手，凝视着我的眼眸里有着一股强势，以及那若有似无闪现过的一丝占有欲。

"那你说，你刚才想怎样？"我一副审问的口吻盯着他。

谁料他听到我这话，低头就在我唇上亲了一下，在我惊愕愣神间，他说："这样。"

我呆怔住了，半晌回过神来，我才立马嗷了一嗓子，发出一声尖叫。

阎亦封估计是被我这音波刺激得耳膜发疼，他紧皱着眉头，稍微离我远了一些。

"怎么了，怎么了？"杨龙啸破门而入，闯了进来，就他这一秒出现的速度，我很笃定，他一直就躲在门外。

趁着阎亦封松开我的空隙，我从床上蹦起来，一把掐住阎亦封的脖子反将他压在床上。

杨龙啸看傻眼了，赶紧大喊一句："冷静！谋杀亲夫是犯法的！"

我当然不会真的把阎亦封掐死，甚至连力气都没用上，我只是为了掩饰自己羞愤的情绪而已。

他凭什么三番两次地亲我啊！上一次我还以为是做梦，但从他刚才的表现来看，他绝对不是第一次！

我这暴脾气，他二话不说就将我初吻悄无声息夺走了，现在还敢得寸进尺，当我乔溪是软脚虾，任人欺负呀。

不行！他今天必须给我一个交代。

我拽住阎亦封的衣领将他揪起来，但实际上，我根本没那力气，是他一直在配合我，因此他一坐起来，就显得我更娇小了。

比起凶神恶煞的威胁，我更像是被他圈抱在怀里，毫无攻击力。

气场上虽然输了，但咱这气势不能输啊！我挺了挺胸脯，昂起下巴，为了装出气势，我还双手一叉腰瞪着他。

结果他倒好，竟然伸出手摸了摸我的脑袋。喂喂！你以为我在撒娇呢？正经点！我在审问威逼你呢！

我不耐烦地将他的手一把拽下来，没好气地说："说！你是不是对我图谋不轨！"

"咳咳！"站在门口的杨龙啸听到我这话，被口水呛住了。

阎亦封却是一本正经，摸了摸下巴细细打量了我一眼。我下意识地护住胸口，警惕地防备他。

"叽叽——"

就在这时，窗外突然飞进来几只麻雀，在阎亦封头顶上转了两圈，然后停在他的脑袋以及肩膀上，紧接着又是一阵嘈杂的叽叽喳喳。

阎亦封的表情从一开始的不耐烦，到现在阴沉冷漠下来，眉头紧锁，眸底划过一道不悦。

我茫然看着他，杨龙啸这时对我招了招手。我悄悄爬下床走过去，杨龙啸对我做了个噤声的动作，小声说："麻雀是他的眼线，瞧他脸色这么难看，一定是有重大事情发生了，我们别打扰他。"

"好。"我下意识地压低了声音，甚至连脚步都放轻了，小心翼翼地跟杨龙啸出了卧室，他顺手将门轻轻关上。

站在门外，杨龙啸尴尬地看着我，估计是不知该如何解释刚才的画面吧。我摆了摆手，不以为意地说："没我事了，我继续干活了。"

杨龙啸欲言又止，想说什么但最后还是选择了沉默。我上了楼，继续打扫我没清洗过的区域，对于楼下客厅的情况，我时不时会瞥上一眼。

阎亦封没有从卧室里出来，但允许杨龙啸进去，紧接着房门紧闭，两人在房间里说了什么我也不知道。

[3]

一直到傍晚，我的工作结束，卧室里的门还没开，我停顿了一会儿，才转身离开了。

接下来几天，兼职工作很顺利，但租的房子出了一些问题，住在我隔壁的一家三口，平时白天就女主人跟她儿子在家，男主人晚上才会回来。

一开始跟他们一家子没什么瓜葛，直到我家门口的垃圾开始莫名其妙增多，才有了纠葛。

每天出门我都会习惯性将垃圾带走，但每天一回来，门口就堆了几袋垃圾，一开始我也没在意，顶多顺便带走而已。

有一天我提前下班，正好被我看到隔壁的大姐往我家门口丢垃圾，我立马就冒火了，走上前强忍着火气跟她好声提醒。谁料她倒好，竟然说反正我每天都丢垃圾，随手丢一下又不会死。

哎哟，我去！大姐，你这理由还挺充分啊？说实在的，我帮忙丢下垃圾没什么，只要她说一句谢谢就行，可她这态度我就不乐意了，真当我好欺负？

我跟她对峙起来，结果说着说着她竟然撒起泼来！把左邻右舍都喊了过来，还恶人先告状，把我怼死，一句话也不让我说。

我从左邻右舍指责的嘴脸中也看出来了，这些人明显是一伙的，他们住一起的时间久了，联合起来排挤我这个外人是轻而易举的事。

得！也别说我不是什么不识抬举的人，我不计较了还不行吗？最后是我主动退步后，隔壁大姐才肯罢休，一副打了胜仗的得意表情，趾高气扬，当着我的面将门"砰"的一声重重关上！

我被孤立在走廊里，已经是晚上十一点了，我莫名其妙被怼了两个小时。望了一眼那堆垃圾，我开了门进屋，一开灯，就发现灯泡坏了。

事实证明，人一倒霉起来，喝水都会被呛到。灯泡坏了就算了，我有手电筒，但水龙头没水，这是逗我玩？

大晚上的，我拎着个水桶下四楼去提水上来，走在走廊上的时候不小心撞倒了放在走廊上的扫把，"哐当"一声响，屋里的主人不耐烦吼了一声"大晚上还让不让人睡觉"。

我叹了口气，只好放轻脚步，提着水进了屋里。我也懒得去烧水了，随便洗了个冷水澡就睡下了。

结果蚊子嗡嗡作响，扰得我一夜无眠，肯定是门口那堆垃圾招惹来的。我躺在床上，窗户敞开着，凉凉的微风涌了进来。我索性坐起来，望着外面皎洁的夜色，看了一晚上的月亮，别有一番滋味。

我原以为跟隔壁邻居闹翻也就不会再和他们有交集了，但事实证明，我还是太天真了，有人想欺负你，理由绝对是你永远想不到的。

这天晚上九点，我回到家里，刚洗好澡出来吹头发，门外就传来"砰砰"的敲门声，一个大老爷们的粗犷嗓门在喊："里面的人出来出来，快出来！"

我眉头一皱，走过去站在门边问："你是谁？"

"你隔壁的，快点开门！"对方又猛拍了下门催促。

我将门打开，一个袒露着膀子、长相凶神恶煞的彪形大汉恶狠狠地说："你这小姑娘有没有点良心？晚上洗澡洗那么多水，有想过别人没有水用吗？我家孩子还没洗澡呢，现在没水了你说怎么办？"

我傻眼了，啥情况？他家没水怪我？我差点都怀疑自己耳朵是不是出问题了，他却还在嚣张地说："我可提醒你啊，以后洗澡最好晚点再洗，否则你洗完了别人还洗什么？"

"等等！你这话什么意思？你家没水你说是我的原因？这道理不

是这么讲的，这里住这么多人，只有我才洗澡吗？"这人说话不可理喻啊！我跟他正经严肃地对峙，但我没想到，前几天发生的一幕又重新上演了。

怪不得说不是一家人不进一家门呢，他跟他媳妇一个样，嗓子一吼，又把左邻右舍喊过来了。这一次我可不会再受欺负，我将房东大妈叫了过来。别以为我一个女孩子，你们就可以随便欺负，我可不是好欺负的！

结果我万万没想到，这大妈也是跟他们一个鼻孔出气的，非但没有为我出头，竟然跟他们站在一起要求我最后一个洗澡。

哎呀，我这脾气，这是组团欺负我一个孤零零的女孩子啊！真当我家里没人了？

好吧，我家里真的没人。

[4]

"女孩子孤身在外，最好少招惹点麻烦，对隔壁邻居好一点，否则有一天你死在里面都没人知道。"隔壁大姐尖着嗓门戏谑地瞅了我一眼，眼神里透着讥讽与不屑。

都欺负到这份上了，我还有什么好说的？摊上这么一个邻居，我运气也实在不好，可以说是非常倒霉了。

我捏了捏眉心，还想再说什么，鼻子却突然发酸，我哽咽了一下，忽然说不出话了。我的手在微微颤抖着，这一刻，我体会到了什么叫无助。

我仰起头，不让眼泪掉下来，不让他们看到我的脆弱，我努力强忍着，捏紧着拳头，指甲嵌入掌心里。

"哟，受委屈想哭了，让我瞧瞧。"彪形大汉突然咧嘴一笑，伸出手就过来碰我。隔壁大姐瞪了他一眼，却没有阻止他猥琐的行为。

他手伸得太突然，我来不及躲避，眼看他那只油腻腻的黑手即将摸上我的脸，我下意识地抗拒闭上眼。

"啊！"

结果，耳边却传来一声凄厉的惨叫，以及"咔嚓"一声，一道让人毛骨悚然的骨头断裂声。

我睁开眼抬起头，却被一只有力的臂膀圈住，宽厚的掌心扣住我的后脑勺，我被强势搂入了一个人的怀抱中。

"她也是你能碰的吗，看来你这手是不想要了。"

熟悉的嗓音传了过来，不同往常的是，压低下来的声音略显沙哑，带着一丝愠怒与强忍住的暴戾。

眼泪忍不住夺眶而出，我的防线在听到他声音的一瞬间就崩塌了。

我埋在他胸口，将眼泪蹭在他的衣服上后，才偷偷扭头看了一眼。

就看到突然出现的阎亦封单手抓住了彪形大汉的手腕，往反方向扭转，彪形大汉疼得龇牙咧嘴，哇哇惨叫着。

那么大的块头，竟然被高高瘦瘦的阎亦封擒得死死。

我仰起头看他，阎亦封面无表情，眉宇间却有着一丝不悦的愤怒。他就这么强势地一只手将我搂在他怀里，另一只手正扼住彪形大汉的胳膊，从刚才的"咔嚓"声中，我估计这大汉的手已经被他扭断了。

大姐反应太慢，这时才回过神来惊恐尖叫。这跟鬼叫似的大嗓门，成功吸引了一旁所有人的注意，见自个儿邻居被欺负了，一群人纷纷撸起袖子，气势汹汹就要揍阎亦封。

"阿布。"

阎亦封从容不迫地喊了一声，而后，当老虎的嘶吼响起的瞬间，一只体形巨大的老虎蹿入人群后，在场所有人都疯了。

"啊！"

惊恐的尖叫声响起，人群的慌乱与尖叫，让整个现场就跟见鬼似的可怕。当老虎跳进来的瞬间，平时拥挤的走廊变得空荡荡的，就跟按了提速快进似的，所有人一哄而散。

有人被吓尿裤子，脚都软了，害怕得颤抖着手脚并用赶紧爬走。

隔壁大姐直接被吓软了脚瘫倒在地，彪形大汉见状膝盖一屈，跪了。

阎亦封皱起眉头，厌恶地放开了手。

阿布走过来，在阎亦封脚边蹲下。彪形大汉见老虎走过来，吓得赶紧爬进屋里，还不忘将已经吓傻的自家老婆也推了进去，最后惊慌失措地"嘭"的一声关上门。

刚才还拥挤喧哗的走廊，立马萧条下来，一阵风吹过，垃圾袋飘了一下，我和阎亦封，还有一只老虎就这么傻杵着。

[5]

半晌，我才反应过来，抬起头看着他问："你怎么会在这儿？"

他低下头看着我，不知道是不是我的错觉，他的眼神里好像多了一丝我看不透的光。

"就来了。"

我等了好一会儿，他就给我这么一个答案，跟没回答一样。我还想问他，但余光一瞟，发现隔壁窗户里有几双眼睛在瞅着我们，我到嘴边的话又咽了回去。

阎亦封带着老虎这么明目张胆地出现，肯定会引起混乱。发现有人甚至拿手机偷录，我一着急，就牵住他的手往屋里走去。当然，阿布也不能忘，它倒是很乖巧，跟在我们身后，我赶紧将门关上，这才松了口气。

"阎亦封，你老实交代，你怎么知道我在这里的？"

我认真看着他问，他却心不在焉。我顺着他的视线低头一看，这才发现，他一直盯着我牵着他的手瞧。我下意识地把手抽回来，他看着空落落的掌心，抬起头看着我，那眼神里竟然有些小委屈？

啊喂！你委屈啥呀，跟你说正事呢。

"你先坐吧。"我妥协了，摆摆手。

他这才环顾四周，但没有坐下。我在他眼神里看到了嫌弃，我嘴角抽了抽，没好气道："我洗得很干净了。"

他这才乖乖坐下，然后就看着我，眼睛一眨一眨的，像个无辜被审问的孩子似的。我有点头疼，态度也不敢太凶，我问他："你就告诉我吧，你怎么会来这儿？"

"找你。"

"找我干吗？"

"这个。"他掏出一张字条摊开，看到上面熟悉的字迹，不正是我给他写的借条嘛。

我瞪大了眼，难以置信道："你过来找我，就是为了追债让我还钱？"

我将他上下一打量，眼神里透着明显的鄙视与嫌弃。

他撇撇嘴，不悦地看着我。

我摊手说："我才刚借，哪有钱还你，你再着急我也没办法，要钱没有，要命一条。"

"钱我不要，命你自己留着，我只要你的人。"

我惊恐瞪大眼，护住胸口后退两步，警惕地看着他："你说什么呢，我不卖身的！"

我着实被吓到了，这种话他怎么能说得这么理所当然呢？瞧他一脸正气、正义凛然的样子，竟然会提出这种下三烂的要求？

只是听到我这话，他似乎叹了口气，然后站起来，我原本俯视他的眼神，立马转为了仰视。

"跟我回去住。"

"你不但要我的人，还要跟我同居！"我提高了分贝，看着他的眼神里就只有四个字——衣冠禽兽！

结果，他竟然点头了。

"跟我住，这钱不用还。"他扬了扬手上的借条，看着我一脸正色。

我歪着脑袋看他，不确定地问："我可以认为，你是让我当保姆还钱吗？"

他蹙眉，似乎"保姆"两个字让他不满。

我看着他，脱口而出："阎亦封，你是喜欢我吗？"

他比我想象的淡定，应该说，他一直就没什么表情，我看着他，心里是从未有过的平静，没想到这个问题问出来，我会这么轻松。

"喜欢。"

[6]

出乎我的意料，他很认真笃定地回答了我这个问题。得到他的答案，我的心跳陡然加快，让我措手不及。

"你……你喜欢我什么？"克制不住慌乱的心，当我问出这话时，我恨不得抽自己两大耳光，自己什么时候也会问这么矫情的问题？

"不知道。"

刚才如波浪般的心跳线，在听到他这话后，一下子划出了一条直线，我的心情是毫无波澜的，面无表情地回了他一句："哦。"

"我只知道，你是我第一个不想推开的人，相反，还想靠近，再靠近。"他专注认真地凝视着我，说着迈步向我走来。他越走越近，我抵挡不住他的迫近而后退，直到背抵住了墙，退无可退。

他在我面前站定，伸出手将我垂落下来的发丝撩到耳后。他碰触过我皮肤的手指，一片火热。他低下头来，嗓音低哑磁性："靠近你之后，我莫名会想拥有更多，不仅仅是这样。"

他抬起我的下巴，说着在我唇上吻了一下，就这么一下，我瞬间清醒了！

我猛地推开他，手忙脚乱躲到阿布身后，它懒洋洋地瞟了我一眼，结果竟然站起身走了。啊喂，不带这样的！

"你怕我？"他双臂抱怀，倚靠在门框边，那慵懒悠闲的姿态，还有嘴角若有似无的笑意，他在笑话我？

我这人经不起刺激，立马大胆地走到他面前，昂首挺胸地说："谁怕你了？这叫男女授受不亲！"

我义正词严，他"哦"了一声，而且还故意拉长了尾音的那种，无论怎么看，都像是在调戏。

我有点不知所措，他现在这副态度，让我不知道他说的是真的，还是开玩笑？

"我在跟你说认真的，你不要开玩笑。"我没好气地看着他。

"我也说认真的。"他拧紧了眉头。

"认真你还这态度？让我去你家住，你究竟是抱着什么想法说的？去你家当保姆还债吗？如果是这样，我有权利说不愿意，还是说就因为你可怜我？"我说着说着情绪不知怎么就上来了，有些委屈，又有些难过，突然觉得自己一文不值。

我发现自己最近越来越脆弱没用了，动不动就想哭，我看不起这样的自己，背过身不去看他，我吸了吸鼻子，强忍住眼泪。

"唉——"

我听到他又叹了口气，紧接着就被他从后面抱住了，将我圈在他怀里，他说："是我不会表达，让你着急了，原以为我说得已经很明显了，想让你跟我住在一起，是想每天都能见到你。难道，你还不明白吗？"

我愣住，下意识地问："你真喜欢我？"

"刚才不是说过了吗？"

"不算！"

"好，那就再说一次，我喜欢你。"

我总算反应过来了，他这是向我表白呀！

"咳咳！"我假装咳嗽一声，转过身看着他，严肃地问，"你是怎么知道我在这儿的？"

"它们说的。"他抬了抬下巴，示意我往窗外看。我望过去，就见外面电线杆上飞着几只麻雀。

"你所有的事，我都知道。"他提醒我。

我表情诡异地看着他，怀疑道："你派麻雀跟踪我啊？"

"你很变态哎！"他没有否认，我"咦"了一声，鄙视地看着他。

他脸一黑，捏了捏我的脸，赌气地说："就监视你，怎么着？"

"哎呀，开玩笑嘛。"我将他的手拽下来，揉了揉被他捏红的脸，气鼓鼓地说。

他傲娇地哼了一声，牵起我的手就要走。我赶紧拦下他，问："你要拉我去哪儿呀？"

"回家。"

听到他说出这两个字时，我愣了一下，嘴角不自觉弯起，但我还是很冷静的，我提醒他："哎！我行李还没收拾呢，而且房租都还没拿回来。"

他动了动嘴唇，我知道他想说什么，瞪他一眼，他立马闭嘴了。我敢肯定，他一定是想说，不要了，人在就够了。

但我会让他这么说吗？当然不可能了。整理了行李之后，我才拉着久等的他下楼去找房东，他走得慢，我快一步走到房东面前。

房东一看到我，手机紧紧握在手上，大声说："我告诉你啊，我已经报警了，警察很快就到！"

"哎哟，还报什么警呀，我现在就走了。"

"那还不赶紧走？"她话锋一转了立即赶人。

我伸出手，跟她要钱。她冷笑一声："小姑娘，你想退房租，我就把钱退给你呀？是你自己不住的，想退房租，门都没有！"

"你确定？"

阎亦封站在楼梯口，阿布站在他脚边，随着他给它的一个眼神示意，阿布慢慢朝房东走过去……

拿着退回来的房租，我走路都是蹦跶的，还是阎亦封靠谱呀，钱这么容易就到手了。

[7]

我拉着行李走出公寓，阎亦封慢悠悠跟在我身后，一出来，就看到门外停着一辆黑色的车。车窗一打开，杨龙啸探出头来跟我们招手。

我一喜，对阎亦封道："我就说你怎么可能带着一只老虎四处逛，原来是杨龙啸送你来的。"

"嗯。"他走过来，自然拎起我的行李箱，走到后备厢旁，将行李放进去，打开车门，示意我坐进去。

我有点不好意思，不过我最后还是心情很雀跃地蹦跶过去。

"哟，还知道给女孩子开车门了，无师自通呀。"杨龙啸调侃取笑。

"别忘了处理。"阎亦封瞥了他一眼，随即坐上车。

杨龙啸笑容一僵，幽怨可怜地说："知道了，我哪次没有给你收拾残局了？"

阎亦封没搭理他，阿布趴在车门口，看了看我们俩，然后爬了进来。

它那么大的体形一进来，我就明显感觉空间小了。我往里面挪腾出位置，阎亦封却是快一步将我捞住，往他怀里靠去，半搂抱的姿态，让我的脸唰地爆红。

"哎哟哟，没眼看了，真受不了。"杨龙啸嘴上嫌弃，脸上却是掩饰不住的笑容，确定我们都坐上车后，他油门一踩，送我们回去了。

到达目的地之后，杨龙啸停下车，主动帮忙将我的行李箱拿下来，并对我说："房间给你准备好了，你跟我去看看，如果不满意，就换一间。"

我惶恐，想将行李箱拉过来自己提，杨龙啸大手豪迈一挥，推着我上楼去看房间。

我想转头看阎亦封一眼，他都不给看，还调侃说："就离开他一会儿都舍不得呀？"

我："……"

这里的房间我都打扫过，随便住哪一间都是酒店级别的待遇，杨龙啸竟然还问我是不是不喜欢？大哥，你别误会，我只是傻眼了而已。

他给我安排的这间房间，那可是相当于总统套房。

有阳台，有沙发，有柔软的被窝，这简直就是我梦寐以求的房间啊！

只是站在房间里，我忽然觉得有些不真实，从一个贫民窟突然跳到了豪华的别墅，就好像灰姑娘一下子变成了公主，太突然，反而无所适从。

"怎么了？"杨龙啸放下行李，见我突然神不守舍，关心地问。

"只是觉得有些不真实。"我走出房间，站在外面的走廊上，扶着栏杆往下望。楼下的客厅里，阎亦封盘腿坐在地板上，给老虎阿布梳理毛发，全神贯注，很认真。

杨龙啸走过来，问："他是不是跟你说了什么？"

我点头："嗯，也可以说是表白，他今晚跟平时很不一样。"

"如果不是你，我也不敢相信，这小子有一天竟然会跟我说那样的话。"杨龙啸感慨。

我好奇地问："他跟你说什么了吗？"

杨龙啸挑眉，指了指楼下客厅里的阎亦封，笑道："我可是跟他说了一下午呢。就你心情不好那一次，你知道吗？他派出去的那几只麻雀竟然是去监视……啊，不是，是注意你的。"

杨龙啸赶紧改口，我瞟了他一眼，他干笑，咳嗽一声掩饰说："总之，那不重要，重要的是，他问我要怎么做？"

随后，杨龙啸就将他那一次跟阎亦封谈话的内容一五一十都告诉了我，我也才知道，阎亦封今晚说的这番话，对阎亦封而言有多重要。

从麻雀口中得知了我的遭遇后，阎亦封有史以来第一次向杨龙啸说了这句话，他说："我该怎么做？"

杨龙啸乐开花了，阎亦封也有求助他的一天？杨龙啸在跟我说的时候，大笑嘚瑟了五分钟，然后才说了主题。

"你是怎么想的？"杨龙啸问他。

阎亦封想都没想就说："想对她好。"

于是，杨龙啸咄咄逼人地追问："为什么要对她好？"

"不知道。"

阎亦封说出这三个字，杨龙啸听到后的心情我是深有体会的，想打死他的心都有。

杨龙啸克制住爆发的脾气，一个深呼吸，嘴角挂着假笑说："那是因为你喜欢她啊！"

阎亦封皱眉，"喜欢"这个词，他并不了解，应该说他不懂喜欢是什么。

杨龙啸快哭了，忍着泪跟他解释了一大堆，总之最后就一句话——

"你不留她，她就跟别的男人住在一起了！"

这句话果然很有效，阎亦封听了立马变脸。据说，他当时咬着牙说了一句："她敢？"

"什么叫我就跟别的男人住在一起？你这是恶意诱导！"我用鄙视的眼神看着杨龙啸，双手叉腰，跟他算账。

杨龙啸跟我嬉皮笑脸蒙混过关，不过，他也难得走心，跟我说："乔小姐，我希望你见谅，阎亦封这个人很少跟人接触，别看他话少，看起来什么都不懂，其实心里比谁都精明，除了感情，他一窍不通。但自从你出现，我就发现他变了，变得有感情了。乔小姐，你是唯一能让他感觉到生活的人，以后，他就托你多多照顾了。"

我愣怔住，仔细想想，阎亦封似乎确实不一样了，就像杨龙啸说的那样，有感情多了。

"我还有一个问题。"我看着他。

"你说。"杨龙啸心情很好。

"他就不用问我喜不喜欢他吗？就这么把我领回家，那我们现在又是什么关系呢，他都没个表示。"我也是后知后觉反应过来，虽说吧，他把我亲了也抱了，还表示了喜欢，但都没问过我一句，我感到很郁闷。

杨龙啸想了想，恍然大悟："也对哦，他都没给你一个名分，不行，咱得找他问清楚！"

杨龙啸比我还激动，说着就拉着我要去找阎亦封。我低头看了楼下一眼，哎？阎亦封呢？

"用不着你找。"一只手伸了过来，将杨龙啸抓住我手腕的手扯下来，阎亦封将我拉到他身边，俨然一副母鸡护崽的架势。

杨龙啸愣了一下，突然大笑起来，他捧着肚子，拍着大腿笑道："行行行！你们两口子自己说，我这颗电灯泡就不打扰你们了，我还有烂摊子要去收拾，拜拜！"说着还暧昧地看了我们一眼，而后才转身下楼走了。

[8]

阎亦封就站我旁边，他一直没说话，气氛一度很尴尬。我打破僵局，说了句"我去整理行李"后，转身就走。

"等一下。"阎亦封抓住我的手。

我转过头看他，他似乎迟疑了一下，然后看着我，一脸严肃地问："你喜欢我吗？"

"啊？"我一时没反应过来。

他认真地看着我，等着我回答。

半晌，我才点点头，考虑到他情况特殊，他这种态度，我就当没看到了。

还真没见过谁会顶着一张审问犯人的脸，问一个女孩子是不是喜欢他的。

"那跟我在一起。"他郑重宣布，这口气，听起来还挺霸道。

我眨了眨眼睛，又点头。

不知是不是我的错觉，他似乎松了口气，表情也不像刚才那么严肃了。

他凝眸望着我，一向锐利冰冷的眼神里有着一丝温柔与深情，他说："我不知道怎么去喜欢一个人，但我知道的是，我希望你开心。你需要什么，我都会给你，你要一个解释，我不会掩掩藏藏……只是阿溪，你教我喜欢好不好？"

他走上前一步，双手自然而熟练地圈住我的腰，低下头凝视着我。他的眼睫毛很长，这么一低头，修长的眼睫毛垂下，自带深情又脆弱的眼眸，宛如受了伤的麋鹿。

被他这么一盯，我心里只有一句话想说，该死的妖孽，竟然利用美色？

我对他的话表示深深的怀疑，他真的是第一次对女孩子说这种话？

说什么不懂喜欢？明明撩人的情话说得一句比一句好！

"你，刚才叫我什么？"我从美色中回过神来，这才想起他刚说的话。

"阿溪。"他喑哑磁性的低沉嗓音在我耳边轻轻喊了一声。

我突然想到王萌萌经常说的那句话，耳朵要"怀孕"了，原来是这种感觉。

我想跟他严肃点说话，但一对上他的目光，我就忍不住想笑。就算强迫自己冷静，嘴角却是掩不住的笑意。为了不让他觉得我像个傻子，我摆摆手，示意他可以下楼了，我要整理行李。

但他不走，没事，那我回房。

进了房间，关上门，我立马乐得像个中彩票的傻子，扑在柔软的床上，左滚一圈，右滚一圈。

这种幸福感是怎么回事？好想大声笑，但不行，我要克制，于是我拿枕头盖住脸，笑得一抽一抽的。

恋爱原来是这种感觉呀！

第十章

就这么甜蜜同居了

[1]

难以置信，我竟然就这样跟阎亦封同居了，而且同居的生活，是这样的……

客厅里。

"阎亦封，我刚刚拖了地，让你这条蟒蛇别蹭了。"我拿着拖把，看了一眼扭着尾巴在我五米处游过的蟒蛇，刚拖过的地板出现了一条弯曲的痕迹，我对着卧室喊了一声。

阎亦封露出半个脑袋，蒙眬睡眼瞥了蟒蛇一眼，蟒蛇立马溜走。

厕所里。

"阎亦封，我厕所还没洗好，让你老虎再憋一会儿。"

我堵在厕所门口，伸出手指着一边，示意老虎去别的地，它不听，我再次对着卧室方向嗷了一嗓子。

阎亦封在刷牙，走过来，往阿布面前一站。

走廊里。

"阎亦封！我在打扫走廊，让你大象别堵路！"

我看着堵着走廊，让我出不去的大象，再次求助阎亦封。

"石头，过来。"阎亦封喊了它一声。

没错，这只大象，阎亦封就给它取名"石头"。他取名的方式很简单，石头剪刀布……

餐桌上。

"阎亦封……能麻烦让你白狼把你叼走吗？你趴我身上很重啊！"

我将碗放在餐桌上，阎亦封突然从身后搂住我，趴在我身上，我哭笑不得。

阎亦封的下巴抵在我颈窝上，温热的气息吐在我耳边上，他嗓音低哑地说："阿溪，陪我一辈子。"

"啥？我什么时候欠你一辈子了？你要我赔？"我故意装没听懂。

阎亦封："……"

哎，我开玩笑呢，别不理我呀，小亦亦？小封封？哎呀，别走呀！官人！

自从上一次马戏团在表演的时候出过事后，阎亦封今天是第一天过来，之前他一直请了假。

阎亦封一到，赞美跟鲜花立马蜂拥而上，就跟一股浪似的朝他涌了过去，将他团团簇拥住。

老板笑得跟朵花似的，凑过去一顿夸奖，甚至为了衬托他那天晚上的英勇，还把我拉了过去，当着他的面狠狠批评了一顿我的莽撞。

阎亦封被这么多人围着心情本就不好，此刻见我挨了训，眉头皱得更紧了。

老板其实也没骂多难听，主要还是被我那天晚上的行为吓到了。我当时确实鲁莽了，因此他的批评，我是虚心惭愧听着的。

"你这丫头，还不好好感谢人家，要不是他——哎哟！"老板说着，伸出手戳了戳我的脑袋。结果，我就看到阎亦封眼里闪过一道杀气，老板的手就遭殃了。

"哎哟！疼疼！"老板疼得眼泪都快出来了，不知所措地看着突然捏住他手腕，几乎要把他手扭断的阎亦封。

我吓了一跳，赶紧阻止："阎亦封，别冲动，别冲动！他骂得没错，是我不对。"

谁料阎亦封看了我一眼，一副固执的口气说："你不对，也只有我能骂。"

"好好好，那你快松手！"我哭笑不得。

阎亦封看了确实疼得不轻的老板一眼，这才松开了手。

这下好了，刚才还围着他的众人齐刷刷地退开，我怀疑这家伙是在杀鸡儆猴。

老板一脸的委屈无辜，我代替阎亦封向他道歉，原本是要他亲自道歉的，他说不要，那就只能我来了。

好在老板人好，不计较，我才松了口气。

[2]

之后干活的时候，我走到哪儿，阎亦封就盯到哪儿。他大闲人一个，啥都不用干，有人喊我帮忙搬点重物的时候，他也不说话，只是跟刀子似的眼神唰地瞟过去，那人立马就对我挥挥手说不用自己扛着跑了。

我转过头，他就装什么都不知道，望天花板，我有气都发不出来。

很快，阎亦封对我的特别"关注"，大家都察觉到了。安小默小心翼翼地凑过来小声问我："乔溪啊，你跟阎大神是发生什么事了吗？他都盯着你瞧了一天了。"

听到她这话，我又转头看了阎亦封一眼，他果然在看着我这个方向。我笑了笑，对她没有隐瞒地说："奇怪的事没有，就是我们在一起了而已。"

安小默惊喜地瞪大眼："真的啊！你……你真的跟他在一起了！我就说嘛，你果然跟他有一腿！"

我笑容一垮，没好气地说："什么叫有一腿啊，好好说话！"

"哎呀，我这不是替你开心嘛。不过说真的，阎大神虽然长得很帅，但性格也就只有你才驾驭得了。"安小默也是真激动，为我感到开心。

她的反应这么大，我倒是有点不好意思了。

说实在的，对于就这么跟他在一起这件事，我有时都会忘了自己现在跟他是情侣关系。

毕竟相处的方式还是跟以前一样，除了彼此之间没有了隔阂，平时怎么样现在就怎么样，也没有那么多形式上的东西。

所以听到安小默这话，想到我们是男女朋友的关系，再一看阎亦封的脸，我就不自觉脸红了。

能别提醒吗？我都不好意思看他了。

于是，这事由她传他，他传她，不一会儿，所有人都知道我跟阎亦封的关系了，导致我跟阎亦封说句话，或者站一起，周围全是起哄声。

真是奇怪了，至于这么大惊小怪吗？当然，也有羡慕嫉妒恨的，经过的时候会酸溜溜地讥讽一句。

不得不说，恋爱还真是可怕，平时有人讥讽，我早就怼回去了。但这一次，我竟然莫名想笑，被羡慕的滋味，还挺不错的嘛。

转眼，我就跟阎亦封同居了差不多半个多月了，日子也就那样，该上班就工作，我有那么多兼职要做，基本都在外面。

一开始阎亦封一整天没看到我，吃饭的时候表示了抗议。当然，他的抗议可不是抱怨，而是赌气一个劲吃饭，在我面前刷存在感。

　　直到我注意到他，他才说了一句："明天别去工作了。"

　　"不行，我明天得去做家教呢。"

　　"辞了。"

　　"为什么？"我不解。

　　他看着我，再一次眨了眨他那跟麋鹿似的眼睛，受伤脆弱地说："你不在，很无聊。"

　　我挡住他的眼睛，别这样看着我，明知道我容易心软！

　　说实话，我平时在家也没干什么呀，就陪他看电视，或者看看书、抓娃娃机，要么就被他压沙发里……咳，这个少儿不宜，除了这些也没干吗了呀。

　　他抓住我的手，把我拉过去，我能感觉到他呼吸的热气喷在我脸上，凝眸注视着我，他低哑着嗓音说："听话。"

　　又来了！每次都来这招，欺负我抵挡不住是不是？哼！

　　我辞了还不行嘛。

　　其实，我知道他不是因为一个人在家无聊，而是不忍心我打那么多份工。

　　我经常一回来，往沙发上一躺的时候就睡过去了，再一醒来，就在床上了。

　　他就坐在床边，每次都皱着眉头，但我一笑，他就什么都说不出口了。

　　或许别人家的男朋友不会让自己的女人辛苦干那么多活，这一点阎亦封可能也有想过，但他很清楚，我不是那种一整天无所事事，会贪图享乐的人。

　　他知道，控制我的行为，就相当于限制了我的自由，因此，他虽然表面没说，其实是有些担心的。

这几天工作一忙，身体非但吃不消，也有些冷落他了，所以，我义不容辞地把这份兼职辞了。

这一辞，我还真就轻松了不少，趁着这天天气好，我拉着阎亦封出门去买东西。

[3]

阎亦封也正好无事，他一向不喜欢出门，不过跟我一起，他倒是很主动，我只是说了一句去菜市场，他就乖巧地站门口等我了。

来到菜市场，我领着他走进去，结果毫无悬念，引得众人频频注目。

出门前怕阎亦封太引人注目，我给他戴了顶鸭舌帽，但貌似没啥效果。毕竟堪比模特的身材与身高，让他走到哪儿都是焦点。

一身灰白色休闲套装，眉目清明，五官立体，浑身散发着一股高冷生人勿近的气息，使他往热闹喧哗充满市井气的菜市场里一站，俨然就是一道亮丽的风景。

阎亦封身上少了一种烟火气，导致他与这个社会格格不入，跟我站在一起，更加形成了明显的对比。

我在菜摊子前挑菜砍价，跟老板娘口沫横飞；阎亦封一动不动，像个立体人牌。好在他站我身边还是有点用处的，老板娘见这么一个大帅哥站她摊子前，不好意思太凶蛮，于是，我占便宜了。

阎亦封是典型的食肉动物，每餐一定要有肉，这可能跟他多年来跟猛兽混在一起有关系，只是他吃不胖，让人好生羡慕。

买了猪肉，又到鸡摊前买了只鸡。鸡笼里有很多鸡在咯咯叫着，阎亦封面无表情，无动于衷。我小声问他："你能听懂它们的话，每次吃的时候不会觉得残忍吗？"

他瞥了我一眼，看着鸡笼，淡淡地说了一句："弱肉强食，这是自然生存法则。"

我愣了一下，再次看着任老板宰割的母鸡，心情忽然有些沉重。我看着阎亦封，义正词严："你放心，我不会让它白死的！"

他沉默了片刻，才说："我懂它们的语言，与它们却不是同类，相反，有些人将宠物视为家人，就比如狗。而那些强行猎狗残杀端上桌的人，无疑是吃了别人的家人，你觉得，谁比较残忍？"

我错愕地看着他。阎亦封的眸底藏着一丝晦暗以及冷漠，他经历过什么，又见过多少残忍的行为，我无法体会。

但有一点我很清楚……

"给，六十五块。"

接过老板递过来一只宰好的鸡，我给了钱，说了声谢谢。阎亦封却很自然接了过去，这一路买的菜他都主动接走，一样也没让我拿，这种熟练的动作还真有点像老夫老妻。

我看着他，这才说："残忍是无法被比较的，也没有人能去定义，知世故而不世故，纵使人人都说这世界的阴暗，只要你心存阳光，这世界就还是明媚的。"

阎亦封顿住，注视着我的眼睛里闪烁着复杂的光，我不知道，一颗心是被如何千刀万剐，才会对生活充满绝望。

"没想到，我会有被你说教的一天。"他突然像是放松了下来，嘴角弯起，揉了揉我的脑袋。

他将我拉过去，低下头，凑近我耳边说："那阿溪，从今以后，你做我的太阳。你要记住，太阳一消失，我的世界就只有无尽的黑暗，所以，你绝对不能离开我。"

我微微一愣，这家伙，怎么又突然蹦出这种话？不知道的还以为他经常对女孩子说情话，是撩妹高手呢。

我正要说什么，余光一扫，鸡摊老板娘正用看韩剧专用的眼神暧昧地看着我们，我尴尬得脸红，赶紧拽着他的手远离这是非之地。

谁料这小子还挺固执，得不到我的保证，一路顶着一张正经严肃的脸说："阿溪，你还没回答我，你不能这样，你要对我负责。"

我一个趔趄差点摔了，负责？负什么责呀！你别乱说好不？你没看到别人都用异样的眼神看我吗？污蔑我人品不说，还污蔑我清白！

"好好好，我负责，我负责，一定'娶'你。"

我直接破罐子破摔，误会就误会吧，戏要做全套。

听到我这话，他才消停。我毫不避讳旁人异样的眼神，大方挽着他的胳膊，走起路来气宇轩昂，这带着男人逛街，气场就是不一样。

[4]

"等等。"

"怎么了？"

我钩着阎亦封的胳膊，他突然停了下来，我迈出的脚步就这么被拉退了回去。我疑惑地看着他，他用下巴指了下旁边的购物商城，说："给你买衣服。"

"啊？"我下意识地低头看了自己一眼，还是那身简单的衣服，虽然使用频率很高，但衣服没坏，还可以穿呀。

"为什么突然想给我买衣服？"我好奇地问他。

"就想给你买。"他躲避着我的目光。

这一看，我立马就懂了，敢情是有人告诉他的吧。

要么是方秦医生，要么就是杨龙啸，我就在他家见过这两位，除此之外，没人了。

他也真会挑，一看这家商城的装潢跟品牌，一件衣服得好几百吧，对我而言，衣服就是奢侈品，能不买就不买吧。

"算了吧，我的钱可都买菜了，只剩下点钱坐公交车，还是别进去了。"我拒绝他，说着就拽他走。

结果，我反倒被他拽回去了，他很认真坚决地看着我，霸道地说了三个字："我有钱。"

我深吸了口气，你有钱是吧，那还愣着干吗？赶紧进去挑呀！

我开心地牵着他进去，开玩笑，哪有女孩子不喜欢逛街买衣服的，我也不例外呀，当然，只差一个付钱的人而已。

进了一家店，拿了一套衣服在身上比了比，我问阎亦封好不好看，他点头："好看。"

我又换了另一套问他，他还是说好看。最后我搞清楚了，就算我拿了套男装，他也说好看，真是，问了跟没问一样。

还是我亲自每一件都去试，也不问他了。就在他面前晃一晃，他的眼神有波动，就证明衣服很合适。我连续试了几套，最后穿着一件无袖雪纺及膝连衣裙走出来，阎亦封当机立断地说："就这件，不用换了。"

我站在镜子前转了一圈，确实不错，与鞋子发型正好搭配，我就喜滋滋地穿上不脱下来了。

"结账吧。"我拉着他往收银台走。

阎亦封却是对负责我们的售货员说："这几件也一并要了。"

售货员一喜，赶紧将我试过的几套衣服跟抢似的抱起来，冲到前台算账去了。

我咋舌，拽住他小声说："算了吧，买那么多干吗，加起来很贵哎。"

阎亦封没说话，给我一个"我有钱"的眼神让我自己去体会。

我撇撇嘴，好吧，他今天难得这么霸气男友力一回，我就收下了。

只是总账出来的时候，我还是心疼了一下，阎亦封一只手拎着从菜市场买的菜，另一只手在兜里摸索。

我幻想着他掏出一张黑卡，往收银台一甩，然后说："随便刷。"

哎呀呀！霸道总裁呀。

结果，想象很丰满，现实很骨感。

阎亦封抬起头，对笑得花枝招展的收银员说："我没带钱。"

收银员笑容一僵，但优秀的专业素质，还是让她温柔微笑着问："那银行卡呢？手机付款也行。"

"没有。"他眼睛都不眨一下，说得理所当然。

我看到收银员的嘴角抽了一下，她肯定有句话想讲，只是碍于这是个文明社会，她那句话不好说出口，于是笑得比哭还难看。

我望着天花板，有句话，也不知当讲不当讲。

"先生，您这意思是，您没钱付吗？"收银员再次询问。

阎亦封点头，他出门什么都不带，就带着一个我，我也是太天真才会相信他有钱这种话。

我偷偷摸了自己扁扁的钱包一下，顿时羞涩脸红，真是不好意思，囊中羞涩，我也没钱。

收银员假笑地看着我，说了一句连她都感觉尴尬的话："那小姐，您能把衣服脱下来吗？"

"呵呵呵——"我露出比她还专业的标准假笑，推了阎亦封胳膊一下，咬牙对他说，"我活这么大，就没像今天这么尴尬丢人过。"

说着，我转身要去把衣服换下来，他拉住我，对我伸出手说："我没带钱，但有人会付，把手机给我吧。"

他跟我要手机，我连忙拿出来给他，就见他拨了一通电话。电话一通，他直接就说："我要钱。"

"啥？"

我凑过去，就听到电话里传来杨龙啸咋呼的声音："什么钱？还有，你要钱干吗？"

"你说呢，给她买衣服。"阎亦封露出不耐烦的神情。

"哎哟哟，有长进啊，还懂得给女朋友买衣服了。说吧，你在哪儿？"杨龙啸一听乐了，忙问地址。

阎亦封对我投过来一个眼神，我会意，他将手机递到我面前，我开口说了地址，阎亦封才又把手机拿了过去。我踮起脚努力贴近手机，阎亦封注意到，稍微蹲下来一些，就听那边的杨龙啸为难地说："哎呀，我可赶不到，不过你在的地方，我正好有朋友在附近，我打声招呼，你等一会儿啊。话说回来，你现在也有家室了，等我找时间，把你的资产全交给你老婆管理。"

我抹了把汗，杨龙啸大哥，您真会说笑。

"等一会儿。"阎亦封挂了电话，把手机还给我。

"哦。"

我倒是没意见，有办法解决那就再等一会儿吧。只是几位小姐姐的眼神盯得我浑身不自在，我原本有些别扭，但一瞧阎亦封那身名牌装，我的腰板就挺直了。

咱怕啥呀，又不是买不起，哼！

[5]

等了十来分钟，那几位售货员也不搭理我们了，估计我们不好意思离开，故意拖延时间呢，当下都假装各忙各活。

阎亦封全程不动如山，面不改色。我坐在沙发上等，他也不坐，就拎着菜，站在我旁边，跟护法大将军似的。

就在这时，有两个男警察走了进来。看到警察，正在店里看衣服的客人以及售货员都紧张起来，全都停下了手上的动作，这两个警察看起来好凶啊！

"谁是阎亦封？"只见其中一个眼神扫过众人，严肃而冷漠地问。

阎亦封走上前一步，我立马也站起来，站在他身边，神色冷静。

"你就是阎亦封吗？"刚才问话的警察走过来。

阎亦封淡淡道："是我。"

"太好了，总算找到您了，上面让我们来帮您解决问题，多少钱我们来付，单子我们会交给上面。"他欣喜地握住阎亦封的手，也不敢握久，碰一下就赶紧松开了，脸上挂着笑，一脸尊敬。

"阎先生，我们现在就结账吧。"另一个警察已经掏出了钱包，对阎亦封咧嘴一笑。两个警察都很年轻，笑起来很干净温暖，我看着阎亦封走过去，那警察拿出了一张卡，说了句随便刷，收银员全程是抖着手在操作的。

我也是傻了眼，万万没想到，杨龙啸口中所谓的朋友竟然是公安局的，而且还派来两个警察过来处理。

我看着刷了卡后将卡放进钱包里的警察，只见他对我温和微微一笑，我干笑了两声。

"阎先生，您还有什么需要帮忙的吗？要不要我们送您回去？"付了钱，另一个警察笑着问。

"也好，回去不想挤公交车。"

阎亦封意味深长地看了我一眼。我赶紧看了看四周，挤公交车这事可不能怪我，我也是习惯了嘛。

"好，那阎先生，这些我先帮您拿着，你们可以再逛一逛不着急，我们在下面等你们。"主动将阎亦封手上的一堆菜接了过去，两人又对阎亦封尊敬地笑了笑，然后才走。

走的时候还听到其中一个说："敢让阎亦封这么大的人物拎一堆菜，这女孩子不得了。"

我瞅了阎亦封一眼，将他上下一打量，多大的人物，我怎么看不出来呢？

不过就在这时，我手机响了，拿起来一看，是杨龙啸打来的。我正要接听，阎亦封手快一把就抢过去了，也不知听到什么，对我示意指了指手机，而后走到换衣间里去听了。

我顿了一下，他需要这么隐蔽，是有重要的公事不方便当众谈吧。我在沙发上重新坐下，托着下巴等着，一旁的客人跟收银员频频投来注目的眼神，我一看过去，她们就尴尬地笑了笑移开视线。

我也尴尬地笑了笑，这转折太快，我也没反应过来。

过了好一会儿，阎亦封还没出来，倒是店里进来了新的客人。

"欢迎光临，最新上市的衣服，可以进来看看哦。"

售货员上前迎接，我下意识地看了一眼，这一看就愣住了，是他们？

[6]

"逾白，我们就在这里看看吧。"苏雨熙挽着唐逾白的胳膊，对他甜甜一笑。唐逾白没什么表情，点了点头，身后还跟着两个身穿西装的助理，这架势，还挺大呀。

苏雨熙挽着唐逾白进来，一眼就看到坐在沙发上的我。那一瞬间，我看到苏雨熙的表情一沉，笑脸直接消失了。唐逾白则是怔住了，眼神很复杂。

被他们俩盯着瞧，我若再傻坐着，就显得有点那啥了。我站起来，笑着摆了摆手，打招呼："哎呀，挺巧啊，你们也在这儿，来买衣服啊？"

话一说出口，我就想给自己一巴掌，来服装店不买衣服来干吗呀？

"是，是啊。"苏雨熙扯了下嘴角，笑意却不达眼底，挽着唐逾白胳膊的手不自觉抓紧。唐逾白却像是刚反应过来般，将她的手不动声色地拿下来了，苏雨熙的眼睛里划过一丝受伤的神色。

注意到他们的小动作，我眼珠子转了转，想装没看到。

"你怎么会在这里？"

我没想到，除了我会问出这种蠢问题外，还有人也会问，唐逾白皱着眉看着我。

"我来买衣服啊！"我摊手，怀疑他是不是没注意到我身上这身新衣服。不过估计是我的动作提醒他了，唐逾白上下打量了我一眼，眼神里有着异样的波动，半晌，他说了一句"很好看"。

我笑容一僵，苏雨熙已经冷脸了，大哥，你带着自己女朋友出来买衣服，当着女朋友的面夸奖别的女人好看真的好吗？你会被你女朋友打死的知不知道？

"你不怕被你女朋友打死吗？"这话一出口，我才想打死自己，怎么就脱口而出了？

唐逾白又是一皱眉，看了苏雨熙一眼，他解释说："你误会了，只是欠她一个人情，作为补偿，让她选一份礼物而已。"

我的专业标准假笑已经快挂不住了，大哥，谁需要你解释啊？你这样不是成心让人家难堪嘛，求你看你旁边的苏雨熙一眼，人家都快哭了。

"哦，这样啊，那你们继续逛，当我不存在。"我赶人似的挥了挥手，很尴尬地笑了笑。

唐逾白全程都盯着我瞧，搞得好像我才是他女朋友似的，还是苏雨熙反应快，变脸的速度也快，对唐逾白笑得很是甜美地说："逾白，这里的衣服好像不适合我，我们去下一间店看看吧。让你这么一个大忙人出来陪我逛一次也是不容易，我请你吃顿饭吧。"

"你太客气了，要请也是我来，答应的事我会做到，没什么不容易的。"唐逾白不冷不热，就像只是在应付似的。

苏雨熙这抗压技能也是杠杠的，管你多冷漠，反正我对你热情。

两人很像是在寒暄说了几句后，苏雨熙才转过头来，对我说："乔溪啊，不好意思，我们恐怕没时间跟你多聊了，逾白暂时接手他爸爸的工作，一直很忙，下一次我们有时间再聊吧。"

"没事啊，拜拜！"

我无所谓地耸耸肩，对她一副女主人的口气与架势坦然自若，我知道她是想赶紧远离我，这么好的事我当然不会阻止。不等唐逾白说什么，苏雨熙就这么拉着他走了，身后两个助理紧跟其后。

唐逾白还扭过头来看了我一眼，突然瞳孔一缩，他想停下来，但苏雨熙已经将他拉走了。

我笑嘻嘻地挥了挥手，看着他们离开的背影，笑容却逐渐消失。

"他是谁？"

"妈呀！吓我一跳！"

我被吓得蹦起来，转头一看，才发现阎亦封就站在我后面，靠得很近。我拍拍胸口才说："哦，没谁，朋友而已。"

阎亦封眼眸深邃地看着我，我与他直视，眨着一双清澈明亮的大眼睛，表示了自己的忠诚。

他却是把我的脑袋转到一边，说："别用这种眼神看着我。"

"为什么？"我鼓起腮帮子，眨巴眨巴眼睛，无辜地看着他。

"我会以为你是在索吻，这里人多，我亲不下去。"他说得一本正经。

一旁的客人捂着嘴偷笑。

我气得踢他一脚，他一躲，迈步就走，我追上去，阎亦封推开门进了楼梯间，我气势汹汹追过去。

突然手被一拉，被推到墙上，身后有一只手抵在墙上，因此倒是不疼，我抬起头，就见阎亦封欺身而上，靠近我，嘴角一勾，说了句"现在没人了"，低头便吻下来。

只是，不同以往的是，这一次，他似乎有些急躁，从深入再到啃咬，抵在墙上的手将我往他怀里推。他搂得很紧，能感觉到彼此之间没有一丝缝隙，我有些喘不过气，他仿佛在宣泄什么，我不舒服地轻吟了一声，他才如梦初醒，动作慢慢温柔下来。

当他结束的时候，我已经站不住脚了，抓着他的衣服，抱着他的腰才不至于狼狈脚软。他抚着我的头发，一下两下，动作很慢也很轻柔，我能感觉到他的呼吸，细细的很绵长，我的心跳很快，他的心跳却很沉稳，似乎从不会慌乱。

"你怎么了？"半晌，我才开口问他。

"没有，只是，有些不舒服。"他的嗓音低低的，有着一种别样的魅力与诱惑。

"是不舒服，还是吃醋呀？"我狡黠地笑了笑，松开他，站住脚仰着头看他。

他眼神闪了闪，不看我，也不说话。

"哈哈哈！"我忍不住笑出声，捏了捏他的脸颊，"傻瓜，有什么好吃醋的，就算他对我有意思，你也完全不用担心，我又不喜欢他，有你就够了，别人，我都看不上。"我昂起下巴，一脸得意。

他抓住我的手，放到唇边落下一吻，凝眸注视着我，低哑着嗓音说："你不用安慰我，对你，我不会有一丝怀疑与猜忌，只是，你是我的人，谁也不能觊觎。"

我感到窃喜，他真是越来越有霸道总裁的风范了，这么会说话呀！

"我就要安慰你，谁让我宠你呢。"我嬉皮笑脸。

他失笑地摇了摇头，牵着我的手下楼去了。

[7]

虽然走了六楼的楼梯，不过跟他一起走，一点累的感觉都没有，甚至有种想一直走下去的冲动。

出了商城，一眼就看到了那两位警察。

谁能看不到呢？那么显眼的一辆警车停在门口，小偷都不敢出来了好吗？

路过的行人怀着敬意的心忍不住回头多看一眼，心想着警察肯定是在准备抓犯人呢。

阎亦封牵着我过去，两个警察见状，立马行了个礼，而后开了车门。阎亦封让我先坐了进去，而后才坐进来。

坐进车里，我还能看到旁人频频投来的好奇目光。说实在的，我长这么大，还从来没像今天这么万众瞩目过，有种一夜当上太子妃的感觉，这感觉真爽！

杨龙啸说了会过来讨论资产的问题，当晚就趁着吃晚饭的时间过来蹭了一顿晚饭，才谈起正事，他将阎亦封的账户还有存折都给我做了交代。

关于他的资产有多少，一开始我倒是没怎么在意，我也是最近才了解到，他其实不是什么暴发户。

这栋别墅不是他的，他只是暂时借住在这里而已，关于他一身的品牌服装，也只是因为对方要对他报恩，所以免费给他提供每一个季度的衣服，这些，都是他亲口告诉我的。

他的资产，也就来自他驯兽师的工作跟他的本职工作，领国家工钱，也不会富有到哪里去，反正一日三餐没问题我就满足了，否则凭我那点工资还真养不起他。

结果，当杨龙啸把那沉甸甸的一堆文件递给我，并附带解说的时候，我傻眼了，说好的不是暴发户呢？你哪儿来这么多资产？

"你私底下还干了什么见不得人的事？这些都是你的？"我咋舌，诧异地看着阎亦封。

阎亦封很淡定地抱着他的老虎，给它顺毛，没搭理我。

还是杨龙啸忍不住笑了："什么叫干了见不得人的事，你不是早知道这小子就是个有钱人吗？"

"不是啊，他不是说别墅不是他的，还有那些品牌衣服也不是他买的嘛，我就以为，他只是一个普通人而已。"

我有些语无伦次，哎哟喂，还以为有个懂动物语言的驯兽师男友已经赚到了，哪还敢想他能多有钱啊。

"哈哈哈，你这傻姑娘，什么都没搞清楚，就这么搬过来了。"杨龙啸哈哈取笑,直到阎亦封斜睨他一眼,他才一收,咳嗽一声正经地说,"总之,这些年我帮他管理的这些资产,从今以后就归你们自己管了。我呢,也算是一身轻了。"

杨龙啸说着站起来,对阎亦封说: "对了,你打算什么时候将人领回去见你爸妈? "

我愣了一下,见……见他爸妈? 这发展得会不会太快了?

"等忙了这一次回来,就回去看看。"阎亦封却是一副理所当然的口气。

我听到他这话,连忙问: "你又有任务了? "

"嗯,放心,不会太久。"他将摸着老虎的手在我头上摸了摸,姿势跟顺老虎的毛是一样的,这是把我当母老虎了不成?

杨龙啸见状,识相地撤退了,留我们自己处理家务事。

[8]

"没事,你注意安全,我一个人住也没什么好害怕的,我胆子可大着呢。"我笑了笑。

阎亦封倒是搂过我的肩膀,往他怀里揽: "有什么事,给我打电话,我会随身带着手机。"

"好。"

"对了,这些资产真的都是你的啊? "我这才想起,赶紧推开他,随手拿起上面的一份文件,上面写着某某地区的开发权,所署名是阎亦封。

结果他拿过去一看,露出了一个比我还茫然的表情,看了一眼,随便往桌上一丢,淡淡说: "忘了是什么时候签的了,路过的地方太多,有些地方当地人急于搬走,就便宜卖了。"

我眨了眨眼睛，看着他的眼神，"叮"的一声跳成了"丫丫"。

他表情一垮，我拿上眼镜戴上，拿起账本和计算器就开始算账。阎亦封凑过来想亲热，我推开他："乖，一边玩去，别打扰我算钱。"

"要算也等我不在无聊的时候你再算着玩，现在，陪我睡觉。"

他一把将我计算器拿着扔沙发上，把我眼镜一摘，拦腰把我抱起就走。

"睡……睡觉！你想干吗？"我吓得一个激灵想跳下来，这八字还没一撇呢，这也太快了吧，不行不行！

"别动！"他威胁地瞪我一眼。我立马僵住，他抱着我进了卧室，将门一关，把早已经失宠的阿布拒之门外，将我放在床上，他紧接着也上了床，搂着我什么也没干，就静静睡觉。

"哎，阎亦封……"我喊他。

他低低"嗯"了一声，像是已经睡了。

我推了推他，他这才睁开眼，深邃的眼睛里有着浓烈的炙热，我心里"咯噔"一下，弱弱地说："你没关灯，太亮睡不着。"

阎亦封翻身坐起下床，将灯一关，再次走过来，房间太黑，他摸着黑上床。

"哈哈哈！好痒！你摸哪儿呢！"脚底被他一碰，我立马一缩躲着他，咯咯咯笑起来。

他爬上来，再次把我捞入怀里，我笑个不停，肩膀一抽一抽的，挠痒痒的错觉一上来，就控制不住，只感觉他搂着都觉得痒。

当然，很快我就笑不出来了，你问是怎么停下来的，办法很简单，堵住嘴就好了……

第十一章

告诉他，我想他了

[1]

过了几天后，阎亦封才走，被杨龙啸接走了。而又过了几个星期后，暑假结束，我重新回到学校了。

一段时间没见，王萌萌还是一如既往地充满了活力，周倩也还是老模样，大家好久不见，都格外亲切，当然，除了苏雨熙。

她似乎很忙，王萌萌提议一起出去聚餐，她都没时间，回宿舍的时间更是屈指可数，对我们的态度不冷不热，应该是只对我。

转眼已经大四了，大家的生活节奏也跟以前不一样了，这是在学校度过的最后一年了，该何去何从，成了所有人都在关心的问题，该实习的都实习去了，生活的节奏明显加快。

对于大学毕业后的打算，我也有在考虑。我的专业是新闻系，毕业后想成为一名记者，社会报道那种。S市就有名气很大的报社，打算过段时间去实习看看，短期就先维持现状，等阎亦封回来再跟他讨论。

这个念头一起，我自己都被吓了一跳。不知不觉间，我竟然已经把他当成家人了，好像是理所当然似的。

不过，一想起他，我这心里就喜滋滋的，连带着嘴角都不自觉弯起。

为此，王萌萌调侃了我好几次，笑我是不是发春了。听她这么说，我就不把自己脱单的事告诉她了，哼。

开学这段期间，已经毕业的唐逾白来过几次，听说好像是准备再读研究生。虽然只是听说，但我还是感到奇怪，唐伯父现在身体不好，他接手他爸的工作，顺利踏入社会，并且也不用花时间去拼搏，就已经是一名有为青年、精英人士了，他怎么还想继续待在学校里呢？

这个问题，在这一天的中午，我得到了答案。

中午的食堂里，人满为患，热闹喧哗，直到广播突然响起一道清冷的声音，全场一片寂静。

"乔溪，听得到吗？我是唐逾白。"

我拿着筷子的手一顿，难以置信地抬起了头，坐在我对面的王萌萌，嘴巴张得老大，周倩筷子上的肉掉了下来，惊呆了。

"我想跟你说声抱歉，将你冷落了这么多年，一直以来，我对你不闻不问，让你无数次失望了吧。直到今天，我才知道，原来你一直在我心里。"唐逾白清冷的声音透过广播，回荡在整个校园里。

食堂里一片寂静，认识我的人齐刷刷朝我投来目光，我完全呆住了。唐逾白还在继续，他说："这些年，我习惯了你的存在，习惯你围绕在我的生命里，如果不是你的突然离开，我恐怕不会察觉到，你对我，竟如此重要。乔溪，我喜欢你，可能很早就喜欢了，只是我不敢去承认。但这一刻，我想告诉所有人，想向全世界宣布——

"唐逾白，喜欢乔溪。"

[2]

随着他最后一句话音落下，全场沸腾，爆发出了激烈的欢呼与起哄声，除了一脸茫然的新生外，其余人都站了起来，鼓掌大喊"在一起，在一起"。

王萌萌更是激动得大叫出来："啊！小……小溪，唐逾白跟你表白哎！天哪！我不是在做梦吧？"

周倩也是一脸意外，嘟囔着："你们这个暑假是干了什么吗？怎么就突然表白了？"

"在一起！在一起！在一起！"王萌萌拉着周倩站起来起哄。

我低着头，过了许久，才"嗙"的一声拍桌站起，全场瞬间安静下来。

王萌萌一脸期待地看着我，我抬起头，露出一个凝重严肃的表情。

"小溪，你怎么了？是不是太惊喜吓着了？"王萌萌被我阴沉的眼神吓了一跳，忐忑地问。

我摇了摇头，端起没吃完的餐盘就走。

刚才还欢呼起哄的众人，看到我凝重的表情，个个都收起了笑脸，不明所以地看着我。我将餐盘一摞，转身就离开了食堂。

一路上，看到我的人都过来起哄调侃一声，都被我一张冷脸给怼得一声不敢吭。

我到了广播室，何世堂站在门口，看我过来，立马打招呼："哎，这边这边！逾白可在里面等着你呢，你们有情人总算终成眷属了。"

"闭嘴。"我瞪了他一眼，推开他，"砰"的一声用脚踹开了门。

唐逾白正靠在窗户边，见我出现在门口，一脸冷若冰霜的表情，他嘴角上的笑容消失了。

何世堂赶紧走进来，紧张地看了看我，又看了看唐逾白。

"出去。"我面无表情。

何世堂为难，他求助地看向唐逾白。唐逾白眼神示意，何世堂这才不明所以地走了出去，同时把门给带上了。

"你这是做什么？用脚踹门，这不是你会做的事。"唐逾白蹙眉看着我，眼神里却透出无奈。

"你错了，这就是我乔溪会做的事。唐逾白，你还不够了解我，但利用广播表白，这倒是符合你的行为，只是哗众取宠，真的有用吗？"

我不用照镜子，都知道自己此刻的表情有多阴沉难看，态度跟语气更是冷到极点。对于唐逾白，我实在摆不出好态度，我莫名有种不太舒服的预感，他的行为会给我造成很大的困扰。

"你一定要用这种态度对我吗？"他露出受伤的眼神，不解地看着我，他显然意料不到，我会有如此大的反应。

"你不也是一直用这种态度对待我的吗？"我冷冷地说。

"对不起，那是我的错，是我察觉得太晚，乔溪。"他忽然察觉到什么，有些急促地走过来，眼神里闪过一丝慌乱。

他想抓住我的手，被我避开了，他僵愣在原地，看着我。

一向高高在上、目中无人的唐逾白，这一刻竟然狼狈地露出恳求的神情，他低沉着嗓音说："我是喜欢你的……"

"抱歉，我不喜欢你。"我不留余地给了他答复。

在感情里，容不下第三个人，我有喜欢的人，就不会跟另一个人搞暧昧，该说清楚的就应该说清楚，就该了断得干干净净。

"为什么要这么果断地拒绝？"他有些手足无措，慌乱脆弱的模样像另一个人，跟我所认识的唐逾白完全不一样，这代表他是动了真感情了。

察觉到这一点，我就更不会给他机会了。我毫不隐瞒地说："我已经有喜欢的人了，相互喜欢，已经是男女朋友的关系了。所以，你刚才的行为，是要准备当一个第三者吗？"

唐逾白的脸色唰地一变，浑身微微颤抖着，他抬起手指着门的方向，低低说了一句"滚"。

我看着他，没说话。他提高了声音，低吼道："滚！"

我叹了口气，唐逾白的为人我再了解不过，他这个人决不允许被侵犯的就是自尊心，而我刚才的话，堪比在践踏他的自尊。"第三者"这个可笑的词，他绝不允许被扣上这样的名头，让我滚，就是最好的证明。

我转身开了门就走，身后传来椅子被踢倒发出的巨响。

[3]
何世堂见我出来，再一听里面传来摔东西的声音，一脸的不知所措。

我不忘将门关上，迈步就离开。何世堂犹豫地看了广播室紧闭的门一眼，最后还是选择跟上我，将我拦了下来，他喘着气问："这到底是怎么回事？你们何必闹那么僵，你不喜欢就拒绝，怎么动静这么大？"

"不知道，你去问他。"我推开他要走。

何世堂不让，恼怒地说："乔溪，你是不是太过分了？你能不能不要那么傲慢？这么多年，我就不信你对他真的一点感情都没有，你是不是故意气他的，你老实告诉我。"

"我已经有男朋友了。"

回到宿舍的时候，王萌萌跟周倩正襟危坐，看到我进来，两人也不敢说话，更不敢问，就睁着无辜的眼睛看着我。

我的气其实也消了，也不算是生气，只是忽然有些暴躁，当下见她们两个一副无辜的模样，我忍不住失笑。见我笑了，两人才放松了下来，我在床边坐下，跟她们解释了情况。

对于阎亦封的身份，我只是说了他是马戏团的驯兽师，其他就没多讲了。不过跟唐家发生的事，以及暑假跟阎亦封住在一起的事都跟她们简单说了。不出我的意料，两人傻眼了，估计也是想不到，我这段时间竟然发生了这么多的事。

"小溪，你怎么从来没跟我们讲过？"王萌萌惭愧看着我，一直以来，她还以为我打工是为了体验生活，直到这一刻，才知道我的不容易。

我不以为意，笑着摆了摆手说："没事，都过去了，我现在过得很轻松幸福。"

"乔溪，今天没帮到你，还帮着起哄，对不起。"周倩也不好意思地道歉。我还得忙着安慰她，实在是没什么好道歉的。

"不知道雨熙，知不知道这事……"周倩看着我，突然露出为难的神情。

我看出端倪，问她："是不是苏雨熙跟你说了什么？"

周倩犹豫了一下，才点头说："我家跟她家离得近，暑假的时候去找过她逛街。乔溪，她是真的很喜欢唐逾白，跟我说了很多她跟唐逾白相处的细节。现在，唐逾白对你表白，她肯定很受伤，我想她一定知道了，否则，也不会到现在都没出现。"

我叹了口气，烦躁地抓了抓头发，没好气地说："这事我早知道了，只是，我又能说什么呢？感情的事勉强不来，算了，我现在说什么都像是在落井下石，就不说了。她若来找我，我会说我该说的话，其他的，就不是我该管的事了。"

"乔溪，你心态真好，要是我，好朋友之间发生这种事，头肯定都大了。"周倩佩服地看着我。

我嗤笑一声，失笑地摇了摇头。

好朋友吗？恐怕，算不上吧。

因为已经搬到阎亦封家里了，所以这最后一学期，我就没在学校住了。下了课跟王萌萌、周倩她们告了别，我就背着包往学校门口走，远远地，就看到一道身影，几日不见，苏雨熙似乎消瘦了不少，倒是显得越发楚楚动人了。

我径直走过去，当没看到，还是她主动喊住我："乔溪。"

我停了下来，转过身。

苏雨熙走到我面前停下，问："听说，你拒绝了逾白的表白？"

"是她们告诉你的吧。"我不用想都知道是谁说的了，那两个大嘴巴，藏不住话的。

"为什么拒绝？"她仿佛在压抑着什么，说出的话有些微颤。

听到她这话，我倒是来兴趣了，我吊儿郎当地问："苏雨熙，你这是用什么身份问我的？"

她的脸色微微一沉，抬起头来看着我，拳头紧握。她没说话，我再次开口了："真是奇怪，我拒绝了他不是好事吗，反正你也喜欢他。"

"你闭嘴！"她突然大吼，眼眶通红，哽咽着说，"我喜欢他又怎样？他喜欢的人是你，不是我。"

[4]

"所以呢，这也是没办法的事啊，感情的事勉强不来。很遗憾，我已经有喜欢的人了，所以，苏雨熙，你现在该找的人不是我，而是唐逾白。这时候，你在他身边，不是很好的机会吗？"我无奈耸耸肩，但显然，我这态度又刺激到她了。

"你懂什么？自以为是，摆出一副什么都看透的表情，你以为我不想陪在他身边吗？他根本连给我靠近的机会都不给，这都是因为你！"

她伸出手指着我，眼泪开始哗哗地流。

不知情的路人朝我投来诧异的目光。

哎呀，到头来都是我的错？听到苏雨熙这话，我这暴脾气立马就上来了，一把将她指着我的手挥开。我靠近她，抓住她的肩膀，一字一句地说："苏雨熙，你有没有搞清楚，究竟谁才是恶人？你是分不清善恶吗？你以为我不知道，你背地里对我做了多少小动作吗？"

我气得不行，一把将她推开。她踉跄着往后退了一步，也忘了哭，一脸错愕地看着我。

"上一次山里的事我都没找你算账，这些年来，你做的那些小动作，我都忍着，你觉得我为什么要忍你，苏雨熙，你说说看啊。"

她心虚地避开我的眼神，没说话。我走上前，捏住她的下巴，让她正视着我，我很冷静清晰地告诉她："因为我当你是朋友，苏雨熙，你说你当初是个多单纯的女孩子，我对你没有任何隐瞒，可你呢？反过来捅我一刀？就为了一个不喜欢你的男人？"

"你闭嘴，谁愿意听你说这——"

"闭嘴闭嘴，除了让别人闭嘴，你还会说什么？现在是你闭嘴听我说，把立场搞清楚了！你说你这人真是，有句话我老早就想吐槽你了，你以为长得漂亮，所有男人就都要喜欢你吗？省省吧你，你又不是人民币，凭什么所有人都要喜欢你？"

"你！"她被我怼得哑口无言，脸色一会儿红一会儿白，气得不行。

"还有啊，你说你一个大学生，不好好计划自己的未来，整天只想着那些幺蛾子，爱情能当饭吃吗？那么喜欢唐逾白，还不是因为在心里把他想象得太美好，等你拥有了，看到他的缺点，你还会像现在一样这么喜欢他吗？真是，好好的日子不过，又不是八点档狗血电视剧，哪来那么多心机与算计啊。"

"你……你，乔溪！你太过分了！"她指着我"你"了半天，最后憋出这么一句，捂脸泪奔跑了。

我哼了一声，将背包一甩："小样，跟我斗，明知道我乔溪是什么样的人，还敢被我骂。"

我甩着背包大大咧咧往外走，出了校门，电线杆上盘旋着几只麻雀，我仰着头，用发泄的口气说："你们是阎亦封派来监视我的吗？如果是，告诉他，老娘想他了，让他赶紧回来！"

也不知它们是不是真的听懂，竟然就这么飞走了。路过的同学投来同情的眼神，看什么看？没疯清醒着呢。

"哎，乔溪！"

刚到马戏团，安小默就对我招了招手，我走过去问："怎么了？"

"这几天有人过来问阎大神的事。"

"问阎亦封？谁？"我愣了一下，心里却冒出两个人的名字。

"不知道，没说名字，最先过来问的是一个帅哥，第二次过来问的是一个美女。"安小默如实交代。

"呵呵！"我扯了下嘴角，干笑了两声，不用猜了，肯定是唐逾白跟苏雨熙，没人比他们更想知道阎亦封长什么样了。唐逾白那家伙，甚至是想找他私聊的，只可惜，阎亦封可不是他们想见就能见到的。

"你说什么了吗？"我问她。

安小默摇了摇头："没有，他们都没说自己是谁，我肯定不会随便乱说，只说他不在，他们就走了。"

"干得好，中午请你吃饭。"我拍拍她的肩。

安小默乐呵呵一笑，调侃说："有了男朋友果然不一样，大方多了。"

"去你的。"

[5]

S市最近下起了雨，接连下了好几天了，天空一片灰沉，街道潮湿。我关了门，打开雨伞，一个人走在空荡荡的路上，有些萧条。这时，后面突然传来嘀嘀的车鸣声，我转头一看，就见后面有一辆黑色的车，我心想着，我也没挡到人家的路呀。

看到司机对我招了招手，我才反应过来，这是找我来着。

我举着伞走过去，后座的车窗降了下来，一位慈祥的老伯看着我微笑，我一看立马就想起来，这不是我之前带着阎亦封偷菜的菜园主人嘛。

我凑过去打招呼笑说："老伯，是您呀，您这是要去哪儿呀？"

"我呀，四处逛逛，上车吧，顺路带你一程。"老伯和蔼地笑着邀请。

"不了不了，太麻烦您了，谢谢您的好意。"我委婉地拒绝。

"傻孩子，有什么好麻烦的，快上车吧，不用担心，我跟你是同路。"老伯执着。

我拒绝不过，最后还是上车了，上了车，我才想起来，疑惑地问："老伯，您怎么知道我要去哪里呢？"

"当然知道了，你可是阎家的媳妇呀。"

"咳咳！"我被自己的口水呛到。

老伯却是笑眯眯地看了我一眼，说："我开个小玩笑。"

我："……"

老伯，这不好笑，我用怀疑的眼神看着他，虽然具体情况不清楚，不过，我敢肯定的是，他一定认识阎亦封。上次阎亦封对他的态度很尊敬，很有可能是他爸爸或者爷爷的朋友，这么说来也就能说通了。

不过，这一声"阎家的媳妇"还是把我吓一跳，不知怎么总感觉怪怪的，当然，并不是反感，相反，还有些小期待，有种总算有家的感觉……

"丫头，丫头？"

"嗯？"听到老伯的呼唤，我才猛地回过神来。

"到了。"老伯对我微微一笑。

我转头看了外面一眼，这才发现已经到学校了。我忙下车，对老伯还有司机都道了声谢。

"回去的时候，我正好也顺路，再过来接你一起回去吧。"老伯笑眯眯地说。我有些惶恐，刚要说不用了，司机就将车开走了。

我原以为这也就是句客气话，谁料下课后，我准备回去的时候，老伯的车就停在门口了。我连忙跑过去，又是一阵感谢。老伯等了这么久，我自然是不好拒绝，便再次坐上车了。

只是我没想到的是，这个小插曲，竟然会给我带来那么大的影响。

当王萌萌拉着我看校内网的时候，我是傻眼的，瞧一瞧那标题——某大四女学生拒绝某大神，原因，傍上垂暮老人将有可能继承大把资产！

再看正文，什么意思啊？以为写得很含蓄别人就看不出来了吗？还有，没有指名道姓，就以为不知道是谁吗？有种不要挂照片呀，要涂马赛克就全部涂了，涂一张脸算咋回事？当别人眼瞎啊？

"谁写的？"我挑了挑眉。

王萌萌与周情对视一眼，不约而同地摇了摇头。

我深吸了口气，得得得！无稽之谈的事，也没必要去搭理，人家背后想如何议论就去说吧，我又不会少块肉。

[6]

只是，大哥，你这时候别凑热闹好吗？

我看着停在我面前的车子，以及车窗打开后，唐逾白那张高高在上的脸，我这心情，真是有多糟心就有多烦。

"上车。"他看也不看我一眼，一副命令的口吻。

我扭头就走。

"你是想让我拿着照片，找到他吗？"

我下意识地看了一眼，一下就看到他手上拿的照片。我一把抢了过来，这不是那天下雨我坐上老伯的车的照片嘛，我们还有说有笑，看起来极为亲密。

我咬了咬牙，拿着照片就走。

"这只是复印了其中一张。"唐逾白轻飘飘地又吐出一句。

"开车。"

我"砰"的一声关上车门，气鼓鼓地说。

唐逾白嘴角弯起一抹愉悦的弧度，他一个眼神示意，司机这才开车。

我全程望着窗外，看都没看他一眼，他也没说话，到了一家高级餐厅门口，他才下了车。我没下车，他就给我开车门。

我深吸了口气，情绪已经冷静下来不少。他对我伸出了手，我没搭，自己下了车。

他也不在意，收了回手，走在我前面。

他是有备而来的，餐位都订好了。服务员领着我们过去坐下，我一屁股在他对面坐下，他翻着菜单，问我想吃什么。

我只说了一句："有话快说，没事我走。"

"那就跟我点一样的吧。"他一招手，服务员走了过来，他点了菜。

服务员走后，他单手撑着下巴，用一种奇怪的眼神看着我，许久才说："驯兽师男友是假的，住进豪宅别墅，攀上有钱人是真的，上次我就在疑惑，你怎么会在品牌店买衣服？乔溪，你走歪路了。"

　　我表面笑嘻嘻的，不动声色，桌子底下捏成拳头的手上青筋暴起。

　　"我不是在指责你，实际上，这也是人之常情，你突然冲动离开，一定遭遇了许多事，所以走了歪路，我不奇怪。"他一副居高临下的姿态俯视着我。

　　"所以，你想干吗？"我强迫自己冷静，告诉自己，公共场合打人是不对的。

　　他露出"果然如此"的表情，往椅背上一靠。他说："你想要的，我都可以给你，我有能力，给你所有想要的。"

　　"是吗？"我轻声笑了笑，看着他说，"如果你能做到一件事，我就跟你在一起。"

　　"你说。"他摆手，一副胸有成竹的姿态。

　　我倾身上前，笑眯眯地说："你能抱老虎睡觉吗？"

　　他笑容一僵，怀疑我是在开玩笑，错愕地看着我。

　　我起身站起，居高临下地看着他，趾高气扬地说："等你有一天能抱着老虎睡觉，还能给狼剪趾甲，命令大蟒蛇离我五米远的时候，你再来说跟我在一起这种话吧。"

　　"乔溪，你知不知道你在说什么？"他站起来，用那种怜悯的眼神看着我。我敢肯定，我在他心里，就是那种走了歪路还执迷不悟的人，而他正要拯救我。

　　我真的是哭笑不得，他能不能搞清楚情况再来对我说这种话，否则他知道真相，会很打脸的哎。

我叹了口气，正要说什么，这时，他的手机响了。他接了电话，表情立马一变，看着我说："我爸又病重了，他想见你。"

我一愣，唐伯父想见我？

[7]

到了医院，唐逾白去见了医生。我进了病房，唐伯母在里面，看到我进来，她立马热情地将我拉了过去，欣喜地说："小溪啊，你总算来了，你伯父可是一直惦记着你呢，快来坐下。"

她亲切热情地拉了我过去，将我摁坐在椅子上。唐伯父醒着，只是脸色比我上次看到的还要苍白，他更瘦了，两边的脸颊都有些塌陷，很疲惫，似乎随时会闭上眼，再也醒不过来。他正在输液，看到我过来，弯起嘴角笑了笑。

我眼眶微红，觉得自己有些过分了。原以为唐伯父已经快康复可以出院了，竟不知病情却是越来越严重，最后，竟然还给唐逾白发了病危通知。

唐逾白这时也进来了，站在我身后，望着唐伯父，父子之间总是很难说那些矫情的话，他沉默不已，只是心情沉重。

"孩子……"唐伯父抬起了手想抓住我。

我连忙握住他的手，微笑着说："伯父，我在。"

"你跟阿逾，相处得怎么样？"他笑着问我，声音沙哑。

我顿了一下，点头说："很好，他很照顾我，你不用担心。"

"那……你们订婚怎么样？"

我脸色唰地一变，握着他的手一松。

唐伯父的手落回床上，他疑惑地看着我。

唐逾白这时靠过来，蹲在我旁边对唐伯父说："爸，我没意见。"

"我——"

"小溪啊，你过来伯母这儿，这种事还是我来开口为好，他一个大男人，不懂女孩子的心思。阿逾，你先陪你爸聊一会儿。"唐伯母快速打断我的话，她走过来，强行将我拉了起来，笑着叮嘱了唐逾白一声后，她将我拉进了洗手间里。

"伯母，你让我出去吧，我要跟伯父说清楚。"

看到她将门锁上了，我叹了口气，对她无谓的挣扎感到无奈。

唐伯母慢慢转过身来，她看着我，眼神充满了视死如归般的坚决，我有种不祥的预感。突然，她朝我走过来，我下意识地一退，她双膝跪了下来，就跪在我眼前，沙哑着嗓音哭着说："乔溪，以前是我错了，算我求你了，你就答应吧。"

"伯母！你这是在干什么，你快起来！"

我被吓了一跳，赶紧将她搀扶起来，她却死活不起，迫不得已，我只好也在她面前跪下，保持同一高度，我不得不直言告诉她："伯母，你没必要这样，这种事，我是不会答应的。"

"乔溪，你不知道，你伯父已经活不了几天了，这是他最后的心愿，你就满足他吧，否则他会死不瞑目的。"唐伯母痛苦难受地捶着胸口，潸然泪下，妆都哭花了。这么重视自己外表形象的一个人，会哭成这样，该是遇到多痛苦的事。

我怔住了，唐伯父已经活不过几天了？怎么会？

"乔溪啊，千错万错都是我的错，你要怎么怪我都可以，但我求你别折磨你伯父，他一向最疼你了，你就不能答应他这最后一件事吗？"她边说边哭着要给我磕头。

我死死拦住她，被跪已经很折寿了，她要是磕头了，我可是会下地狱的。

"伯母，你先起来。"我用尽全力想将她拉起来，但没办法，她实在太沉，你拉不起一个铁了心要跪你的人。

"乔溪，是我的错，我不该那么对你。我知道，你已经跟唐家脱离关系了，但乔溪，你伯父不知情。难道你一定要那么狠心，逼死你伯父吗？"

"我没有，你先冷静，起来听我说。"她这样跪着，我根本没办法说话。

"你不答应，我是不会起来的，你就体谅一下我这个当妻子的吧。"唐伯母气息渐渐低了下来，经过刚才那么一番折腾，她头发凌乱了，双膝跪着，弓着背，鬓角甚至有些发白。我难以相信，当她得知唐伯父活不了多长的时候，她会有多痛苦，甚至为了达成他的心愿，不惜下跪来求我。

可是，跟唐逾白订婚，那么我又算什么？我把阎亦封放在什么位置了？

"伯母，订了婚之后呢？还想让我跟唐逾白结婚吗？"我低着头，低声说。

"不会的，你不愿意我不会强求的，你就当是在哄哄你伯父，先答应下来，之后的事我们再商量好吗？"她恳求地看着我，昔日尖酸刻薄的犀利眼神，这一刻充满了无助与脆弱。

我捏紧了拳头，指甲刺入皮肤都感觉不到疼，我感觉眼前的视野一阵天旋地转，模糊得看不清抓不住。许久，我才听到自己的声音说："我答应你，不过，我不会真的跟唐逾白订婚的，希望你，别搞错了。"

"好好，你答应就好，没关系，之后你想怎样都没关系，只要现在答应就好。"唐伯母破涕为笑。

我搀扶着她站起来，跪了这么一会儿，她有些站不住脚，被我搀扶到镜子前，她洗了把脸。我帮她梳理了下头发，这才发现，原来人是真的会老，这个从小在我记忆里鲜活出现的刻薄女人，竟然已经成了一名老态的妇女。

她简单打理了一下，恳求地对我说："等会儿出去，就说我只是太激动好吗？"

"好……"我觉得自己的喉咙有些干涩，很快就说不出话的感觉。

她推开门，捂着嘴，笑着说："一时控制不住，想到他们要订婚在一起了，就想哭。"

我跟在她身后，一声不吭。

"订婚是好事，有什么好哭的，你说是不是，小溪？"唐伯父打起精神，笑着嗔怪地瞪了唐伯母一眼，和蔼慈祥地对我说。

我听到自己"嗯"了一声，就这么简单的一个音节，仿佛花光了我所有的力气。

[8]

"那咱们挑个好日子吧，就安排在明天怎么样？"唐伯父很开心，他笑着提议。

唐逾白第一个表示没有意见，唐伯母也笑呵呵地附和，一家人和乐融融。

"那个，伯父伯母，我想起还有点事，你们聊着，我明天再过来。"我抬起头，对他们微微一笑，说了一声后，我就转身走了。

唐伯父让唐逾白送我，我忙摆手拒绝，只让他多陪着一会儿。

出了病房，我关上门，拿着伞走出医院，外面还在下着雨，天空灰蒙蒙的。我打着伞去公交站等车，上了公交车后，我坐在靠窗的位置，看着公交车过了一站又一站。雨下得越来越大，路上也开始堵车，堵在一个公交站的时候，正在等车的只有一位老奶奶，她没带伞，也许是避雨的。

我站了起来，对司机说了句"有下"。

下了公交车，我把伞递给了老奶奶，对她说："奶奶，这伞给您吧，我快到家了，用不上伞了。"

"哎，小姑娘，雨大，你等会儿再走吧？"

她想拦住我，但我已经快一步跑开了。直到跑出离公交站一段距离，我才放慢脚步，淋着雨一直往前走。

走了一个又一个公交站，从下午五点，一直到晚上七点多钟才走到枫韵花园别墅。下着雨的天，站岗的兵哥哥还坚守在岗位上，当然，他站的地方避雨，不像我这么狼狈。

他看了我一眼，我扯了下嘴角对他笑了笑，迈步走进去。

"别着凉了。"

突然，身后传来他叮嘱的声音。我顿了一下，忍不住弯起了嘴角，这兵哥哥，直到今天才听到他的声音，平时就是太高冷了。

反正已经淋湿了，索性享受被雨沐浴的滋味，我仰着头，一路上脚步轻快。道路两边都有灯，伴随着昏黄的灯光，走起被雨淋着的夜路还挺有一番风味。

到了别墅门口，我掏出钥匙开门，推门进去，里面黑漆漆的，还透着一丝冰冷。

我脱下早被浸湿的帆布鞋，赤脚踩在冰冷的地板上。就在这时，背后突然有人走了过来，将我一把抱住，低声说："猜猜我是谁？"

"嗯？你浑身怎么湿透了？"

耳边传来他熟悉的声音，我的心口猛地一颤，鼻子一酸。

"阿溪，你怎么了？"

阎亦封的语气都变了，他连忙将灯打开，看到被淋成落汤鸡的我，连忙走过来，站在我面前，双手握着我的肩。他的手劲原本很大，但这一刻，却小心翼翼得像是捧着一个瓷娃娃，稍一用力就碎了。我没有抬起头去看他，不知道他是什么表情，只是觉得他的声音带着轻颤。

"阿溪，怎么了？难过了告诉我，你不是一个人，还有我在。"

我不是一个人……这句话彻底让我崩溃。

我再也压抑不住痛哭出声，眼泪止不住地流淌出来，像关不住的水龙头。我几乎是哭喊着的，撕心裂肺，一瞬间失去了力气，我瘫软下来。

阎亦封单膝跪了下来将我搂住，我抓着他的衣服，埋在他胸口，哭得不知所措，浑身忍不住战栗着，仿佛这一刻才感觉到冷，瑟瑟发抖。

阎亦封将我紧紧搂在他怀里，在我耳边喃喃低语："没事了，别怕，有我在呢，别怕……"

他就重复着那么一句话，不知是在安抚我，还是在控制提醒他自己。我浑身湿透，手脚冰凉，他身上的体温渐渐传入我心底，让我可以毫无顾虑地去发泄。

我看不到他的表情，却仿佛能感觉到，他的心，疼得在抽搐。

第十二章

阿溪，你差点让我疯了

[1]

哭了好一会儿，我才渐渐平静下来，但眼泪虽止住了，身体却还忍不住战栗发抖，一下子好像被抽空力气似的，我连站都站不起来。

阎亦封将我抱起来，走到浴室，将我放在浴缸边缘坐下。他打开水龙头，测试水温，确定温度可以才将水放出来。

水龙头的水哗哗哗地响着，浴室里，除了我时不时哽咽啜泣的声音，还有他压抑的呼吸低喘声。我情绪控制下来了，揉了揉哭红的眼睛，抬起头看他。

阎亦封站在浴缸前，视线盯着水龙头。他身体僵硬，因克制强忍着，胸口微微起伏，浑身的肌肉似乎都紧绷着，捏紧的拳头青筋暴起。他咬紧着牙关，眼眶微红，漆黑的瞳孔死一般沉寂，就像一只处于暴怒边缘随时会爆发的猛兽。

这样的他，有些可怕。我怯弱地看着他，刚哭过的嗓音沙哑，喉咙也有些疼，我带着哭腔的嗓音无力地喊了他一声："阎亦封……"

阎亦封握紧了拳，突然在墙上猛地一砸。

我被吓住，他蓦地转过身来，单膝在我面前蹲下，伸手就粗鲁地扒下我的衣服，我条件反射地将衣服拽住。

"阎亦封，你别这样……"我无助胆怯地看着他。

他动作停了下来，低着头喘气，而后将我紧紧搂住。他的力度很大，就好像怕我会消失似的，我听到他微颤低哑的嗓音在我耳边说："阿溪，你差点让我疯了……"

我眼泪止不住地往下流，不知该说什么，就只能紧紧抱着他。

他将下巴抵在我颈窝上，深吸了几口气，控制住暴戾的气息。他伸出手在我脑袋上揉了揉，站起身说："你淋了雨，先洗澡吧，我就在门口，有事喊我。"

"好……"我应了一声。

他转身走出去，将门关上后，我没有听到离去的脚步声，他就守在门外。

我泡了许久，直到水温下降，我才站起来，浴室里有浴袍，我裹在身上后开了门。

阎亦封就站在门框边，看到我出来，眉头一蹙，二话不说再次直接将我拦腰抱起，放到沙发上。我抱膝缩坐在沙发上，他拿了一条毯子盖在我身上。

他在客厅里一阵翻找，不一会儿才将吹风机找到，插上电源，他乱按了几下，由于对着脸，一按最大的风直接喷他脸上。

第一次碰这种东西，阎亦封猝不及防被吹了下眼睛，他立马避开。我看着他心急暴躁的模样，一脸的担心，吹风机很贵，可别弄坏了呀。

操作了一会儿，了解了功能后他才走过来，调了刚刚好的温度与风力，他站在沙发后，小心翼翼地帮我吹湿漉漉的头发。

他挑起一小撮很有耐心仔细地吹干，我下巴抵在膝盖上，当他的手指轻轻穿过头发的瞬间，会有一种酥麻的感觉，这是第一次有人给我吹头发，原来，被呵护的感觉是这样的。

我就这么坐着，耳边传来吹风机嗡嗡的细微声响，好像有催眠的功效，不一会儿，我就昏昏欲睡了。

[2]

"这么着急喊我们过来，出什么事了？"

门被猛地推开，急促的脚步声与着急的人声，让我睡意瞬间消散。我抬眸一看，就见一身白大褂的方秦医生还有身穿军装的杨龙啸走进来了，两人风尘仆仆的模样，像是被突然急唤过来的。

我扭头想看阎亦封一眼，他却将我脑袋摁住，不让乱动。

不过想到在浴室里时，听到他当时隐隐约约的说话声，我就猜到是他把他们喊过来的了。

方秦医生跟杨龙啸走上前来，见阎亦封给我吹头发，两人面面相觑，一脸蒙。

"好了。"

阎亦封关掉吹风机，拨弄了几下总算被吹干的头发。我耷拉着脑袋，不知怎么，困意又上来了。我晃了晃脑袋，想站起来，结果眼前一阵天旋地转，我跌坐回沙发，呼吸有些急促，甚至感觉脸颊发烫。

阎亦封立马走到我面前，一摸我的额头，皱着眉对方秦医生说："发烧了。"

"我看看。"方秦医生走过来，摸了下我的额头，"确实发烧了，还烧得不轻，赶紧上床睡下吧。"

阎亦封把我抱回房间。方秦医生跟杨龙啸都跟了上来，杨龙啸问阎亦封我怎么了，他面无表情地说："她淋了雨，还哭了，但发生了什么，我不知道。"

"啊？"杨龙啸诧异地看了看我，一脸意外。

"丫头，你淋了多久的雨啊？"方秦医生打开医用箱，温柔和蔼地看着我。

"也没多久，一路走回来，也就……两个多小时……"在阎亦封跟刀一样射过来的眼神下，我的声音越来越小，怎么办？他好像很生气？

"淋了一路啊，发生什么事了吗？"还是方秦医生沉稳淡定，笑眯眯地问。

听到他这话，阎亦封的眼神黯淡下来，眸色渐黑，显然，他也想知道，并且非常迫切地想知道。

我抓着被子的手紧了紧，看着阎亦封说了一句："我要订婚了。"

方秦医生跟杨龙啸的目光齐刷刷地落到阎亦封身上。

阎亦封闷声不语，面无表情。

"唐伯父病危了，唐伯母说，他活不了几天了，伯父现在只有一个心愿，那就是能看到我跟他儿子唐逾白订婚……可是，阎亦封，我不要跟他订婚，除了你，我谁都不要，但唐伯母跪下来求我了，我没办法……阎亦封，我不想背叛你，我不要……"

眼泪夺眶而出，一想到要跟别人订婚，无形中背叛了阎亦封，我就呼吸困难，心脏跟被掐住了一样难受，太痛苦了，想得越深入，就感觉自己越濒临崩溃。

[3]

阎亦封瞳孔微颤，修长的眼睫毛垂了下来。他闭上眼，深吸了口气，半晌才睁开眼睛，眸底一片清明。

他走到床边蹲下，伸出手在我额头上轻弹了一下，带着宠溺的口气骂了我一句："笨蛋。"

我委屈地吸了吸鼻子，我都这样了，你还欺负我？

"还以为发生了什么大事，这点小事，不值得你掉眼泪。这件事，就交给我来处理，你好好睡一觉，醒了后，就什么事都没有了。"阎亦封捏了捏我的脸，轻笑一声，脸上满是温暖宠溺的笑。

"你要做什么？"我有些担心，他不会是要去找唐伯母、唐伯父他们当面说吧？

"这你就不用担心了，我不会把事情闹大的。乖，先睡觉。"他摸了摸我的头发，站起来，示意地看了方秦医生一眼。

方秦医生微微一笑，走上前来准备给我打针。

阎亦封又看了杨龙啸一眼，说了一句"跟我来"，两个人就走出了房间。

我想喊住阎亦封，方秦医生却笑眯眯地说："病人要乖乖接受治疗，其他的事，就让别人去做。"

"可是方医生，真的不会有事吗？"我很担心，倘若阎亦封去找了唐伯父，唐伯父一时接受不了受刺激出意外怎么办？

方秦医生气定神闲地笑了笑，从容不迫地说："阎亦封这个人呢，除了是个生活白痴外，可别小看他，处理这点小事，对他来说还是轻而易举的。你就放心睡觉，等明天一醒来，就发现什么事都没有了。"

我被他一劝，确实安心了不少。

方秦医生催促我赶紧闭上眼睡觉，我眼睛一闭，就听他带着笑的声音说："丫头，阎亦封对你是真感情啊，还从来没见过他这么温柔过，是你让他开始像个正常人一样。我可是很看好你们的哦，照你们这发展的速度看，离喝喜酒的日子也不远了。"

我被他的调侃逗笑，只是碍于面子，闭着眼装睡，苦涩压抑的心情舒缓了不少，心情一放松下来，我很快就睡过去了。这一觉，直接睡到隔天中午才醒。

准确地说，是被一通电话催醒的。

手机放在枕头边，电话一响，我睡眼蒙胧地摸索着，接了电话"喂"了一声。

"来一趟医院。"唐逾白清冷的声音传了过来。

我一个激灵立马坐起来，唐逾白这时已经挂断电话了。我揉了揉眼睛，一看手机上的时间，十二点半，我嗖地翻身下床，开了门急冲到客厅。阎亦封正坐在沙发上，悠闲地看着电视，还是动画片。

看到我醒了，他招了招手说："过来。"

我走过去，他把我拉坐在他腿上，额头抵在我的额头上，半晌才说："嗯，烧退了，还感觉哪里不舒服吗？"

我摇了摇头，看着他，总感觉忘了点什么事，好像有点平静过头了。

"对了，我要去趟医院。"我想起正事，从他怀里跳出来。

我以为他会说什么，结果他就"哦"了一声，并且提醒我换上衣服再走。

我一筹莫展，阎亦封今天的态度很反常啊！

但不管怎样，我也没时间去细想了，转身快步冲上楼，我换了衣服后又冲下来，雷厉风行，风风火火出了门。我特地看了他一眼，他正好也转过头来，薄唇轻启，他无声说了几个字。

他说："一路顺风。"

我蒙圈，这是目送女朋友该说的话吗？真是！

[4]

来到医院，站在病房门口，我迟迟没敲门进去，不知道面对的会是什么。如果唐伯父真的宣布我跟唐逾白订婚，我该怎么面对？

我仔细想过了，这种谎我没必要去欺骗唐伯父，既然最终我不会跟唐逾白在一起，又何必欺骗他这一时。

想到这里，我就笃定地开门进去了。

我原以为病房里会围很多人，毕竟唐伯父要宣布这么重大的事，肯定会将亲朋好友喊过来，然而没有，病房里就只有唐伯母跟唐逾白。

唐逾白的脸色不好看，见我进来，他瞥了我一眼，便收回了目光。唐伯母则是从我进来就一直闷着头，一声不吭，也没看我一眼。

"小溪来啦，快过来。"还是唐伯父看到我，和蔼地喊我过去。

"伯父。"我走过去。

唐伯父握住我的手，温柔慈爱地说："让你为难了吧，伯父跟你说一声对不起。"

我愣住，不明所以："伯父，您说对不起干吗？"

"我不知道你跟阿逾相处得不好，还要你们订婚，这是我的不对。今天叫你来，就是要告诉你，伯父不想你跟阿逾订婚了。"唐伯父面容虚弱，却还是强撑着说了这么长一段话。

我诧异地看了唐逾白一眼，他冷眸扫了我一眼，闷声不语，扭头看着窗外。

"小溪，你觉得伯父这个决定怎么样？"唐伯父微笑看着我。

我点头，心里却是莫名一阵苦涩，唐伯父也是为我着想，听他这么说，我有些难受。

随后，唐伯父将唐伯母跟唐逾白都遣了出去，表示要和我单独聊一聊。

唐逾白二话不说转身就走，唐伯母虽然不情愿，但在唐伯父的眼神示意下，还是妥协地走了出去，并关上了门。

病房里只剩下我跟唐伯父了，唐伯父看着我，第一句话就说："他是个不错的年轻人。"

"嗯？"我疑惑。

"他说他叫阎亦封。"唐伯父再次开口。

一句话激起万层浪，我猛地站起来，急忙说："他……他昨晚过来找您了？伯父，那个，伯父您听我说，如果他说了不好听让您不舒服的话，我代他向您道歉，希望您别介意，他有口无心的。"

我瞬间就慌了，联想到今天阎亦封反常的态度，他昨晚果真来见唐伯父了。不怪我会这么说，实在是他跟人说话的语气与态度，让我很担心啊！

"哈哈哈！"唐伯父却是失笑出声，只是笑了两声就忍不住咳嗽起来了，我连忙抚了抚他的胸口。

唐伯父缓和了一会儿，才对我说："他那么成熟稳重的一个男人，哪像你说的那么鲁莽冲动，你未免也太操心他了。"

"成熟""稳重"这两个词有一天也能用在阎亦封身上，我不由得好奇起昨晚阎亦封跟唐伯父说什么了。

唐伯父之所以留下我，也是要跟我说这事，从他的话中，我才知道，阎亦封竟然也有我所不知道的另一面。

昨晚十一点多钟，杨龙啸将阎亦封送到医院门口，阎亦封独自来到唐伯父的病房，至于他如何知道唐伯父的病房所在，我也是之后才知道，阎亦封虽然表面什么都不问，实际什么都知道得一清二楚。

这个时间点，唐伯母跟唐逾白都去隔壁病房里睡了，特殊时期，母子俩日夜都陪在唐伯父身边，出什么事第一时间可以在场。

唐伯父住在VIP病房，护士时不时过来检查，当护士关门离开的时候，阎亦封推门进去了。

唐伯父以为是护士忘记什么东西了，也没在意，闭着眼睛睡觉。过了好一会儿，他发现没有开门离开的声响，才缓缓睁开了眼。

病房里已经关灯，但为了以防万一，会亮着一盏昏黄的台灯，足以看清周围，他睁开眼，就看到了一个陌生男人站在窗户前，背对着他，身姿挺拔。

唐伯父也没感觉到害怕，甚至连惊讶都没有，他很平静地问："请问你是？"

阎亦封转过头来，走近床边，颔首说："你好，冒昧打扰了，我是阎亦封，突然来访，是为了一个人。"

"为一个人？"唐伯父疑惑不解。

阎亦封点头："为了乔溪。"

[5]

唐伯父顿了一下，看着他的眼神立马就不一样了。一个年轻男人，大半夜为了一个女人，见他一个病人，这之间存在着什么关系，唐伯父身为过来人，一眼就看透了。他猜测说："你，难道是她的男朋友？"

阎亦封再次点头，他话一向不多。

唐伯父好奇了，奇怪地说："小溪那孩子交男朋友了，我怎么没听说呢？我今天还让她跟我儿子订婚，我还以为，她在跟我儿子相处呢。"

"我就是为这件事来的，你不知道你这一句话，给她造成了多大的影响，让她跟你儿子订婚，就相当于让她背叛我。她是什么为人，你应该再清楚不过了。"阎亦封语气很平淡，却带着明显的恼怒。

唐伯父愣住，喃喃着："她可以直说的啊，为什么不告诉我？"

"你以为她不想说吗？"阎亦封话中有话。

唐伯父看着阎亦封，不一会儿想到什么，他苦笑着摇了摇头说："看来，是被她逼的了，当她们从洗手间里出来的时候，我就该看出来才对……我知道该怎么做了，谢谢你过来告诉我，否则，我还不知道自己无意间伤害了她。"唐伯父叹了口气，他也是明事理的人，知道接下来该怎么做。

"谢谢。"阎亦封说了两个字。

我很清楚阎亦封的性格，让他主动跟一个人道谢，那可不是一件简单的事。

"你不用谢我，是我该谢谢你才对，她身边有你这样的男人陪伴，我也就放心了。小伙子，你可不能亏待她啊！"唐伯父感慨，叮嘱他一声。

"你放心吧。"阎亦封眼神里充满了坚定，丝毫不需要别人的提醒。

唐伯父满意地点点头，阎亦封这才离开，毫不拖泥带水，悄无声息地出现，潇洒离去。

我跟唐伯父聊了好一会儿，他问我阎亦封是什么样的一个人，也关心他是什么身份，能不能给我带来好的生活。

我悄悄告诉了他阎亦封的身份，唐伯父震惊之余，既是惊讶又是感慨，最终祝愿我们幸福。

离开医院的时候，我浑身感到从未有过的轻松，昨天还处于水深火热中，今天就皆大欢喜了。而最大的功劳，当数阎亦封。

一出医院，我就迫不及待地给阎亦封打了电话，他一接，我立马就笑着说："阎亦封，谢谢你！"

他又是"哦"一声，我不满地撇撇嘴说："你除了'哦'就不能换一句吗？"

"那就上车吧。"他说。

上车？我下意识地看了眼四周，就看到一辆车开了过来，车窗打开，阎亦封挂了电话，对我一笑。

这一笑，可谓是春风拂面，又腻又甜。

我欣喜一笑，打开车门，我一屁股坐进去，将他往里面挤了挤。

"去哪儿？"我问他。

他吐出两个字："回家。"

[6]

回到家，阎亦封还担心我身体还没恢复，问我要不要再睡会儿？

我拍拍他的肩膀说："没有什么比好心情更能治病的良药了，我现在的状态，跟老虎打架都没问题！"

说着，阿布就从我面前走过。我咧嘴一笑，袖子一捋，阿布脚步一顿，转身就跑。

"别跑！"

我追过去，一虎一人满客厅跑。

最后还是阎亦封揪住我的衣领把我拎起来，这场追逐战才结束。

"去去去。"阎亦封对阿布赶了赶。阿布就地蹲伏，就是不走。

阎亦封冷眸一挑，阿布这才叹了口气，很无奈地走开了。我关注着他们的互动，见阿布走了，我好奇地问："阎亦封，你是怎么跟它们交流的？有时候你好像都不用说话，它们也能懂你的意思。"

"兽性。"阎亦封简单地说，"只要是动物，就会有兽性，而我，天生就有兽性，自然就能听懂。"

我"哇哦"了一声，看着他的眼神满是崇拜。想到他说动物都有兽性，我下意识地做了个招财猫招爪的动作，"喵"了一声说："是不是像这样？"

然后，我就看到他的耳朵以迅雷不及掩耳之势蹿红，他呆了一下，拎着我将我放坐在沙发边缘上，有点高，我扶住他的肩膀，他双手环抱住我的腰，低头看着我，紧接着就吻了下来。

我扶着他肩膀的手，不知不觉地搂住了他的脖子，这一吻，甜蜜而绵长……

再次到学校的时候，路过的同学无不对我点头微笑，态度可谓是尊敬友好，跟几天前的指指点点全然不同。

我一头雾水，直到永远冲在八卦前端的王萌萌告诉我，我才知道是怎么回事。

前两天学校来了一位德高望重的超级大人物，校长在校门口亲自迎接，排场那叫一个壮观。听说这位大人物还是将军级别的，能光临本校，简直是让 S 大蓬荜生辉啊！

这位老将军笑眯眯地说了几句话，说是本校有个女学生，贤良淑德，善良可爱。

一次机缘巧合之下，女学生搀扶了他这位老将军过马路，奈何这位女学生什么报答都不要，为此，他这老将军在雨天送她一程，就当报答了。

校长听了大喜，赶紧公布了这位女学生贤良淑德、助人为乐的优秀行为，于是校内网就有了"乔溪同学搀扶老将军过马路，老将军亲自上校答谢"的标题出现了。

"乔溪"两个字，就挂在了榜首。

我看完一脸蒙，这故事就不能扯得好点吗？扶过马路，喂喂！编得离奇转折点好吗？

"小溪，之前大家都在说你傍上大款，现在真相公布了，没人再敢说你了。"王萌萌一脸得意，就好像做了好事的是她一样。

我抹了把冷汗，呵呵干笑一声，对阎亦封的办事能力表示哭笑不得。

前两天我跟他随口提过，没想到，他直接将人家老伯请出场，亲自为我证明，还扯了这么一个没有技术含量的故事。

不过，老伯的身份竟然这么尊贵，我也是没料到，突然觉得自己之前实在太失礼了，得找机会好好登门拜访。

[7]

"不过小溪，你男朋友到底长什么样啊，我们到现在都没见过，连叫什么都不知道，你是不是藏太严了？"王萌萌不满抗议。

听她这么一说，我才想起来，貌似我确实没提起过，正要说的时候，我电话响了，一看联系人，是唐逾白。不知道为什么，看到联系人是他，我的心怦怦直跳，手有些微颤。我按下了接听，声音很平静地说："喂。"

电话那边一片安静，许久，才听到他低哑的嗓音说："我爸走了。"

唐伯父是在早上七点多钟去世的，唐伯母当场晕了过去。

唐逾白在一瞬间好像长大了，将家族所有亲戚好友都请了过来，料理唐伯父的后事。他的话更少了，总是皱着眉头，如果以前只是高冷，那现在的他，似乎是高不可攀了，言行举止沉稳得像个一丝不苟的成熟男人。

苏雨熙得知消息，立马赶到医院，守着一醒来就哭的唐伯母，全程陪在她身边安慰。

我接到消息立马赶到了医院，瞥了一眼唐伯父，眼泪忍不住流下来。离去前，我看了唐逾白一眼，他正在跟长辈商议，没注意到我，停留了一会儿，我就离开了。

唐伯父下葬那天，我被通知过去。

那天下起了毛毛细雨，天空阴沉沉的，所有人都穿着黑衣，望着墓碑，静默哀悼。

这段时间，我也是食不知味，阎亦封看在眼里，他没有刻意提起，只是叮嘱我注意休息。

之后我就听说，唐逾白接下了整个公司，从此走到哪儿，身边都跟着一群人。唐伯母在家里以泪洗面，也是让人同情心疼。

我去见过唐家几次，都被拒之门外，没见着。

我将兼职都辞了，准备去报社申请实习机会，面试了几家，都让我回家等消息。

回到家，见杨龙啸也在，我现在已经习惯了，他一来，必定有事。

我一进去，就听他说："你明天恐怕不能带她回去见你爸妈了，临时出了点事，需要你去一趟，不会太久，也就几天时间。"

"你确定不是故意的？"阎亦封不悦蹙眉，瞥了他一眼。

杨龙啸立马发誓："天地可鉴！我肯定不是故意的啊！"

阎亦封很不满，看得出来，他很不情愿。

为了不让阎亦封为难，我走过去，坐在他身边，搂着他的肩说："去就去嘛，也不差这几天。"

关于带我去见他爸妈这件事，阎亦封跟我说了，我还拉着他帮我挑了一晚上的衣服。见公婆这种大事，可不能随便，为此我还紧张了好久，听到他要离开得延迟几天，我也是松了口气，可以多几天时间缓冲一下了。

阎亦封看着我，有些撒娇："我就要明天。"

"哎哟，哪天不是明天啊，几天后的明天也是明天是不是？"我摆了摆手，含糊回应。

阎亦封可不吃这一套，他又不傻，最终还是杨龙啸受不了我们腻歪，叮嘱我好好哄他，说明天过来接人。

我也还真哄了一晚上，隔天，阎亦封顶着一张臭脸坐上车走了。

[8]

当天晚上，我就收到报社实习通知了。我松了口气，不过有点奇怪的是，上面通知让我明天去郊外，说是有辆车会等我，要进山区采访。

我有些疑惑，有这样一实习就立马出外勤的吗？不过，通知可不是假的，为了让明天精力充沛，我早早就睡了觉，隔天一早搭车去了郊外。

按照通知上的地址与信息，我很快就找到了那辆车子，一辆黑色的面包车，我走过去，围着面包车走了一圈，奇怪，没人在啊？

我打开手机看通知，找一找有没有电话联系，就在这时，后脑勺突然被什么东西一砸，我眼前发昏，忍不住蹲了下来。

想去触碰后脑勺，这时有条毛巾伸了过来，捂住我的口鼻，一股呛鼻的气味涌了进来，当我察觉到是什么的时候为时已晚了，眼前的视野渐渐黑了下来，最终陷入了黑暗。

呼吸不畅，好难受，空气，我要空气……

意识昏昏沉沉间，我感觉自己像是被人摁着头埋在土里，那种无法呼吸的窒息感，让人恐惧而绝望。我想挣扎，身体就跟被灌了铅一样沉重，不管怎么挣扎，都感觉纹丝不动。

意识逐渐清醒过来后，这种窒息感就更明显了，我尝试着睁开眼，眼皮却像是被什么黏住了，浑身动弹不得，胸腔因无法呼吸而越来越压抑痛苦。死亡的恐惧让我心生一股力量，我使劲地挣扎，挥动着仿佛被死死摁住的手脚，很快，当我感觉出摩擦皮肤的颗粒是什么时，恐惧如同潮水般瞬间将我吞没。

我被活埋了！

导致我无法呼吸、无法动弹的真凶，是压在我身上的泥土，我被埋在了地里。

察觉到这一点，我害怕得不行。那种被死神掐住了喉咙的感觉太可怕了，我不知哪儿来的力气，突然使劲往上挖，估计是刚埋不久的缘故，泥土比较松散，我手扒拉出缝隙的时候，立马使出浑身的劲往上探，事实证明，人在面临死亡的时候，是会迸发出潜力的。

脑袋最先破土而出，呼吸到空气的瞬间，我哭了，那是一种置死地而后生的喜悦，没经历过的人不会懂。

呼吸到空气后，也有了些力气，我从土里爬出来，这才看到，我是被埋在一个坑里，将我埋住的全是泥土。我失去所有力气，一屁股坐在土里，大大喘着气，眼泪止不住地往下流。

缓了许久，我才逐渐清醒过来，一看四周，密不透风的森林，那茂密的枝丫伸展在半空中，遮挡了阳光，垂下一地的阴影，让人感到压抑阴凉。

四周有些昏暗，显然太阳已经快落山，我强撑着站起来，环顾四周，空无一人，连只小动物都没看到，耳边只传来蝉的鸣叫声，以及展翅飞过不知名的鸟叫，除此之外，再无其他声响。

我一站起来，就一阵头晕眼花，不只是因为被埋在土里，还有后脑勺上的伤。轻轻一碰，疼得我差点眼一翻晕死过去，手上有血，可想而知那一下撞击有多重了。

就在这时，小雨淅淅沥沥地落了下来，我仰头一看，几滴雨水滴在我脸上，不一会儿，脚下的泥土被沾湿。

我看着接触到水凝固到一起的泥土，心跳忽然猛地加快，恐惧再次扼住我的喉咙。我不敢想象，如果晚一步爬出来，淋了雨的泥土，我一定爬不出来，到时候我必死无疑。

我慌乱地后退，恐惧驱使我立马离开这里，脚步踉跄，我分不清方向，脚步往哪里走，我就往这个方向而去。

雨一直下，很快将我淋透，这种感觉可跟上一次被淋一路不一样，我身上沾了泥，雨一淋，浑身黏糊糊的，后脑勺有伤，我用手捂着，以免更严重。

我的背包被拿走了，身上什么都没有，在这深山密林中，我一个人，眼下只有一条路可走，那就是赶紧逃出这里。

但走到雨停了，天黑了，我还是没走出去。天一黑，眼睛什么都看不到，我只好靠摸索，但一个人在黑暗中，又是深山，我想换了谁，都没勇气轻易迈出一步。

我也会害怕，不敢保证下一步会不会落到水里被淹死，或者摔入山谷里摔断了手脚，天一亮，被太阳晒死。

伴随着饥渴，我寸步难行，蹲了下来喘着气，眼泪再一次不争气地流了下来，我赶紧把眼泪擦去，现在可不是哭的时候，眼泪容易流失水分，死都不能哭！

我抱着膝盖缩成一团，脑海里这时出现了阎亦封的身影，以及在山洞里的一幕，我忽然如梦初醒，对了！山洞！

[9]

我连忙站起来，眼下这种情况我是走不出去的了，唯一的办法就是找到歇息的地方，那就是山洞。

凭着这一路走过来的记忆，除了都是树林外，中途有见过山石，我立马转身往回走，凭借着记忆摸索。

视线越来越模糊，我强忍着疲惫，拖着沉重的身体一直走，终于，被我找到了山石堆，并且果然有遮风挡雨的一处山洞。

我走了进去，再也站不住脚倒下了。躺在山洞里，我浑身动弹不得，只有急促的呼吸声能证明我还活着。

到了晚上，深山里容易下雨，露水也重，听着外面淅淅沥沥的雨声，我躲在山洞里，虚弱地笑了笑。倘若不是有之前的经历，一个人在森林里淋一晚上，都不知道能不能撑过一天。

我已经看清形势了，凭我现在的状态，是走不出去了。这林子有多大，谁也不知道，保不齐就迷失在这山里，普通人都承受不了，更何况现在半死不活的我，别说走了，连站起来我都做不到。

唯一的办法，那就是等！

等有人发现我失踪，知道我被丢在深山里，等他们来营救，有可能是两天后，也有可能是一周后，最惨的还有可能找不到我被丢在哪儿，那我就只能在这里等死了。

想到这里，我的脑海里只有一个人的身影，我忍不住呼唤他的名字：

"阎亦封……"

嘴唇已经干裂，喉咙生疼，尽管如此，只有一遍一遍地呼唤他的名字，我才能不害怕。

我不知道是谁将我绑架到深山里，还想出将我活埋这种残忍的手段，恐怕连死了，我做了鬼都不知道找谁报仇，想想突然觉得我这鬼当得也太可怜了。

就这么胡思乱想着，我昏昏沉沉地睡了过去，直到天亮了，我才睁开了眼，我还在森林里，昨晚原来真的不是梦。

我起身想坐起来，只是奇怪，身体怎么动不了了？我奇怪地眨了眨眼睛，想抬起手，却发现手也动不了。

"不会吧，动不了了？"

我苦笑低喃，又挣扎了几次，发现无果后才放弃挣扎了。我躺在山洞里，望着外面，想着，如果有人走过来，看到我，然后惊喜地喊："找到了！找到了！"我就能放心地昏睡过去了。等我再一次醒来的时候，在医院里，噩梦就结束了。

只是我等啊等啊，就是没有人走过来。

从白天等到黑夜，就是没有人过来，我的意识昏迷又清醒，又再次昏迷，反反复复，无数次我都以为自己死了。

我也会想，如果那一天阎亦封没有临时离开几天，那我是不是跟他一起回家见他爸妈了？

我会坐在他家舒服的沙发上，阎爸爸跟我聊家常，阎妈妈在厨房里做菜，我让阎亦封跟他爸爸聊天，然后我溜去帮阎妈妈的忙，一起做了一顿香喷喷热腾腾的饭菜，一家人围坐在一起，有说有笑。

餐桌上有什么菜呢？做道红烧肉末茄子吧，还有糖醋排骨，我也喜欢吃，还有什么呢？不行了，越想就越饿，胃都饿得挛缩了。我舔了舔干巴巴裂开的唇，眼皮重得撑不开了。我闭上眼，这一次，可能再也睁不开了吧。

"阿溪……"

嗯？谁在叫我？

"阿溪……"

别吵，我要睡觉，好累。

"阿溪，醒醒！"

这声音，怎么这么像一个人？是谁呢？一时想不起来了，算了，不想，还是舒舒服服地睡觉吧。

"阿溪！"

呼唤变成了撕心裂肺的呼喊，我被惊醒，意识在一瞬间回归，我沉重疲惫地睁开眼，映入眼帘的是一张憔悴的脸，胡子几天没刮了，眼睛布满了血丝，这人谁呀，长得真丑。

我扯了下嘴角，看着他，虚弱地说了一句："真难看……"

阎亦封将我紧紧抱在怀里，他浑身颤抖着，我倒是可以安心睡觉了。

两天了，我整整等了他两天……

就让我睡个昏天黑地吧，累死我了。

第十三章

正好，我也好喜欢你

[1]

"给我一块肉吧，就一小块！"

我眼巴巴瞅着他碗里的丰盛午餐，再瞅瞅他准备喂我嘴里的清粥，我竖起一根手指头，委屈地恳求阎亦封。

"不行，医生说了，只能吃白粥。"

阎亦封一点商量的余地都没有，将汤勺塞我嘴里。

我一脸嫌弃，不情不愿地咽了下去，嘟囔着："我这不是活得好好的嘛，吃一小块肉没事的，我都馋死了。"

"活得好好的？"他语调微微一挑。

我连忙捂住嘴，糟糕，说错话了。

此刻我正躺在病床上，输着液，脑袋上缠着绷带，还真看不出来活得有多好，这不是明显刺激人嘛。

我缩了缩脖子，无辜地看着他。

阎亦封叹了口气，将汤勺递过来说："张嘴。"

我乖乖张嘴吃，就见他把自己的那一份午餐盖了起来，封好放一边，重新盛了一碗白粥，自己吃了一口才对我说："不馋你，我跟你吃一样的。"

我愣了一下，失笑："不用啦，我只是闹着玩，你吃不惯白粥的，还是乖乖吃你的午餐吧。"

"你也吃不惯不是吗？"他抬眸看了我一眼，继续吃。

好吧，我是挺感动的，他这人没有浪漫细胞，可一些行为，却在无形打动我。今生有这个男人陪伴，我还有什么可求的呢？

"小溪……我们能进来吗？"这时，病房外传来一道弱弱的声音。

我一听，这不是王萌萌的声音嘛，连忙说："进来呀！"

病房门被推开，王萌萌跟周倩一个抱着一束花，一个拎着水果篮，小心翼翼忐忑地走了进来，其间看了守在门口的两个军人一眼，更是紧张得不行。

看到阎亦封，她们又是被吓得一个激灵，浑身不自在。我奇怪了，这两人这么怕他干吗？难道之前见过面了吗？

"你们愣着干吗，过来坐呀。"我招手让她们过来。结果两人胆怯地看了阎亦封一眼，就是不敢过来。

"阎亦封，你出去，我们女孩子说话，你不方便听。"我只好将阎亦封赶走。

他看了我一眼，妥协起身走了。

一出门，守在门口的两个军人还对他敬了个礼。

待阎亦封一走，王萌萌跟周倩才松了口气。

王萌萌拍着胸口说："吓死我了。"

"你们干吗这么怕他？他很可怕吗？"我不以为意地笑着问。

王萌萌一屁股在我床边坐下来，大大咧咧地说："当然可怕了，你都不知道发生了什么。小溪啊，你不是说你男朋友是个驯兽师嘛，但这身份跟他这实际情况也差太远了吧？"

"就是啊，没想到，你竟然跟这么一个可怕的人物走到一起，你也好可怕。"周倩抖抖肩，心有余悸。

我眼神沉了下来，这是我被救过来后的第二天，听阎亦封说我睡得跟死了一样，好在今天精神抖擞，他才放了心。

关于我被绑架的具体情况，阎亦封只字不提，我只好偷偷打电话让她们俩过来了，谁知道两人一看到阎亦封吓成这模样。

"你们肯定知道，我为什么会被绑架到深山里活埋吧，是谁做的你们也知道。"我看着她们，与其说是猜测，倒不如说是肯定地质问。两人对视一眼，都面露为难之色。

半晌，还是王萌萌开口了，她说："让人绑架你的人，是唐逾白的母亲……"

[2]

我怔住，但好像又不意外，隐隐约约之中，我怀疑过她，除了她，我确实想不出第二个人了。

我深吸了口气问："具体是怎么回事，把你们知道的都说出来吧。"

王萌萌也知道不可能隐瞒住我，当下将她所知道的一一告诉了我。

我被绑架后，唐伯母当晚就做噩梦了，梦到我去掐着她脖子找她索命，她尖叫出声，唐逾白立马冲到她房里，她一直低喃说她不是故意的。

唐逾白不知道发生了什么，只以为她做了噩梦，安抚了她一夜。

在我失踪的第二天，唐伯母的精神状态越来越不好，苏雨熙跟王萌萌她们提起唐伯母的事后，几个人就一起去唐家探望她。

一开始大家都以为，她是因为唐伯父离世打击太大，直到她突然低

241

喃着："我不是故意的，别找我，我真的不是故意要害死你的……"

唐逾白当时也在，听到她这话，立马追问她害死了谁。

唐伯母一个劲发抖，苏雨熙看不下去，将唐逾白推开，抚着唐伯母的背安慰。

唐逾白突然想到什么，他质问："妈，你是不是对乔溪做了什么？"

就这一句话，唐伯母立马尖叫起来说："我不是故意的！不关我的事，不关我的事！"

"妈！你告诉我，你做了什么？"唐逾白也急了，晃着她的肩膀逼问。

"唐逾白，你在干什么？你没看到伯母已经要崩溃了吗？"苏雨熙恼怒地推开了他，护着唐伯母，不允许他靠近。

唐逾白急得不行，但一看母亲那失神落魄的神情，他也不忍心再问了。

"先生，请你们留步，你们不能擅闯进来！"

这时，门外传来管家老李的声音。

唐逾白皱眉不耐烦地喊："老李，是什么人？"

"大少爷！我也不知道啊，哎哟！"

"阎亦封，你给我冷静！"

伴随着一阵嘈杂的声音，紧接着是李管家被推倒发出的惊呼，而后是一道陌生的制止声。

唐逾白也来了火气，一波未平一波又起，当下一转身，结果迎面而来的是一拳头，他都没反应过来，就被一拳打倒在地。

王萌萌跟周倩吓得大叫，苏雨熙下意识地抱紧了唐伯母。

"阎亦封！快住手！"眼看阎亦封拽起唐逾白的衣领，拳头再次挥下，杨龙啸赶紧冲过去抱住他的腰将他从唐逾白身上拉开。

"放手，杨龙啸，你给我放手！"阎亦封眼睛通红，像一只正处于暴怒的猛兽般嘶吼着。

唐逾白擦去嘴角的血，撑着地站起来。

门外这时又拥进一群身穿军装的人，唐逾白眉头深锁，看着被杨龙啸控制住的阎亦封，他喘着气问："你是谁？凭什么打我？"

"我是谁你没资格知道，现在，你最好让你妈交代清楚，她对乔溪做了什么！"阎亦封咬牙切齿。

唐逾白转头看向母亲，就见她缩在苏雨熙怀里，瑟瑟发抖。

"你不告诉我你是谁，我不会照你说的做的。"唐逾白现在好歹管理着一个公司，还不至于手忙脚乱。

"这是你逼我的。"阎亦封已经没有理智可言了，如同猛兽般的眼神瞪着他，大声喊了一句，"阿布！"

一只老虎猛地蹿了进来，直扑向坐在沙发上的苏雨熙跟唐伯母。苏雨熙吓得立马逃开，唐伯母可躲不过，被阿布扑个正着，脸都吓白了，差点昏过去了。

"啊！"

王萌萌跟周倩再次发声尖叫，这两人，也就负责尖叫了。

[3]

"阎亦封，你知不知道你在做什么？"

杨龙啸瞪大了眼，将他一把推开就要去控制阿布。

唐逾白也吓白了脸，二话不说也冲过去救人。阎亦封这时阴狠地说了一句："谁敢靠近，我就命令它把她的头给咬下来。"

杨龙啸跟唐逾白同时停了下来，两人都是一脸惊恐。

唐伯母被一只这么大的老虎压住，随时会被吓疯。

"你到底是谁？想怎么样？"唐逾白再也保持不了冷静，怒吼着质问。

阎亦封没说话，只是一双眼神可怕得吓人。

"他叫阎亦封，是乔溪的男朋友，这下你知道他为什么这样做了吧。"还是杨龙啸开口了。

这话一出，唐逾白立马愣住，王萌萌几人也被惊傻了眼。

阎亦封没理会旁人的目光，他走过去，停在被阿布压制住的唐伯母面前，冷声咬牙切齿地说："警告你，再不说出乔溪在哪里，她出了事，我一定让你给她陪葬。"

"不，不是我干的……我只是让人把她绑架了……然后，然后活……活埋了……"唐伯母颤抖着断断续续将实情说了出来。

那一瞬间，所有人都感觉到连空气都压抑了。

"你让人把她活埋了！"阎亦封瞬间发狂。

声嘶力竭的怒吼声，伴随着他一脚将沙发踹翻发出的声响，整个客厅的气氛一下子压抑得让人透不过气。

"嗷！"老虎突然愤怒嘶吼，张大了嘴一副要把唐伯母一口吞了的模样，让所有人都惊呆了。

唐伯母被吓得两眼一翻，昏死过去。

阎亦封跟发了疯似的，看到什么就踹什么，连那大理石客桌也没放过，被他踹了一脚发出桌脚摩擦地板的刺耳声音。

"阎亦封，你先冷静，现在最重要的是救人！"杨龙啸这时也不敢靠近他，但还是必须提醒。

阎亦封喘着气，他低沉地说："我知道，已经在找了，我只是没想到，她竟然敢让人把乔溪活埋了！"

阎亦封说到这里，怒火又再次上来了，瞪着唐伯母的眼神里满是杀意。

他气得发抖，肌肉紧绷，额头暴出清晰可见的青筋，可想而知，他现在有多暴怒。

"我会报警立马让警察找。"唐逾白立马掏出手机，只是来不及打，就听阎亦封咬着牙一字一句冷冷地说："不必了。"

唐逾白一顿，阎亦封立马对杨龙啸命令说："马上派人去山上找，直升机空降兵统统给我叫上，把整个山翻过来，我也要找到她！"

"好！"杨龙啸立马行动起来。

阎亦封对阿布一招手，阿布立马跳下来跟在他身边。

阎亦封走了出去，唐逾白见状连忙对杨龙啸说："我也去！"

杨龙啸看了他一眼，淡淡地说："没必要，去了也没用。"

唐逾白皱眉，不满地说："我也可以派人力去搜寻，一样可以帮上忙。"

"我说了不用就是不用，就算没有我们，他一个人也可以找到，让我们帮忙，也只是为了加快速度而已，可别太小看他了。你现在最好祈祷，乔溪还活着，否则——"杨龙啸没有说完就走了。

唐逾白愣怔在原地，久久回不过神来。

"这就是我们在场时所知道的事，之后就得到你被救回来的消息了。"王萌萌交代。

我神不守舍地点点头，阎亦封竟然发了这么大的脾气，那唐伯母没事吧？想到这里，我赶紧问。

周倩摇了摇头说："很不好，好像已经疯了。"

我叹了口气，心里有些难受。

[4]

唐伯母为什么记恨我，其实从她拒绝我去探望她就可以猜到了。

唐伯父离开对她打击太大了，潜意识里她恐怕将唐伯父的死归根到我身上吧，认为是因为我拒绝了订婚的事，才让唐伯父死了。所以才会一时冲动，派人假冒报社发通知，将我引过去绑走。

唉，自作孽不可活啊！

"小溪，你也别多想了，都过去了。"王萌萌安慰我。

我扯了下嘴角笑了笑，这事得自己慢慢调整心态，别人帮不了忙的。

为了转移我的注意力，王萌萌神秘兮兮地问我："不过小溪，你是从哪里找到这么一个男朋友啊？你不是说你男朋友是驯兽师吗？别告诉我他就是啊！长得帅，有钱又有势，身份一看就不简单好吗？"

我昂着下巴，得意扬扬地说："他就是我那个驯兽师男友啊！只不过，是跟普通人不一样的驯兽师而已。"

王萌萌跟周倩对视一眼，然后竖起大拇指，表示佩服得五体投地。

之后，阎亦封进来赶人了，表面说是让我休息，实则是不爽被冷落那么久。王萌萌跟周倩很怕他，不用他说，立马一溜烟跑了。

阎亦封过来在床边坐下。我对他招招手，表示让他坐过来一点。他挪了一下，我再催，他又挪了一下，见我还是不满意，他没好气地再挪近。

我抱住他，双手环住他的腰，喃喃地说："对不起，让你着急了吧，还有谢谢你，能及时发现我。"

他一顿，将我紧紧搂住，凑到我耳边，嗓音低沉地说："该说对不起的是我，你不用道歉，让你受苦了，对不起。"

我埋在他胸膛里，彼此谁也没有再说话了。这种时候已经不需要语言了，我抱着他，是满满的安心，他搂紧着我，是失而复得的珍惜。

幸好，我们彼此都安然无恙。

"对了，我爸妈过来见过你了。"阎亦封突然说。

我正吃着他削得扭曲的一小块苹果，听到这话，直接被呛住。

我赶紧将苹果咽下来，难以置信地说："真的假的？那……那伯父跟伯母现在在哪儿？"

我一下慌了，不会吧，公婆见媳妇第一眼，就是我缠着绷带的模样，丢脸啊！

"真的，不然你以为你吃的粥是我煮的？"他挑眉看了搁在一旁的保温桶一眼。

我被噎住，完了，我还嫌弃来着，伯母不知道吧？

"知道你已经没事他们就先回去了，等你出院，我再带你回家。"他一副理所当然的口气。

反倒是我愣了一下，我问他："阎亦封，你会娶我吗？"

阎亦封手一滑，水果刀割到拇指。

我吓了一跳，赶紧拿纸巾给他捂住，没好气地说："你反应至于这么大吗？让你娶我就那么可怕啊？"

"不是。"他摇了摇头。

"那是什么？"我不悦地质问他。

"求婚这种事，该男人来，我没想到，你比我还心急。"他抬头看着我，一本正经地说。

我一口气差点上不来，喂喂！什么叫比你还心急啊？我这是心急的表现吗？

"阿溪，你在明知故问。"他接过纸巾，随便擦了擦，继续削苹果。

"你说什么？"我鼓起腮帮子，看着他手上的苹果，暗暗决定，一定不吃这带血的。

"娶你这种事，我还以为你早知道了。阿溪，这辈子，我只愿意娶

247

一个人，而那个人，只有你。"他凝眸看着我，眼神里满是深情与宠溺。

我愣住，后知后觉反应过来，他这不会是在向我求婚吧？求婚是这么简单的？

算了算了，人是我的就好，其他的咱就不强求了。

[5]

几天后，我就在医院里待不下去了，闷得不行。阎亦封早料到，一早就安排好了车，给我办了出院手续后，给我披了几件衣服，才把我抱了出去。

坐上车，阎亦封也是将我搂着，时不时扯一下衣角，就怕我着凉。

我看着窗外，突然反应过来，疑惑地说："这不是回家的路啊。"

"这是回家见爸妈的路。"阎亦封淡定地说。

"真的现在就去啊？"我有些紧张，总感觉自己现在的状态不好，怕见了他爸妈会出错。

"早该去了。"他低低说了一句。

我愣住，是啊，早该去了，也就不会有后面的事情发生。

我握住他的手，对他露出一个安心的笑容。他笑了笑，让我靠着他肩膀眯会儿。

但我实在睡不着，随着目的地越来越近，我的心情就越雀跃，看到车子开进了军区，我愣了一下，疑惑地问："你家住在这里？"

阎亦封点点头："嗯，我是在部队大院里长大的。"

我若有所思地点点头，之前听他说起过吗？好像没有，又好像有，算了，不重要。

车子在一栋房子停了下来，房子虽然不大，但有一处院子，种着菜，养着鸡鸭，别有一番风味。

阎亦封还想抱我下来，被我拒绝了，我又不是不会走，走几步还是可以的，不然被他爸妈看到多不好意思啊。

我刚一下车，一对老夫妻就走了出来。一看到我，两人立马笑吟吟迎了上来，拉着我的手嘘寒问暖。

我忙笑着点头喊人，阎妈妈很年轻，虽然上了年纪，但依然不难看出她年轻时很漂亮；阎爸爸跟阎亦封长得很像，不过比阎亦封沉稳，身材也保持得很好，想必是经常锻炼的缘故，对我也很温和。

他们这么热情，我受宠若惊，心里也松了口气。太好了，伯父伯母都是真心喜欢我的。

两位对我问候过后，再一看阎亦封，阎妈妈立马骂说："你干吗呢，怎么能让她走呢？懂不懂疼媳妇，赶紧的，把她抱屋里去啊！"

"啊？"我蒙住。

阎亦封二话不说把我抱起来，还不忘幽怨地看我一眼，好像是我让他受委屈了，啊喂，这能怪我吗？

"赶紧进屋，我都做好饭菜，就等着你们回家吃了。"阎爸爸一脸开心，笑得跟过节似的。

进屋后，还真就看到了一桌菜，呃，还有酒。

阎妈妈还拍了阎爸爸脑袋一下，没好气地说："摆什么酒啊？不知道媳妇刚出院，不能沾酒啊？"

"哎哟，我这不是为了庆祝嘛，就喝一小口。"阎爸爸嬉皮笑脸地讨好。

阎妈妈态度坚决，不行就是不行！

我看傻了眼，我看到了啥？阎爸爸跟阎妈妈撒娇啊？我看了阎亦封一眼，好像知道某人撒娇是遗传谁的了。

阎妈妈还是心软了，只允许他喝一小杯。看着夫妻俩拌嘴，屋里萦绕着菜的香味，我望着将我放到沙发后，怕我无聊给我开电视看的阎亦封，眼泪忍不住就流了出来。我赶紧把眼泪擦了，可还是控制不住，怎么擦都擦不完。

"哎哟，怎么了，怎么了？哪里不舒服了？"阎妈妈眼尖，立马就注意到了，赶紧走过来搂着我温柔体贴地问。

我说不出话，只是笑着摇了摇头。

"怎么就哭了呢，是不是这小子欺负你了？你告诉我，我替你收拾他！"阎妈妈瞪了阎亦封一眼。

我忙摇头哽咽着说："不是不是，只是，觉得好幸福……"

我吸了吸鼻子，扬起笑容来看着他们。

阎爸爸跟阎妈妈都愣了一下，两人对视一眼，看着我的眼神里满是心疼。

阎亦封这时挤过来，将阎妈妈推到一边，将我搂在怀里温柔地安慰说："你的生活才刚开始，以后，我会让你习惯的。"

"阎亦封……"我弱弱地喊他。

"嗯，我在。"

"谢谢你……"

"我不要听谢谢，你换个词。"

"换什么词啊？"我吸了吸鼻子。

"你说呢？"

"阎亦封……"

"嗯。"

"我好喜欢你……"

"这还差不多。"他捏了捏我的脸，凝眸望着我，"正好，我也好喜欢你。"

之后，之后怎么样了呢？

在所有人的意料之中，大学毕业后，我就跟阎亦封结婚了。那盛大的婚礼，被永远记录在光碟里。

我决定等孩子出生长大后再放给他看，告诉他，他的爸爸妈妈，是如何幸福生活在一起的。

【完】

[1] 我亲爱的驯兽师男友

某处偏僻无法开发的山林地带，森林密布茂盛，高耸屹立。

丛林中常年阴湿，阳光透过树叶间隙零零散散地洒落在草地上，鲜有人来往的森林里，终日寂静无声。

唯有鸟兽时不时低语鸣叫一声，充满着原始森林的自然风貌。

"砰！"

而这一切，随着一声枪响，被彻底打破了！

歇息在树干上的小鸟皆数扑棱着翅膀离开，树叶抖动摇曳，原本寂静的森林在瞬间陷入了恐慌。

"砰砰！"

"啊！救命啊！"

枪声还在继续，有人惊恐地大叫。

一群人争先恐后在林间逃窜，身后窸窸窣窣一阵声响。

"嗷！"

树林后有狼对着上方嗷叫，越来越多的狼相继而来，追赶着前面慌张逃命的人类。那是一群装备齐全的白皮肤黄头发的人，手扛着猎枪，此刻全部退到了一起。

他们往后望去，那是深不见底的深渊，倘若不小心跌下去，就算不会粉身碎骨，也会伤残。

"我们完了，都完了！马上就成为它们的午餐了。"有人绝望地大喊，丢下枪。子弹已经用尽，留着枪还有何用？

"老子跟它们拼了！"一个肌肉结实的魁梧高大男人掏出了一把刀，虎视眈眈地瞪着它们。

"早知道就不来了，还不是你们说这里出现过一只狼，说什么偷偷过来猎捕，现在呢？这是一只吗？明明是一片！"看着将他们团团包围住的狼群，一个胆小瘦弱的男人悔不当初。

"啰唆！吵死了，再多说一句，先把你丢过去喂狼！"那魁梧男人不耐烦地怒吼，恶狠狠瞪了瘦弱男人一眼。

眼看一群狼朝他们不断逼近，刚才还有时间斗嘴的众人没了再互相埋怨的心思了，他们不断后退，直到退无可退。

"不管了！得冲出去才行，必须有一个诱饵！"显然是领队的魁梧男人扫了同甘共苦的兄弟一眼，在他们恐慌畏惧的目光下，他的眼神突然盯住了刚才埋怨的瘦弱男人。那瘦弱男人的心"咯噔"一下，瞬间就慌了。

"留着你也没什么用，救了我们大家，我们都会感激记得你的。"说着，不容他拒绝，魁梧男人一把揪住瘦弱男人就往狼群里扔去。

"啊！不要不要！"瘦弱男人摔滚在地，他手忙脚乱想爬起来逃跑，却因太过害怕手脚发软而瘫倒在地。

眼看着流淌着口水，张开嘴露出锋利尖牙的狼，他浑身颤抖着抱着自己尖叫！

要被活生生剥皮拆骨了，肉会被一片片咬下，他会血流成河，暴尸荒野，死不瞑目！

"咳！"

一道突兀的咳嗽声传来，张着尖锐的牙准备咬在男人脖子上的狼顿了一下。

其他的狼也都不敢轻举妄动，它们似乎在和什么人僵持着，一动不动。

所有人都愣住了，一脸茫然，耳边听到窸窸窣窣的声响，以及沉稳的脚步声，一群人都抬头循身望去，只见森林中，有个人影走了出来。

随着对方的接近，那些人喘着粗气，不由得都退开了，似乎很忌惮来人，不敢轻举妄动。

一群人目不转睛地盯着那个方向，当来人身影逐渐清晰，他们都不由得震惊得瞪大了眼。

那是一个男人，黄皮肤黑头发，年轻、挺拔、俊朗，他穿着白衬衫，领口解开了一颗衣扣，隐约间可见锁骨，衣袖被挽起，露出了半截手腕。

休闲的灰色棉布裤，虽不松垮但也不紧致，却完美地展现出修长的双腿。

一头碎发略微凌乱，他的脸棱角分明，五官立体，薄唇泛着诱人的光泽。

那双瞳孔却深邃漆黑，眸中透着如鹰般犀利冷锐的光。

如果真要准确地形容他，那就是看着他，不像是在看着一个人，而是一只凶猛的猛兽。

"谁，谁啊？你们知道这森林里有人管吗？"有人反应过来后，对身边的伙伴询问。

"看他的模样，很可能是在这儿住的，否则我们一路经历千辛万苦，才狼狈不堪地走到这里，你们看他那样，是想进到山里就能这样走进来的吗？又不是逛后花园。"魁梧男人镇定地分析。

他们的对话全程都是英语，也不管对方是不是听得懂，反正毫不掩饰地说出来了。

场面很诡异，他们恐惧害怕群狼，而那些狼，却好似忌惮来人，一时之间僵持住了。

许久，才听得那年轻男人冷冰冰吐出了一个字："滚。"

说的是当地语言，但对于已经来到这里一段时间的他们，对粗话早已了若指掌，简单的一个字，所有人都听懂了意思。

魁梧男人啐了一声，朝地上吐了口唾沫，他凶狠道："小子，你说什么？这林子是你家的啊？这么嚣张？老子就偏不走了怎样？"

对方没有说话，一声不吭，但那双骇人的漆黑瞳孔一直注视着他们。

"这傻小子是不是听不懂咱们的话？"其中一个嗤笑道。

"我的话，不想说第二次。"谁料他的话音落下，对方竟然用纯正的英文开口了。

所有人对视一眼，他们看了被吓晕过去，翻着白眼还失禁的瘦弱男人一眼，以及突然都停下来的狼群。

为首的魁梧男人琢磨了一会儿，突然狞笑一声。他提起枪，对准着对方警告道："我这把枪里还有子弹，识相的就给我滚，否则老子一枪崩了你的头！"

阎亦封面无表情地看着他们，漆黑的瞳孔里弥漫起一股暴戾的气息，宛如即将发怒的猛兽，那眼神让人后背发凉。

一瞬间，刚才稳静下来的狼群纷纷移动起来，再次朝他们围了过去。

所有人都吓得再次后退，他们手足无措地慌张大喊："怎么办？又围上来了！"

"别过来！停下，都停下！该死，怎么现在不听话了？"

"啊！"

而很快就有人被咬中了大腿，疼得大叫起来。这一下他们真的慌了，这些狼不是摆设的！

"要么滚，要么喂狼。"阎亦封低沉的嗓音透着凛冽的阴狠。

"我们滚，马上滚！放过我们吧！"有人求饶了。

伙伴血淋淋的模样摆在他们眼前，这一次他们是真的害怕了。

"住口。"阎亦封对着准备一口咬在一个男人腿上的某只狼命令，它顿了一下，似乎不想听他的话，张嘴又要咬下去。

"欠揍吗？"阎亦封不耐烦地冷冷道。

听到他这话，那只狼缩了缩脖，竟然真的闭上了嘴，垂头丧气地退离了他们。

看到这一幕，一群人对视一眼，看着阎亦封的眼神就像在看一个怪物。他们什么东西都不要了，相互搀扶起受伤的伙伴拔腿就跑，被吓得落荒而逃了。

山下不远的沙路上，无人的偏远山区肃穆萧条，一辆军用越野车孤零零地停在一边。

驾驶座上的杨龙啸降下车窗，他探出头往外瞅了瞅，还是没见到人影。

胳膊肘搁在车窗边上，杨龙啸握着方向盘的手轻轻敲打着，似乎在犹豫着什么，半晌，他还是做了决定。

从兜里掏出一包烟，他美滋滋地掏出一根，点上火，深深地吸了一口后露出了享受满足的表情。

而就在这时，他余光一瞟，注意到不远处缓步走来的顾长身影，杨龙啸手忙脚乱赶紧掐灭了烟，将烟一把扔出窗外，他双手挥舞着企图将空气中的烟味挥散。

阎亦封走过来时，杨龙啸在车里摆出了一个帅气的姿势，对他露出了一个阳光的微笑。

阎亦封打开车门，扑鼻而来的烟味让他眉头一皱，他不悦地看了杨龙啸一眼。

杨龙啸心虚地撇过头，阎亦封依然死盯着他。

杨龙啸妥协承认："好啦好啦！我抽烟了，但是，只有一口，真的只有一小口！"他竖起一根手指头，义正词严地保证。

阎亦封没说话，但也没再追究，坐上车后便系上安全带。

杨龙啸抹了把虚汗，小声嘟囔："知道你嗅觉灵敏，下次不抽了还不行吗？"

阎亦封依然沉默，只是对他伸出手，目不转睛地看着他。

杨龙啸疑惑了一下，很快反应过来，他露出恍然大悟的表情，而后在车里一阵翻找。

"我放哪儿了？哦，在这儿！"翻身从后面的座位上将一个袋子揪了过来，杨龙啸拆开包装，掏出一瓶优酸乳递给了他，"给，你最喜欢的草莓味。"

阎亦封接过，拆开吸管塑料袋，插入吸口中喝了一口，眼睛发光，眉宇间的凌厉与冷冽消散了些许，取而代之的是愉悦的柔和。

那安静乖巧的模样，倒是像极了小绵羊。

杨龙啸见状不由得摇头失笑，他小声调侃："这么帅的外表下，却藏着一颗少女心。"

看着捧着一瓶粉色的优酸乳，喝得一脸专注认真的阎亦封，那温顺乖巧的模样，让杨龙啸忍不住伸出手摸了摸他的脑袋。

谁料刚一碰到他的头发，阎亦封眼神秒沉下来，阴寒冷冽地瞪了杨龙啸一眼，杨龙啸吓了一跳，嗖地赶紧将手抽了回来。

哎呀，差点忘了，某人可是猛兽，摸不得头的。

他干笑着不好意思地说："你看起来挺乖，下意识就想摸摸你的头。"

阎亦封还是没说话，瞪他一眼后继续认真喝起了酸奶。

杨龙啸叹了口气，趴在方向盘上瞥他一眼。他下意识又开始自言自语："每次跟你说话，我都感觉自己像个神经病，从头到尾就只有我一个人在说。"

不过，早已习惯的他还是很快振作起来，启动引擎，踩下油门，转动方向盘开动车后，他这才问道："这片区域已经搞定了吗？"

阎亦封没说话，不过他点了点头。

杨龙啸了解，点头道："OK！我跟上面报备，争取早日将这片山林维护起来。"

"对了，还有件事。"杨龙啸目视前方，突然想起什么连忙提醒，"张伯有事回老家了，你的房子现在没人打扫料理了，那些宠物也没人喂养，你打算怎么办？"

他看着阎亦封等答案，阎亦封看着他没说话，但眼神里明显透着嫌弃，仿佛是在说他明知故问。

杨龙啸妥协地耸耸肩："得，我也是一时脑抽了才会问你的意见，你这大少爷，哪一件事不是我替你操心解决的？"

"我想了想，还是决定帮你请家政工，至于你那些宠物，我有时间就去喂一下。"杨龙啸心里早有主意，只是还是会下意识询问他的意见。

"不过，你打算什么时候回去？忙了这么久，也该适当给自己放假休息吧。"杨龙啸关心道。

阎亦封将优酸乳喝完了，他望向窗外，荒郊野外的，唯有风沙尘土，人烟稀少，却让他感到安心。

许久，才听他低哑磁性的嗓音说道："不久。"

"行！你有什么需要帮忙的尽管告诉我，我欠你的人情，一辈子都还不完啊！"杨龙啸感慨了一句，他摇头叹气，真不知道摊上阎亦封是他的运气还是灾难。

[2] 我想抱就抱，想亲就亲

乔溪在大学毕业后就与阎亦封结婚了，住在枫韵花园9区1栋别墅里，日常就是扫扫房间，给阿布、小刀它们洗洗澡，还有投喂一个叫老公的。

阎亦封结了婚后，在乔溪的影响下，接地气了不少，也愿意与一些人接触谈话了，基本融入了这个社会。

只是他在外面怎么成熟稳重，在家里，就都会原形毕露。

不忍心看乔溪辛苦打扫房间，主动提出帮忙，结果，让整个家差点淹了。

乔溪也不生气，她只是揪起他的衣领将他丢出去，阎亦封跟同样被赶出去的几只兽宠蹲在一起，眼巴巴望着在里面收拾残局的她。

洗碗就更不用说了，拿一个摔一个，他不心疼，乔溪还心痛呢！

总之，除了家务活禁止阎亦封触碰外，乔溪还得安抚一旦冷落了他就闷闷不乐的心情，对此，乔溪只觉得自己养了个假儿子。

不过，这也是她纵容的，谁让一个愿打一个愿挨呢？

结婚之后，阎亦封依然时不时就得离开家一段时间，去哪里都会跟她报备。乔溪也不多说什么，只是每次送他出门的时候，挥手说等你回家。

乔溪这边也没有闲着，她想找份记者工作，得知她在找工作的阎爸跟阎妈，很热情地将她推荐去了国家电视台，说好听点是推荐，说难听点叫走后门。

乔溪一开始是不太同意的，得知需要面试，根据能力决定是否能在电视台留下时，乔溪才去试了。考核果然严格，不过，幸亏她之前有不少其他人没有的经历，胆量与聪明才智，这些都是一个外出实时采访记者的基本素养。

乔溪到了新闻部工作，成为一名实习记者，她的年纪本来就不大，一看就知道是大学毕业刚出来的。

一些前辈对她还是比较照顾的，尤其是跟她一组，一个叫沈寒的知名男记者，对她更是体贴入微，细腻到乔溪怀疑他看上了自己。

员工个人资料可不会对外公布，她在简历上所写的已婚，别人也自然不知道。乔溪无数次想暗示提醒，但又怕自己自作多情了。毕竟对方的表现很含蓄，乔溪也就当不知道了。

直到乔溪在电视台工作了一段时间，成功转正后，部门提议假期庆祝，沈寒提出了骑马，只因他家是开马场的。

一到放假或者有什么庆祝的事，就一律如此，吃饭、住宿、玩乐，他一条龙服务，谁让人家是隐藏的土豪富二代。

很巧，这位年轻有为，长得小帅，又有钱的土豪，就看上了部门里年纪最小又最能干的乔溪。这点小暧昧的情愫，所有人都能感觉到，除了装不知道的乔溪。

于是，吃人嘴软，拿人手短，出来玩，自然是要给人家留单独相处的空间了，越来越明显的暗示，让乔溪心慌慌，琢磨着该找时机跟他讲清楚了，她是有夫之妇……

众人一到地方，下了车到房间里换上骑马服后，一群人就到马场上了。

沈寒立马热情地向大家介绍，还招呼过来几个教骑马的教练。

乔溪扫了几位教练一眼，看到其中一道熟悉的身影时，傻眼愣住了。

阎亦封？他怎么成马场里一个教骑马的教练了？

等等！

乔溪突然想起，他离开的时候，好像是说要去什么马场来着，敢情就是在这儿！

阎亦封骑在马上，跟其他几位穿着骑马服的中年男人不同，他穿着休闲的白衬衫，骑在马上，像一位高冷的王子，哪有一点教练的模样，尤其他此刻的表情，还很冷酷。

"哎？你是新来的？以前没见过你啊。"沈寒上下打量阎亦封一眼，这一出场，就抢了他所有目光与风头的男人，是他爸刚聘请过来的吗？有这样的颜值摆在这儿，倒是能吸引不少女客来呀。

阎亦封没说话，倒是旁边的一位大叔替他回答了："是啊，他刚来的不久，别看他年轻，还是很有本事的。"

"行，那就过来教教她们骑马吧。"沈寒也没再多问什么，眼看几个大姐眼巴巴盯着阎亦封瞧，迫不及待想跟着他骑马了，沈寒摆摆手阔气地说。

几个大姐立马朝阎亦封围过去。乔溪此刻摸着后脑勺，不好意思地笑着，正想着该怎么跟他打招呼呢，沈寒就已经站在她身前，挡住阎亦封的视线，邀请她："乔溪，至于你，我亲自教你吧，保证你能学会。"

"不用麻烦你了，我找教练吧。教练，可以吗？"乔溪连忙摆手，某位醋坛子还在盯着呢，拒绝了沈寒后，她就赶紧对着阎亦封挥了挥手。

阎亦封脚一蹬，一匹枣红色的骏马朝乔溪走过去，留下几位眼巴巴望着他走开的大姐。

从马上跳下来，阎亦封瞥了沈寒一眼，对上他冷冰冰的眼神，沈寒下意识打了个寒噤。

乔溪笑眯眯地看着阎亦封，阎亦封将马牵到她身边，给她指导："先踩住这里，然后抓这儿，不用担心马会乱动，有我在，它不敢乱来。"

"好！"乔溪早就跃跃欲试了。

按照他说的步骤，乔溪轻松就坐上了马背，也幸亏她身手矫健。

"接下来呢？"乔溪低头望着他，求指导。

阎亦封却是一声不吭也坐上马了，就坐她后面。

乔溪被他圈在怀里，他一拉绳，马就往前走了。

眼睁睁看着乔溪就这么被拐上马的沈寒，半晌才反应过来，喃喃说："这哪儿来的小子？胆子这么大？看不出来我在追求人家吗，竟然把人就这么给我带走了？"

看到两人坐同一匹马，举止还有些亲密的沈寒可受不了，赶紧也上了一匹马，追上去了。

"你干吗一句话不说呀？"乔溪靠在他怀里，适应着马的晃动与高度，享受着迎面而来的清风，她懒洋洋地问。

"他是谁？"阎亦封松开了绳子，将她圈抱在怀里，下巴抵在她肩膀上，语气里带着一丝不满。

"同事呀。"

"他看你的眼神，可不是同事那么简单。"阎亦封的口气透着明显的执拗。

乔溪忍不住失笑，不以为意："那可能人家看上我了，你可要小心了。"

"哼，插足婚姻的第三者是要遭天谴的。"阎亦封冷哼一声，注意到后面的沈寒追上来了，他抓起绳子，对她提醒一声，"往我怀里再靠近一些，马跑起来不稳。"

乔溪听话地靠去，阎亦封确定她的手已经抓稳了绳子，立马让马跑起来。

看到他竟然让马跑起来了，沈寒愣了一下，赶紧也让马追上去，于是，两匹马一前一后，在马场上跑起来了。

"太棒了，还能更快吗？"乔溪很兴奋，还意犹未尽地仰头问他。

阎亦封嘴角一勾："当然可以。"

于是，马跑得更快了。

沈寒追得气喘吁吁，见对方还没有停下的打算，气急败坏地大喊："停下来！马上给我停下来！"

"哎？后面是不是有人在喊？"乔溪听到风声里似乎有人的声音，刚要转头去看，阎亦封立马提醒："别乱动，危险。"

"哦。"乔溪乖乖缩在他怀里，直到跑了好一会儿，感觉有些累了，乔溪才让他可以停下了。阎亦封勒住绳子，马慢慢将速度放缓下来。

待马一停，乔溪才意犹未尽地说："阎亦封，你下去吧，我想一个人骑一下试试。"

阎亦封看着她，故意露出受伤的表情说："你这是在嫌弃我？"

"没有啊，只是有你在，我都没机会学会单独骑马。"

阎亦封被她说服了，也知道她确实想尝试骑一下，就下马了，他牵着她的手细心叮嘱一些注意事项。

乔溪连连点头，表示明白。阎亦封深情凝眸望着她，在她的手背上吻了一下后，才放开了手。

刚好，沈寒这时追过来了，看到这一幕，那叫一个火冒三丈，他看上的女人，竟然被一个教骑马的教练给吃豆腐了？

"喂，你在干什么呢？"沈寒气急败坏地跳下马，跑过去将阎亦封一推，结果没推动，阎亦封纹丝不动。

乔溪见状，赶紧下了马。

这时，一直在旁观看好戏的众人也赶紧凑过来了，有热闹看，谁不想看呢？

这个教练对人家乔溪确实太亲密了，他们可都看在眼里的，这下可好了，被沈大公子盯上，这教练怕是要收拾东西走人了。

"别以为仗着自己长着一张小白脸就可以对客人乱来！她是你能抱就抱，想亲就亲的吗？"沈寒瞪着阎亦封大声训斥。

"你说呢？"阎亦封摆出一副明知故问的表情，说着伸手搂住乔溪的腰，还在她脸颊上亲了一口，看着已经目瞪口呆的沈寒挑衅说，"我想抱就抱，想亲就亲。"

一旁众人傻眼了，沈寒气得发抖，指着一副傲娇脸的阎亦封，难以置信地对乔溪说："你就这么甘愿他对你动手动脚吗？"

乔溪尴尬地笑了笑，点头说了句："确实挺甘愿。"

听到她这话，沈寒看着她的眼神那叫一个失望，就仿佛乔溪是个肤浅，还不知羞耻的人，只是失望的话还来不及说出口，乔溪就默默补充了一句："他是我老公，我已经结婚了。"

众人惊讶，诧异的眼神在两人身上一打量，这仔细一看，确实像是一对的。

沈寒的表情从惊讶到难以置信，再到羞愧脸红，表情变化的速度都可以拿奥斯卡奖项了。

"乔溪，你不介绍一下？"平时跟乔溪关系比较好的一个同事笑着调侃。

乔溪仰头看向阎亦封，后者凝视着她温柔一笑，这散发出的浓情蜜意与幸福的氛围，羡煞了旁人。

阎亦封话不多，表面寒暄客气一句，就把乔溪带走骑马去了。众人也都散开，看着脸色铁青的沈寒，表示了深深的同情。

但这位沈大公子，也是要面子的呀，被取笑的滋味可不好受，于是时不时当着众人面提一句阎亦封只是一个教骑马的教练，暗讽他身份太低，还说时常接待女客人，很危险的，让她可要注意了。

尤其，还无数次当着阎亦封的面讲，阎亦封既不生气也不反驳，他只是丢下被众人认为的教练工作，一整天黏在乔溪身边而已。

于是阎亦封罢工的事，很快传入了沈寒的老爸，马场老板的耳朵里。这位老板带着助理，气势磅礴地走到正在餐厅里跟乔溪蹭饭的阎亦封面前，众人都梗直脖子，准备看好戏，然后就看到老板谄媚讨好笑着说："哎哟，阎先生啊，我这哪里招待不周，您尽管提，您就多留几天吧。"

"不要。"阎亦封字正腔圆，吐出两个字，态度那叫一个任性。

"要不就再留一天吧，就一天！"

"不要。"阎亦封给乔溪夹菜，说着又补充一句，"别打扰我吃饭。"

老板蔫了，垂头丧气走了，人家都说了，吃饭别打扰。

只留下感到匪夷所思的众人，以及，低着头想变成隐形人逃跑的沈大公子。

"你是故意的吧？"乔溪一脸怀疑，凑近他小声说。

阎亦封夹了块肉喂她嘴里，说了句："少说话，多吃饭，养肥点，没人看得上。"

乔溪狠狠嚼着肉，气鼓鼓地说："你就这么诅咒我？"

"这不是诅咒。"

"哼，我吃胖了，你不嫌弃啊？"乔溪哼了一声。

"不嫌弃。"

"这可是你说的啊。"乔溪立马多吃了几口肉，将腮帮子吃得鼓鼓的。

阎亦封宠溺地看着她，伸手捏了捏她的脸颊："肉乎乎的，很可爱。"

乔溪瞪他一眼，哼唧道："等我真的胖了，你就不会这么说了。"

"谁说的，明明是有肉摸起来舒服，你说是不是？"阎亦封意味深长地对她挑了挑眉，眼神在她身上扫了扫。

乔溪立马捂住他的嘴，露出一个标准的假笑道："少说话，多吃饭，乖哈。"

阎亦封将她的手拿下来，握在掌心里，就不舍得放开了，望着她，微微弯起了嘴角，点头说了一句——

"好。"